# 天国に行きたかった
# ヒットマン

ヨナス・ヨナソン ―著
中村久里子 ―訳

西村書店

この本はきっと、父さんも気に入ると思う。
だからこれは、父さんに捧げる。

Mördar-Anders och hans vänner (samt en och annan ovän)
Jonas Jonasson


First published by Piratförlaget, Sweden.

Published by agreement with Brandt New World Agency.


Printed and bound in Japan

# 天国に行きたかったヒットマン

目次

# 第1部　トンデモビジネス大作戦

# 第一章

スウェーデン一荒《すさ》んでいるといっても過言ではないホテルの受付ロビーで、ひとり白昼夢にふける青年がいる。この男、やがて殺人と傷害と盗みと強奪にまみれた人生を送ることとなる。

青年は、馬商ヘンリク・ベルグマンのただひとりの孫であり、世の常として父方の祖父の欠点をしっかり受けついでいた。祖父はその業界で、南部スウェーデン一のやり手だった。なんといっても、毎年7000頭もの家畜を売りさばいていたのだ。それも一等級のである。

しかし1955年になると、裏切り者の農夫たちは、祖父の雑種や混血種の馬からトラクターに乗り換えだした。祖父の理解を超えるほどの、あれよあれよという間のできごとだった。売り上げは7000から7000になり、70になり、ついには7になった。5年のうちに、数百万クローナの資産はディーゼルエンジンの煙に消えうせた。1960年、祖父の息子すなわちまだ生まれていない孫息子の父親は、せめて自分のできることをやろうと、近隣地区を機械化の呪いについて説いて回った。結果、さまざまな噂が飛びかうことになった。たとえばディーゼル燃料が間違って皮膚につくとガンになるとか、間違いなく皮膚につくとかだ。

また、ディーゼル燃料が男性不妊の原因になるとする研究結果にも触れて回った。しかし、そんな話はするべきではなかった。ひとつには、それが真実ではなかったから、さらには、一家の大黒柱にして3人から8人の子持ちで、たえず欲情している農家の男連中には、願ってもない話だったからだ。コンドームに手を伸ばすのは気恥ずかしくても、カナダやアメリカの有名メーカー製のトラクターならそうでもない。

祖父が死んだのは貧窮からではなく、最後の1頭となった馬に蹴られたからだった。馬がいなくなり悲嘆に暮れた父親は、自らの考えで別の道を選び、世界有数のタイプライターと機械式計算機メーカーのファシット社に就職した。こうして彼は、人生で一度ならず二度、未来に踏みつけにされることに成功した。というのも、時を同じくして、電卓が市場に降ってわいたのである。時代遅れでかさばるファシット製品をあざ笑うかのように、日本産の電卓は人々の上着のポケットにすっぽり納まっていった。

ファシット製品はいっこうに小型化されなかったが（少なくとも時機を逃すまでは）、会社のほうは抜かりなく、ついには完全に存在しなくなるまで小さくなった。

馬商の息子はクビになった。二度までも人生に背かれた事実を忘れてしまうには、酒に逃げるしかない。無職で投げやりで風呂にも入らず、いつも酔っ払っている男の姿は、20歳下の妻から見てたちまち魅力を失っていった。それでも妻も少しは、さらにあと少しだけは耐えた。しかしついに、忍耐強い妻は悟った。相手を間違えた結婚はなかったことにしてもいいのだ。「別れたいの」妻はある朝そう口にした。夫は、どす黒いしみのついたぼろの白い下着姿で、アパートの部屋をうろうろと探し物をしていた。

「コニャックの瓶を見なかったか」夫は言った。

「見てない。でも別れたい」

「ゆうべ、カウンターに置いたはずなんだ。どこかへやっただろう」

「もしかしたらキッチンを掃除したときにお酒の棚にしまったかもしれないけど、覚えてない。私、さっきから別れたいって言ってるんだけど」
「酒の棚だって？　なるほど、そっちを最初に見るべきだった。俺ときたらバカだなあ。それでおまえ、家を出るつもりか？　さっきおむつにウンチを垂れてたあの生き物も、いっしょに連れていくんだろうな」

　そう、妻は赤ん坊を連れて家を出た。淡い金色の髪と優しい青い目の男の子だ。後年、ホテルの受付係となる例の息子である。

　母親はもともと、語学教師として働く人生設計を立てていた。それが、最終試験15分前になって産気づいてしまった。そして今、彼女はそのとき生まれた赤ん坊と自分の荷物と署名を済ませた離婚届を持って、首都ストックホルムに向かっていた。名前を旧姓のペルソンに戻したのはいいのだが、うっかりしていたことがひとつあった。息子にペールという名前をつけていたのだ（ペール・ペルソンという名前がいけないわけではない。それを言うなら、ヨナス・ヨナソンはどうなる？　ただ、おもしろみのない名前だと思う人がいるかもしれないということだ）。

　首都でペール・ペルソンの母親を待っていたのは、交通監視員の職だった。街の通りを行ったり来たりして、本来であればたやすく払える料金をしぶって違法駐車をする車の持ち主から、毎日のようにいちゃもんをつけられる仕事だ。教師になる夢――ドイツ語で対格と与格を決める前置詞はどれかという知識を、そんなことは気にもしない学生たちに授けてやりたい――は、中途で潰《つい》えたままだった。

　しかしながら、彼女がその職務を永遠の半分ほど、つまりそこそこのあいだ果たしたところで、あることが起こった。いつものように違法駐車をした挙句に文句を垂れていた男のひとりが、交通監視員の制服の中身が女であると発見した。ことはそこで終わらない。気づけばふたりは、こじゃれたレストランで夕食をともにしていた。駐車券たっぷり2枚分の時間を過ごし、ちょっとしたデザートつきコーヒーまで楽しんだ。ことはそこでも終わらなかった。違法駐車をした男は、彼女にプロポーズしたのである。

男はアイスランドから出張で来ていた銀行マンで、レイキャビクの自宅に戻る直前だった。未来の妻には、ついてきてくれたらなんでもすると大見得を切った。息子も歓迎だとアイスランド人的な温かな手を差しのべた。ところがそれなりの年月を経て、金髪の赤ん坊だった息子もすでに法的には大人とみなされ、自分で意思決定できる年齢になっていた。彼は自分の未来はスウェーデンにいたほうが明るいと見こんだ。起こったことと、起こったかもしれないことを比べられる人などいないのだから、この時点で彼の見通しが正しかったか間違っていたかは、なんともいいようがない。

齢《よわい》16にして、ペール・ペルソンは学業のかたわら働きはじめた。もともと勉強にはさほど熱意を持ってはいなかった。仕事の中身について、母親にはけして詳しく語ろうとしなかった。それには息子なりの理由があった。

「あら、出かけるの」母親が聞いたとする。

「仕事だよ、母さん」

「こんな遅い時間から?」

「うん、ほぼ1日中営業してるんだ」

「それで、なんの仕事だって言ってたかしら?」

「もう１０００回は話してるじゃないか。助手だよ……娯楽業界のね。社交の場を提供するとか、そんな感じ」

「助手というのは、なにをするわけ？　それと会社の名前は……」

「もう行かなきゃ。じゃあね、母さん」

今度もうまく逃げられた。詳しい話などできるわけがない。なにしろ、南ストックホルムのフディンゲにある、勤め先の黄色い木造おんぼろビルで売っているのは、お手軽セットの使い捨ての愛なのだ。店の名前は、クラブ・アモーレ。仕事は、業務管理担当にして、接客係にして、監視員である。この商売では、顧客のひとりひとりに、間違いなく適切な部屋、適切な嗜好《しこう》の愛、適切な利用時間を案内することが重要だ。スケジュール表を作り、時間を計り、ドア越しに部屋の様子をうかがう（そして想像力を無限に働かせる）。もしなにか不具合があるようなら、警報を鳴らす。

母親がアイスランドに移住し、ペール・ペルソンが正式な意味でも学業を修了するのと時をほぼ同じくして、ペールの雇い主は新たに事業を展開することにした。名前もクラブ・アモーレからシーポイント・ホテルに変えた。海《シー》の近くでもなければ、岬《ポイント》に建っているわけでもないが、オーナーいわく「こんな肥溜めみたいな場所なんだ、名前くらい凝らないとな」ということらしい。

部屋数は14で1泊２２５クローナ。トイレとシャワーは共用。タオルとシーツの交換は週に1度だが、それも使用済みの分が見るからにくたびれていたらの話。オーナーは、心底望んで愛の巣窟経営から三流ホテル経営への事業転換をしたわけではなかった。稼ぎでいえば、客がベッドを共にする相手がいる以前の形態のほうがずっとよかった。加えて、女の子のスケジュールに空きが出たときは、そのあいだ自分がその子としけこむこともできた。

シーポイント・ホテルのよい点はただひとつ、違法性が低いところだった。元風俗店オーナーは8ヶ月を檻のなかで過ごして、もうたくさんだと悟ったのである。

管理業務に手腕を発揮してきたペール・ペルソンは、新たな事業で受付係の任務を割りあてられた。ますますひどい仕事になるぞと思った（給料はこれ以上ひどくなりようもないが）。客の出入りをチェックして、確実に料金を徴収し、予約とキャンセルにも目を配る。そのうえ接客態度も、取り立てに支障が出ない程度に、もう少し愛想よくしてもいいとまで言われた。

新たな名前で新たな事業を始める。ペール・ペルソンの任務は、以前とはまったく違うし、ずっとたいへんだし、責任も重い。そこで思い切ってボスのところへ行き、給料を調整してはもらえないかと掛けあうことにした。

「上げるのか？　それとも下げるのか？」ボスがいぶかしげに言った。

ペール・ペルソンはできれば上げるほうでお願いしますと答えた。話は望んだようには進まなかった。ここはもう、せめて現状維持なら御の字だとさえ思った。

というわけで、それで話をつけた。とはいえ、ボスからはある親切な提案を受けた。「なあ、受付デスクの裏の部屋に引っ越してくれれば、母ちゃんが行っちまったあとのアパート代が浮くぜ」

なるほど、ペール・ペルソンは節約のため、そうすることにした。さらに給料は正規の手続きをせずに支払われていたため、生活保護や失業手当をせしめることもできた。

こうして、若き受付係の仕事まみれの日々が始まった。なにせ、仕事をするのも寝泊まりするのも、受付コーナーなのだ。1年が過ぎ、2年が過ぎ、5年が過ぎても、彼の暮らしは父や祖父のそれと比べて、よりよくなったとは言えなかった。そしてその責任が亡き祖父にあることは間違いなかった。

祖父は億万長者が束になってもかなわないくらいの大金持ちだった。それが三代下った今や彼の血肉を受けついだ孫息子は、ホテルの受付デスクで悪臭を放つ客の応対をしている。それもヒットマン《殺し屋》・アンデシュとかいう、物騒な名を名乗るような客ばかりだ。

ヒットマン・アンデシュは、シーポイント・ホテルに長逗留をきめこむ客のひとりだった。本当の名前はヨハン・アンデションといい、成人してからの人生は、ずっと刑務所で過ごしてきた。言葉を使った表現は昔から大の苦手で、言うことを聞かない相手や聞かなそうなそぶりを見せた相手は、痛めつけてやればうんと言わせられると、早くから気づいていた。必要があれば、もう1回痛めつけたっていい。

早晩この手の話の行きつく先として、若きヨハンも悪い仲間とつるむようになった。新たな出会いで勢いづいた彼は、もともとの暴力的対話に酒と薬の合わせ技を使いこなすようになり、大なり小なりの身の破滅を招くこととなった。20歳のとき、12年の禁固刑をくらったが、それというのも彼ののである斧が、その地区一大物の薬の売人の背中に刺さっていた経緯を、説明できなかったからだった。

8年後、ヒットマン・アンデシュは外の世界に帰ってきた。出所祝いをつい熱心にやりすぎてしまったがために、酒がすっかり抜けきってもいないうちに、終えたばかりの8年に加えて14年を食らう羽目になった。今度の件では散弾銃が使われた。背中に斧を突きたてられた男の跡を継いだ人物の顔ののど真ん中を、近距離で撃ちぬいたのだ。現場では、清掃員がたいそう胸の悪くなる光景を目にすることになった。

法廷でのヒットマン・アンデシュは、そのつもりはなかったと繰りかえし主張した。そもそも、自分がやったとも思っていない。事件のことはほとんど覚えていないのだ。3度目も似たようなものだった。このときは、たまたま機嫌が悪かったところを3代目の売人に責められ、喉を掻っ切った罪だった。喉を切られることになる男は根本的に間違ったことは言っていなかったのだが、それがなにかの救いになるわけでもない。

56歳にして、ヒットマン・アンデシュは今いちど自由の身となった。若かりしころとは違い、束の間外の空気を吸って終わりにする気はない。今度こそ一生ものだ。その心づもりだった。ともかく、酒は避けねばならない。それから薬。あと、酒と薬につながりそうなことは、なんであれ、誰であれだ。

ビールはよしとしよう。だいたいは、いい気分になるだけだから。まあ、そこそこの気分か、少なくとも正気を失わせることはない。

彼がシーポイント・ホテルに向かったのは、服役中の10年か30年くらいのあいだ足りていなかった、ある種のお楽しみが提供されると信じてのことだった。それが叶わないと知っていったんは失望したものの、かわりに宿泊することにした。どうせ寝泊りする場所は必要なのだし、一泊200クローナ（現在1クローナは約12円）ならば文句はない。過去に文句をつけた結果どうなったかを考えれば、なおのことだ。

ヒットマン・アンデシュは、ルームキーも手にしないうちに、ひょっこり現れた受付係をつかまえて、身の上話をひとくさり聞かせた。子供時代、まだその先の人生にどんな影響があるのかもわからずにいた時分の話も、なにもかもだ。小さいころといえば、思い出すのは仕事を終えた父親が仕事の憂さを晴らそうと酔っ払っていたこと、母親がそんな父親の憂さを晴らそうと同じようにしていたことだ。父親はそんな妻に憂さを溜める一方で、定期的に、たいていは息子の目の前で妻を殴ってはその憂さを晴らした。

すべてを聞きおえた受付係は、ヒットマン・アンデシュを歓迎するしかない気持ちになり、握手をして自己紹介した。「ペール・ペルソンです」

「ヨハン・アンデションだ」殺人犯はそう言って、今後はできるかぎり殺人に関わる回数は少なくすると約束した。それから受付係に、ピルスナービールがあったりしないだろうかと尋ねた。17年も飲まずにいたのだ、ちょっとばかり喉が渇いていても不思議はなかろう？

受付係は、ヒットマン・アンデシュとの関係を、ビール1本断るところから始めるつもりは毛頭なかった。しかしグラスにビールを注ぎながら、聞いてみることにした。アンデションさん、酒や薬には近づかない生活をご検討してはいかがですかね？

「そうすりゃ、揉め事も最低限で済むかもしれねえな」ヨハン・アンデションは言った。「だが、いいか。俺のことはヒットマン・アンデシュと呼べ。ほかでもその名で通ってんだ」

# 第２章

小さなことに幸せを見出すのはよいものだ。たとえば、ヒットマン・アンデシュは受付係のこともホテル近隣の誰のことも殺さずに数ヶ月が過ぎているとか、ボスが毎週日曜の数時間はホテルの受付デスクを閉めて休みを与えてくれるとかだ。天気さえ味方をしてくれたら（ほかのことではめったにない）、ここぞとばかりに職場を出た。金がないので、羽目をはずしたりはできない。公園のベンチでぼんやりするだけだったが、それでも自由な気分は味わえた。

その日も、ハムサンドイッチ４個とラズベリージュース持参でやってきた。いつものようにベンチに座っていると、思いがけず誰かに呼びかけられた。「わが息子よ、ごきげんいかがですか」見ると、自分よりさほど年上とも思えない女の牧師が立っていた。着ている聖職服は汚れてくたびれていたが、首周りの白い襟だけがやたらと目を引く。とはいえ、そこも垢《あか》がこびりついてしみになっていた。

受付係は、これまでとりたてて宗教に情熱を傾けたことはなかったが、牧師は牧師だし、この女性に対しても、少なくとも仕事中に接する殺人犯やヤク中や正真正銘のダメ人間たちと同じくらい、いや、むしろそれ以上に敬意を払うべきだと考えた。「声をかけてくださってありがとうございます」彼は言った。「機嫌はいいです。でも本当はもっとよかったのか、それとも悪かったのか、それを考えていたんです。僕の人生はとてもすばらしいとは言えないものでしたから」

まずい、ちょっと本音を言いすぎたかな、と彼は思った。フォローしておくか。「でも、牧師様に僕の健康と幸せの責任を押しつけるつもりはありませんから。僕は、とりあえずお腹を満たせさえすれば、それでいいんです」この話は終わりとばかりに、彼はランチボックスの蓋を開けた。

しかし牧師はそれを終わりの合図とは受けとらなかった。それどころか、自分の奉仕で彼の人生がより受けいれやすいものとなるなら、けして責任を押しつけられたとは思わないと言った。個人的に祈ることくらいしか、私にはできないのですから。

受付係は思った。祈るだって？　この小汚い牧師は、自分の祈りがなにかいいことをもたらすと思っているのか。天が金《かね》の雨を降らせてくれるとでも？　それとも、パンとじゃがいも？　でもまあ……試してみてもいいか。彼は善意の人間をむげにするのをよしとしない。「ありがとうございます、牧師様。あなたが天に向かって祈ることで、僕の人生がより生きやすくなるとお思いなのでしたら、異議は申しません」

牧師はにっこりして、公園のベンチで日曜の休みを満喫中の受付係の隣に座った。そして自分の仕事に取りかかった。

「神よ、あなたの子をご覧ください……ところで、あなたのお名前は？」

「ペールです」ペール・ペルソンは、神様にとってそんな情報がどんな意味を持つのかいぶかりながら言った。

「神よ、あなたの子、ペールをご覧ください。彼がいかに苦しみのなかにあるかを……」

「えーっと、自分では、そんなに苦しみのなかにあるとは思っていないんですけど」

牧師は祈りの腰を折られたので、もう一度初めからやり直すと言った。祈りの最中にはじゃまが入らないほうが、うまくいくのです。

受付係は謝って、今度は最後まで落ち着いて祈れるようにすると約束した。

「感謝いたします」牧師は言った。「神よ、あなたの子をご覧ください。人生はよりよきものだったかもしれないと思いながらも、苦しみのなかにあるわけではないとも言います。主よ、この者に安寧をお与えになり、世界を愛することを教えたまえ、そして世界にこの者を愛させたまえ。おお、主イエスよ、十字架とともにこの者のそばにあらせたまえ、御国を来たらせたまえ。その他もろもろ」

その他もろもろ？　受付係は思ったが、あえて口にはしなかった。

「神のお恵みがありますように、わが息子よ。強さと力とそして……強さとともにあれ。父と子と聖霊の御名において。アーメン」

受付係は、個人的な祈りがどんなものかは知らなかったが、今のはいかにも手抜き仕事に思えた。そう言いかけたところ、相手に先を越された。

「20クローナになります」

20クローナ？　なんの話だ？

「祈ってもらうのに、お金がいるんですか」受付係は言った。

牧師はうなずいた。祈りというのは、口先だけですらすら言えるものではありません。集中と献身を必要としますし、体力を使うのです。それに牧師といえども、ここ地上にあるかぎりは肉体として生きていかねばなりません。たとえ最後には天国へ行くにしても。

受付係が今耳にした祈りとやらには、献身も集中も微塵も感じられなかったし、終末が来ても天国がこの牧師を待っているとは到底思えなかった。

「では、10クローナなら？」牧師がさぐるように言ってきた。

値下げ？　こっちが実質なにも言っていないうちに、もう？　受付係はあらためてじっくり牧師を見た。なにかある……なにか、哀れを誘う雰囲気？　ただのペテン師というわけではない、もっと同情すべき事情があってのことにちがいない。「あの、サンドイッチ、いります？」受付係は言った。

女の顔がぱっと明るくなった。「まあ、ありがとうございます。おいしそうですこと。神様のお恵みがありますように！」

受付係は答えた。「歴史的に見て、神様には僕に特別にお恵みをくださる暇なんてありませんよ。

今のお祈りだって、僕を助けるつもりかもしれませんが、それでなにかが変わることにはならないと思います」

牧師は言いかえそうとしたが、彼がランチボックスを渡すほうが早かった。「どうぞ。食べるが勝ち、言わぬが花」

「主は裁きをして貧しい人を導き、主の道を貧しい人に教える。詩篇25章9編」牧師が、サンドイッチをほおばりながら言った。

「僕がさっき言ったこと、聞いてました?」受付係は言った。

女は本物の牧師だった。受付係のハムサンドイッチ4個を食べつくしてから語ったところによると、この日曜までは自分の教区も持っていたという。ところがその日の礼拝の最中に信徒会の会長から、説教壇を降りて荷物をまとめて出て行ってくれと言われた。

受付係はひどい話だと思った。天国界隈では、雇用の保障は存在しないのか。

もちろん存在しているが、会長は自分の行動にはれっきとした理由があるという言い分だった。さらに信徒会の全員が会長に賛同した。ちなみにその顔ぶれには牧師本人も含まれている。加えて、少なくともふたりの会員が、出て行く牧師に向かって讃美歌集を投げつけたそうだ。

「おわかりかとは思いますが、実際はもっと長い話なのです。お聞きになります?　ぬるま湯に漬かってきたわけではないとだけは、言わせていただきますわ」

受付係は考えた。ぬるま湯ではないのなら、何度くらいかという話を聞きたいかどうか。不幸な身の上話なら、女に助けてもらうまでもなく自前で十分足りている。「他人の真っ暗な話を聞いたところで、僕のこの人生に光が射すことにはならないと思うんですよね」彼は言った。「でも、あまり長くならないように、大事なところだけなら聞いてみてもいいです」

大事なところ？　大事なところは、先週日曜から今日までさまよい歩いてきた、この７日間ずっとだ。寝泊りする場所といったら地下倉庫や神のみぞ知る某所で、食べるものといったらたまたま手にできたものだけ……。

「僕のハムサンドイッチを４個全部とか」受付係は言った。「僕のラズベリージュース最後の１杯で、僕の唯一の食事を流しこんだら、さぞおいしいでしょうね」

牧師はその提案を断ろうとしなかった。ようやく喉の渇きをいやした牧師は言った。「長いも短いもありませんわ。つまり私は神を信じていないのです。イエスなど言うまでもなく。父が私に無理やり跡を継がせようとしただけ。イエスのではなくて、父の跡です。幸運にも、息子ではなく娘しかいなかったものですから。その父も、祖父から無理やり牧師にさせられました。そうでなければ、大きな声では言えませんが、ふたりとも悪魔から送りこまれたのかもしれません。いずれにしても、牧師になるのは我が家のさだめだったのです」

祖父と父の影の犠牲になるというくだりで、受付係は一気に親近感を覚えた。「子供は、前世代が好き勝手に溜めこんだがらくたから解放されるべきなんだ」彼は言った。「そうしたら、いくらかでも人生が明るくなるだろうに」

牧師は、自分たちが存在するためには前世代の存在が欠かせないという点について指摘するのは遠慮したものの、どういう経緯で彼がこんな場所に行きついたのか尋ねてみることにした。こんな……公園のベンチに。

ああ、こんな公園のベンチにか。それを言うなら、生活の場でも仕事の場でもある、さらにヒットマン・アンデシュにビールを出す場でもある、気がめいるホテルのロビーにも。

「ヒットマン・アンデシュ？」牧師が言った。

「そうなんです」と、受付係。「7号室に住んでるんです」

受付係は、相手から尋ねてきた以上、多少くだらない話に時間を割いてもかまわないだろうと思った。そこで、祖父が莫大な資産を浪費してしまったこと、父があっさり勝負を捨てたことについても話をした。それから母がアイスランド人銀行家に引っかかって国を出たこと。彼がどうして16歳にして売春宿に職を得て、今ではその売春宿が商売替えしたホテルの受付係として働くことになったか。

「そして今は、ようやく20分の休憩をもらって、仕事で相手をしなくちゃいけない泥棒や強盗から逃れてひと息つけるベンチにいたら、神様を信じていない牧師に出くわして、おまけにその牧師は最初、僕からなけなしの小銭を騙しとろうとしたかと思えば、つぎには僕の貴重な食事を食べてしまった。きわめてざっくりですが、これが僕の身の上話です。お祈りのおかげで、売春宿が高級ホテルにでも化けていれば話は変わってきますが」

薄汚れた牧師は口にパンくずをつけたまま、恥じ入った様子で、自分の祈りにはそれほど即効性はないと思うと言った。ましてやあんな手抜き仕事で、しかも祈った相手は存在していないのだ。今では、サンドイッチをくれるような親切な人に、まがい物のお祈りでお金をせびったことを後悔している。

「ホテルのことだけれど、もっと詳しく教えてくださらない？」彼女は言った。「まさか、空き部屋はないでしょうね……友人家族割引で泊まれるような？」

「友人家族？」受付係は言った。「いったいいつの間に、僕たちは友達になったって言うんです？

僕とあなたが？」

「そうですわね」と牧師。「今からでも遅くないのではなくて？」

# 第３章

牧師は８号室にチェックインした。ヒットマン・アンデシュの部屋とは壁１枚隔てた隣室だ。殺し屋は受付係に一度たりとも宿泊料を請求されたことはなかったが、新顔の客は１週間分の前払いを求められた。ちなみに通常価格である。

「前払いですって？　そんなことをしたら、手持ちのお金は全部使い果たしてしまいますわ」

「だったらなおさら、間違った使い方をしないことが肝心です。なんなら僕がささっとお祈りしてあげましょう。もちろんお代はただで。効果があるかもしれない」受付係は言った。

ちょうどそのとき、革ジャンにサングラス姿で無精ひげを生やした男が入ってきた。まるで絵に描いたようなギャングのパロディだ。というか、本物だ。挨拶もなしに、ヨハン・アンデションはどこかと聞いてきた。

受付係は姿勢を正して立ち、答えた。特定のお客様に関して、当シーポイント・ホテルに滞在しているかいないかといった情報を、私からご提供することはいたしません。お客様の個人情報は、当ホテルの威信にかけてお守りする所存でございます。

「タマぶち抜かれる前に答えたほうがいいぜ」革ジャンの男は言った。「ヒットマン・アンデシュはどこだ?」

「7号室です」受付係は即答した。

脅威は廊下の先に姿を消した。牧師はそれを見て、どうやらひと悶着ありそうだと考えた。受付係は、この自分に牧師としてなにか手を貸してほしいのではないか。

受付係はそんなことはまったく考えていなかったが、そう口にする前に革ジャン男が戻ってきた。

「ヒットマンのやつ、ベッドでのびてやがる。あれは起こしたらとんでもないことになるな。しばらくはあのままにしといたほうがいい。こいつを置いてくから、起きたら渡しといてくれ。伯爵がよろしく言ってたってな」男が封筒を出した。

「渡すだけでよろしいんですか?」受付係は言った。

「そうだな。いや、中身は5000だ、1万じゃない。半分しか仕事を終えてないせいだと言っとけ」

革ジャン男はそう言って去っていった。5000だって? 本当は1万だったのに5000になったということか? その減額の事実を、この僕がスウェーデン一危険な人物と言っても過言ではない男に説明するのか? いや、たった今奉仕を申し出た牧師に代理をまかせたらどうだろう?

「ヒットマン・アンデシュ」牧師は言った。「本当にいたのですね。てっきりあなたの作り話かと思っていました」

「さまよえる魂だ」受付係は言った。「完全にさまよっている、実のところ」

驚いたことに、牧師は、その完全にさまよえる魂がそれほどさまよっているなら、自分と受付係が1000クローナほど拝借して、近くの感じのいい店でおなかいっぱい食べるのに使ったとしても、道徳的には許されるのではないかと言いだした。

受付係は、牧師のくせによくもそんな話を持ちだせるもんだと問いただした。そうは言っても心惹かれる提案ではあった。ただもちろん、ヒットマン・アンデシュがヒットマン・アンデシュと呼ばれるには理由がある。しかも3つくらい。受付係が思い出せるだけでも、背中に斧を突きたて、顔に散弾銃を撃ちこみ、喉を掻っ切っている。

殺し屋を名乗る人間から黙って金を借りるアイデアがいいか悪いかという問題は、そこで立ち消えになった。当のヒットマンが目を覚まして、だるそうに廊下をこちらに向かって歩いてきたからだ。髪はひどい寝癖で四方八方にはねている。

「喉がからからだ」ヒットマンが言った。「今日は金が届くことになってるんだが、まだ来てない。というわけでビール代はない。飯代もだ。おまえさんの現金箱から200クローナ借りられるな？」

これは質問であってそうではなかった。ヒットマン・アンデシュは手を伸ばし、今にも200クローナ札を何枚も摑みとろうとしていた。

牧師が半歩前に出て言った。「ごきげんよう。私の名前はヨハンナ・シェランデル。元教区牧師で今はフリーで牧師をしております」

「牧師なんてどいつもこいつもくそだ」ヒットマン・アンデシュは、牧師にはちらとも目をやらずに言った。こうした会話術は間違いなくこの男の強みだ。続けて受付係にすごんだ。「で、金は借りられんのか」

「それはいかがなものかと思います」牧師は言った。「失業者ならあちらこちらにいますし、私の業界ですらそうなのです。そのうえ不幸なことに、私自身がそのひとりになってしまいました。できればその話をしたいところなのですが……ヒットマン……アンデシュさん。でもそれはまた後日。さしあたっては、たった今伯爵を名乗る人が置いていった5000クローナ入りの封筒についてお話しさせていただけないでしょうか」

「5000だと？」ヒットマン・アンデシュは言った。「1万のはずだぜ！　残りはどうしやがった？このくそ牧師！」起きぬけで二日酔いのヒットマンは、牧師を睨みつけた。

受付係は、できれば自分の職場で牧師駆除が行われるのは避けたいと考え、あわてて補足した。伯爵は、半分終えた仕事に対する報酬として、半額の5000クローナを支払うと言っていた。自分と横にいるこの牧師はなにも知らぬただの伝言係であって、願わくばヒットマン・アンデシュ様におかれましてはご理解いただきたく……。

しかし牧師は黙っていなかった。「くそ牧師」という言葉が、どうやら地雷を踏んだらしい。

「恥を知りなさい！」きっぱりとした口調に、ヒットマン・アンデシュもついうっかり自分を恥じるところだった。彼女は続けた。はっきりさせておくが、自分も受付係もあなたのお金を小銭一枚盗ろうなどと考えたことはない。「たとえ、生活が苦しくともです。そう、どれほど苦しくとも。ところで、せっかくその話が出たのでおうかがいいたしますが、ヒットマン・アンデシュさん、あなたのすてきな5000クローナの札束から、ひと束ほど私たちに貸しつけることをご検討いただけないでしょうか。1日か2日でかまいません。1週間なら、なお助かります」

受付係は仰天した。牧師は、まずヒットマン・アンデシュのものである金を勝手に失敬しようとした。つぎに、それをずばり言い当てたヒットマンを、あろうことか赤面寸前まで恥じ入らせた。そして今度は、その金を借りる同意を取りつけようとしている。まさか生存本能というものを持ちあわせていないのか。自分の言動が受付係も巻きこんでふたりの命を危険にさらしていると、わかっていないのか。とんでもない女だ！　早いところ黙らせないと、いよいよ永久的にまずい状況になってしまう。

だがまずは、彼女が引きおこした混乱を片付けるところからやらねばなるまい。ヒットマン・アンデシュはおそらくはショックからだろう、椅子に座りこんでいた。牧師が、あろうことか自分のなわばりで自分の金を盗もうとしたうえ、その暇がなかったからといって、今度は貸してほしいと言ってきたのだ。

「ヒットマン・アンデシュ、あなたは５０００クローナをごまかされたと思ってらっしゃる。僕はそう理解したのですが、それでよろしいですか？」受付係はいかにも財政問題について話しているふうに言った。

ヒットマン・アンデシュはうなずいた。

「でしたら、再度強く申し上げます。あなたの金を盗ったのは、僕でもなければ、おそらくはスウェーデン一変わり者のこの牧師でもありません。ただ、もしなにか、本当にどんなことでも、お力になれることがあれば、遠慮なくおっしゃってください！」

「お力になれることがあれば……」はサービス業に従事する人間が好んで使う言葉というだけで、そのとおりの意味ではない。それが不幸にも、ヒットマン・アンデシュはそのとおりに受けとった。

「じゃあ頼むことにするよ」ヒットマンは疲れた声で言った。「足りない５０００クローナを取ってきてくれ。そうすればおまえを叩きのめさなくて済む」

受付係は、伯爵を追跡したいなどという気持ちは微塵も持ちあわせていなかった。体のいちばん大事な部分に、身の毛もよだつような仕打ちをすると脅してきた相手だ。偶然再会するだけでも十分ひどいのに、そのうえ金をくれと頼むなんて……。

だが、すでに彼はどっぷり泥沼にはまりこんでいた。牧師が言ったのだ。「いいですとも！」「いいですとも？」受付係は恐怖のあまりオウム返しに言った。

「よしきた！」ヒットマン・アンデシュは、ふたりの「いいですとも」をいっしょくたに聞いたようだ。

「そうよ、私たち、ヒットマン・アンデシュを助けなくてはいけませんわ」牧師は続けた。「当シーポイント・ホテルでは、いつでもお客様のご用命を承ります。お手頃価格にてより快適な暮らしを、殺人犯から強盗犯まで、すべての方にご提供いたします。神はそのようなことで私たち人間を区別はしません。もしかしたらするかもしれませんが、今は目の前の問題に集中しましょう。まずは、ここでいう『仕事』とはなにを指すのか教わるところから始めてはいかがかしら。それと、半分しか終えていないとは、どういうことかも」

ペール・ペルソンは、今すぐどこかへ逃げたくなった。牧師は今、「当シーポイント・ホテル」と言った。まだチェックインもしていないというのに。もちろん代金も未払いだ。しかしそんなことくらいで、ホテルの名をかたって殺し屋との金融取引交渉をやめる牧師ではないだろう。

受付係は、この新しい客を徹底的に嫌うことに決めた。あとはロビー壁面に置いた冷蔵庫の隣で、できるかぎりさりげなく立っているふりをする。関心を惹かなければ殴り殺されることもないというのが、彼なりの理屈だった。

ヒットマン・アンデシュも混乱していた。牧師は、短いあいだに彼がついていけないほどの話をたたみかけてきた（おまけに、これで牧師だというのがややこしい。そのせいで事態はいっそう混迷を極めていた）。

どうやら、この女は協力を申し出ているようだ。この手の話はたいていお粗末な結果に終わるものだが、聞くだけ聞いてみてもいい。鞭《むち》はなんでも初めから威勢よくふるう必要はない。むしろ最後こそ肝心という場合が少なからずある。

そこでヒットマン・アンデシュは、彼らに自分の仕事の詳細を話して聞かせた。誰かを殺したわけではない。もしかしたらそう思っていたかもしれないが。

「そんなことは思っていませんわ。半分だけ殺すのは難しいですもの」牧師が訳知り顔で言った。

ヒットマン・アンデシュは、自分はもう人殺しはするまいと固く心に誓っていると言った。高くつきすぎるからだ。もしつぎがあったら、確実に80歳になるまで外を自由に歩けなくなる。

しかし実際は、外の世界に出て住む場所も見つからないうちに、あらゆる方面から依頼が舞いこんできた。たいていは、高額の報酬と引き換えに敵や知り合いを片付けてほしいというものだった。つまり殺せということで、つまりヒットマン・アンデシュが足を洗った仕事だ。もしくはより正確に言うなら、一度も足を踏みいれたことのない分野である。これまでは、ただ気がつけばそうなっていただけだからだ。

それ以外で、より穏当な性質の依頼なら受けることもあった。そのひとつが、つい先日やった例の件だ。内容は、ある男の両腕を折ること。男は、依頼人でありヒットマンの古い知人である伯爵から車を購入したのだが、支払うはずだった代金をすべて、その日の深夜にブラックジャックですってしまった。

牧師はブラックジャックがなにかわからなかった。以前自分が持っていた信徒会は、礼拝後の交流会で別のゲームをしていた。棒くずしという、たまにやるとおもしろいゲームで延々と遊ぶ伝統があったのだ。ともかく、牧師が興味を惹かれたのは、車の売買がどのように行われたのかのほうだった。

「その人はお金を払わずに車を持っていったということでしょうか」

ヒットマン・アンデシュは、ストックホルムのあまり法律に則っているとはいえない界隈の法制度について説明した。今回の件では、問題の車は9年めのサーブだったが仕組みは変わらない。伯爵との取引では、2、3日の支払猶予は問題ない。困ったことになるのは、期限が来てもテーブルに金が載らないときだ。そしてそうなったときには、貸したほうではなく借りたほうが困ったことになる。

「たとえば、腕1本折られるとかですの？」

「まあ、それか2本だな。さっきも話に出たが。車が新しければ、それに合わせてあばらとか顔とかが依頼に含まれることもある」

「腕2本のはずが1本になったのですね。数え間違ったのかしら。それともほかになにか問題でも？」

「やつのところへは、自転車を盗んで荷台に野球のバットを積んで行ったんだ。やつは生まれたばかりの女の赤ん坊を片手に抱いて立ってやがった。それで俺に、情けをかけてくれとかなんとか言うわけだ。俺はこう見えて、性根はいいんだ。母ちゃんがいつもそう言ってた。それでかわりに、片方の腕を2ヶ所折ってやったのさ。それに、赤ん坊は先に下ろさせたぜ。こっちの仕事中に、やつがすっ転んであの子がケガしちゃまずいからな。もちろん、やつはすっ転んだよ。バットでしたたか捻りあげてやった。だが今になって思えば、やつが地面に転がって泣き喚いているあいだに、もう1本の腕もやっちまえばよかったんだな。自分の頭が思うように回らないことはわかってるんだ。それに酒と薬が入った日には、もうまったくなにも考えられねえ。覚えてるかぎり、いつもそうだな」

牧師が今の話で心に留めたことはただひとつ。「お母様は本当にそうおっしゃったの？　つまり、あなたは性根がいいと？」

受付係も同じことを思っていたが、あいかわらずでき得るかぎりロビーの壁に溶けこみ、ひたすら静かにしているという戦略に徹していた。

「ああ、言ってた。まあそれも、親父が母ちゃんを、べらべら無駄話ばかりするのはやめろ、歯を全部折っちまうぞって脅す前の話だ。それからは、親父が酒の飲み過ぎで死ぬまで、ほとんど口をきこうとしなくなったからな。まいった、まいった」

牧師は、家族が互いに歯を折りあわなくても家庭内の紛争を解決する方法をいくつか提案することもできたが、今はそのときではなかった。それよりも、ヒットマン・アンデシュの話を整理して、正しく理解したか確認することに集中したかった。つまり今回の依頼主は、ヒットマン・アンデシュが2本の腕をそれぞれ1回ずつ折るのではなく、1本の腕を2回折ったことを理由に、報酬を50パーセントにしてきたということ？

ヒットマン・アンデシュはうなずいた。そのとおりだ、50パーセントが半額という意味なら。

「ええ、そのとおりです」牧師はさらに言った。「伯爵は、たしかに細かいことにうるさそうな感じがしました。でも、私も受付係さんも、もちろん力になるつもりでいてよ」

受付係が反論してくる様子がなかったので、牧師は続けた。「手数料は20パーセントでいかがかしら。それで私たちが、伯爵を探しだして考えを改めるよう求めます。でもこれはまだ序の口です。私たちの協力関係は、第二段階に入って初めて本当におもしろくなるんですもの！」

ヒットマン・アンデシュは牧師の話を飲みこむのに必死だった。一気にまくしたてられたし、なんとかパーセントもわからなかった。しかし、彼の疑問が「第二段階」にいたるより前に、牧師が先制した。

「第二段階というのは、将来的にあなたが受付係さんと私の指示に従って、ちょっとした事業を展開することです。顧客基盤を広げるための慎重な広報活動と、支払い不能な人にむだな時間を使わないための価格表と、はっきりした倫理方針に沿って行います」

牧師は、受付係の顔が真っ白になったのに気づいた。体を押しつけている壁際の冷蔵庫の色と変わらない。そしてヒットマン・アンデシュは完全に話についてきていなかった。いったん話を切るのがよさそうだ。受付係には新鮮な空気を吸わせ、ヒットマンには暴れだされる前に、理解させなければならない。

「ところで、ヒットマン・アンデシュさん、あなたの優しさには感心しましたわ」彼女は言った。「だってその赤ちゃんは、傷ひとつ負わなかったのでしょう！　天の御国は子供たちのものである。神のこの教えは、マタイの福音書19章にも書かれていることです」

「そうなのか？　本当に？」ヒットマン・アンデシュは、つい30秒前には、だんまりを決めこんでいるやつのほうをひとまず1発殴っておこうと決めたことも、これですっかり忘れてしまった。

牧師は神妙にうなずいて、その何行かうしろに書かれていることは言わずにおいた。たとえば「殺すな」、「隣人を自分のように愛せよ」、歯を折るで思い出したが「母と（もちろん）父を敬え」などである。

ヒットマン・アンデシュの顔に浮かんだ怒りが引いていった。受付係もこれでようやく息を吹きかえし、今後の人生を信じる気になれた（つまり、自分と牧師は7号室の宿泊客との会話を無事に切り抜けられると確信した）。息を吹き返したら同時に話せるようにもなって、大勢《たいせい》に貢献することまでやってのけた。ヒットマン・アンデシュにもわかるように、20パーセントの意味を説明したのである。

ヒットマン・アンデシュは、自分は塀の内側にいるあいだに年数の計算にかけてはかなりの達人になったものの、パーセンテージについていえばウオツカは40だとか、そこらへんの地下室でこっそり作られたものはもっと多いことくらいしか知らないのだ、と詫びた。そういえば昔、警察の捜査で、自分が薬を飲みくだした酒は、店売りの安物が38、密造ものが70だと言われた。警察の言うことはたいてい信用できないが、もしこの件に限って正しかったとしたら、今やっと、あんなことをしでかしたのも仕方がないとわかった。なにしろ、血のなかにアルコールが108と、そのうえ薬まで入っていたのだ。

陽気な空気が漂いだしたのに押されて、牧師はヒットマン・アンデシュのビジネスの収入は2倍になるだろうと請けあった。最低でも2倍！　ただし、自分と受付係が彼の代理人として自由にやらせてもらったらの話だが。

気を利かせた受付係が、冷蔵庫からビールを2本出してきた。最初の1本を飲みほしたヒットマン・アンデシュは、2本目も開けて、今聞いた話はすべてちゃんと理解できたと考えた。「よし、いいじゃねえか。始めようぜ」ヒットマンは2本目をほんの何口かで流しこみ、げっぷをし、失礼を詫びると、丁重な手つきで封筒の1000クローナ札5枚のうち2枚を差しだして言った。「これで、

20パーセントだ！」

残りの3枚はシャツの胸ポケットに突っこみ、道を曲がった先のいつもの店で、そろそろ朝食と昼食をまとめてとる時間だと言った。つまりこれ以上仕事の話をする暇はないということだ。

「伯爵とよろしくやってくれ！」ヒットマン・アンデシュはそう言って、ドアの向こうに姿を消した。

## 第4章

伯爵と呼ばれる男の名は、高貴な一族の家系図には見られない。それどころか、その名前はどこにも見ることはできない。税務署が、およそ70万クローナにのぼる彼の税金未納額の督促状を、最後に確認された居住地であるフィリピンの首都マニラ市マビニ通りに何度送っても、いっこうに支払われる気配はなく、消息も知れなかった。税務署は知る由もなかったが、住所は適当に選んだだけで、通知は地元の魚行商人の家に届き、書類はクルマエビやタコを包むのに使われていた。実際のところ、伯爵はガールフレンドとストックホルムに住んでいた。彼女は伯爵夫人と呼ばれ、さまざまな種類の睡眠薬を扱うやり手の売人だ。伯爵は彼女の名義で5つの販売店を経営し、首都南部の郊外で中古車を売りさばいていた。

伯爵はこの商売をアナログの時代から続けてきた。当時は車の解体も改造も、必要なのはコンピューターサイエンスの学位ではなくモンキーレンチ1本だけだった。同業者たちがその後デジタルへの移行期を生き延びねばならなかったのに比べて、伯爵はまだそんな気楽な時代のうちに、たった1店舗を数年で5店舗へと拡大することに成功した。事業が急成長をとげると、伯爵と税務署のあいだで収支問題に意見の不一致が見られるようになり、地球の裏側に暮らす働き者の魚行商人には、楽しみと少なからぬいらだちの両方がもたらされることになった。

伯爵は、時流の変化を脅威ではなく好機ととらえるタイプの人間だった。ヨーロッパ全土で、そして世界で製造される高級車は、買うと100万クローナはくだらない。それがパソコンとインターネットのおかげで、5段階操作を何度か繰りかえせば、たった50クローナで盗むことができる。伯爵は一時期、スウェーデンで車両登録したBMW-X5の所在地を特定することを専門にしていた。グダニスクにいる相棒が手下をふたり送りこんでその車を盗みだし、ポーランドに持ちこんで履歴を新しくした車を、伯爵が再輸入していたのである。

しばらくは、このビジネスで1台につき25万クローナほどの純利益が上がっていた。ところがBMW社が感づいて、新車と状態のよい一部の中古車の車体にGPSを搭載するようになった。連中はフェアプレイの精神が欠けている。前もってその事実を車泥棒に知らせなかったのだ。ある日突然、警察がエンゲルホルムにある仲買人倉庫で、車とポーランド人たちをまとめて押収してしまった。

しかし伯爵はうまく切りぬけた。マニラの魚行商人宅に居候していることになっていたのもあるが、ポーランド人たちが命惜しさに告げ口しなかったからだ。

ちなみに、伯爵がはるか昔にその名で呼ばれるようになったのは、金を払わない相手を脅すときの洗練された作法による。たとえばこんな調子である。「ミスター・ハンソンには、24時間以内に清算していただけたら、心からの感謝を申し上げる。そして今後、切り刻むような真似はしないとお約束しよう」。ハンソンだろうがほかの誰だろうが、これで客はいつも喜んで金を払った。切り刻まれたいと思う人間はいない。どのくらい細かいかは問題ではない。二分割でも十分ひどいのだ。

伯爵は伯爵夫人の助けもあり、年月とともにより粗野な作法を身につけた。受付係が見舞われたのはその新たなやり口だ。しかしすでに定着した呼び名が、変わることはなかった。


受付係と牧師は、ヒットマン・アンデシュの代理として残りの5000クローナを伯爵に請求しにいくことになった。成功すれば、7号室に住む殺し屋は彼らにとって将来的に有望な金づるになる。しかしもし失敗したら……いや、失敗は絶対にできない。

牧師の作戦は、毒をもって毒を制すというものだった。彼女の理屈では、この界隈で謙遜はなんの意味もないそうだ。

受付係はぐずぐずと抵抗を続けていた。自分は、表計算や組織作りがそこそこ得意な受付係であって、暴力的な犯罪者ではない。たとえ暴力的な犯罪者へ変貌を試みるにしても、いきなりその分野の地区チャンピオンとの練習試合に臨んだりするものか。それはともかく、牧師は「この界隈」と言っていたが、そこでどんな経験があるというのだ。1、2度相手とハグをして済む話じゃないと、自信を持って言い切れるのはいったいなぜなんだ。

ハグ？　伯爵の居場所をつきとめて、自分たちが存在していることを謝罪したところでなんにもならないことくらい、子供にだってわかる。

「私に説教させてくれたら、万事うまくいきます」伯爵の店に着いたところで牧師が言った。いつもどおり日曜も営業中だ。「よろしくて？　そのあいだ、誰のこともハグしてはいけません」

受付係は、ふたりのうち生殖器官を切り落とされる危険があるのは自分だけなんだと思いながらも、牧師のやる気に満ちた顔を見て、もはや諦めの境地だった。彼女は、あたかもイエス・キリストとともにいるようだった。安ホテルの受付係などではなく。受付係は「毒をもって毒を制す」の文字どおりの意味を知っておきたいと思ったが、時すでに遅しだった。

店のドアベルが鳴って、伯爵は顔を上げた。入ってきたふたり組には見覚えがあったが、初めはどこの誰か思い出せなかった。税務署の人間ではないことは確かだが——そうだ、あの襟はあいつか。

「ふたたびお目にかかります、伯爵さん。私は、ヨハンナ・シェランデルと申します。スウェーデン国教会の牧師をしております。つい先日まで教区で信徒会も持っておりましたが、ここではその件はおいておきましょう。隣は長年の友人であり同僚の……」

ここまで話して、牧師ははたと気づいた。受付係の名前を知らない。公園のベンチでは親切だったが、宿泊料金の話になったら少しけちくさいところを見せ、ヒットマン・アンデシュを言い負かそうとしているときには透明人間になっていたのに、５０００クローナは今ここにいる伯爵の懐から出た時点で足りていなかったと声を上げた勇気は、見上げたものだった。名前は、最初にお祈りの謝礼として20クローナを巻きあげようとしたときに聞いた気もするが、ここまでいろんなことが一気に起こっては、いちいち覚えていられない。

「長年の友人にして同僚の……もちろん彼にも名前はあります。ええ、ほとんどの人間にはありますけれど……」

「ペール・ペルソンです」ペール・ペルソンは言った。

「今ほど申し上げたとおりですわ」牧師は続けた。「さて、私たちがこちらへまいりましたのは、代理人の立場として――」

「さっき、シーポイント・ホテルで５０００クローナの封筒を渡したよな？」伯爵は間違いないと思った。ストックホルム南部地区に、汚れた襟の女牧師はそんなに多くはいないはずだ。少なくとも、同時には。

「おっしゃるとおり」牧師は言った。「５０００クローナだけです。５０００クローナ足りておりません。私どもは、依頼主ヨハン・アンデションに、残りを回収するよう言われてまいりました。ミスター・アンデションからの伝言ですが、こちらの希望を叶えることが関係者全員にとって最善とのことです。ほかの可能性としては、ミスター・アンデションによりますと、伯爵は望ましくない方法で命を落とすことになり、同時にミスター・アンデション本人も、過去に塀のなかで過ごした年月に、同様の理由によりあと20年ほどを上積みすることになります。聖書にもあるように、『正義に徹する者は命に通じ、悪を追求する者は死へと至る』。箴言11章19節」

伯爵は考えこんだ。この連中は自分を脅しにきたということか。いつもなら、この女の襟をひねって息の根を止めてやるところだ。だが今の話では、使える愚か者のヒットマンが、そのせいでただの愚か者に戻ってしまうことになる。自分が消される前にヒットマンを消さねばいけなくなり、つまり、贔屓《ひいき》にしている汚れ仕事役をこの先使えなくなる。聖書にあるとかないとかいう話も、少し気にしたほうがよさそうだ。

「ううむ」伯爵はうなった。

牧師は話をつないだ。このままこう着状態で終わらせる危険はなんとしても避けたい。そこで彼女は、ヒットマン・アンデシュの理屈を説明することにした。2本の腕のうち1本は見逃したが、受注内容を守るために1本の腕を2度折ることにした。そうすれば、代理人とのあいだで合意した倫理規定にも背かずに済む。代理人――つまり自分と隣にいる友人ペール・ヤンソンのことだが。

「ペール・ペルソンです」ペール・ペルソンが言った。

当該規定では、任務を遂行する際に子供を傷つけることを認めていない。しかし、今回の件で警告なしに発生した事例において、ヒットマン・アンデシュが臨機応変な対応をしなかったとしたら、規定に反する事態になったことは疑いがない。すなわち、主が歴代誌下巻25章4節で命じられているとおり、「父は子によって死に定められず、子は父によって死に定められない。ただ、みな各々の罪によってのみ死に定められる」。

伯爵は牧師に、意味のない話がうまいなと言った。ただし、本来の問題をどうするかも聞かせてもらわねばならない。なにしろあの野郎は、いまだ金も払わず同じ車であたりをうろうろ走りまわっていやがる。ギプスをはめていないほうの腕で、ハンドルを握れるおかげで。

「私たちもその難題については、事細かに検討をしておりました」牧師は、たった今気がついたばかりの問題について、そう答えた。

「で？」と、伯爵。

「そうですね、以下の案はいかがでしょう」牧師は瞬時に頭をフル回転させた。「伯爵には、ヒットマン・アンデシュに対して先の契約に基づき未払いの5000クローナを払っていただきます。現在の事業展開を考えますと、伯爵は近い将来、間違いなくまたヒットマンの手を必要とされるでしょう。その際、われわれ上部マネージメント部門がお引き受けするか検討するわけですが、もちろんお受けするとして、適正な価格表に基づいて承認し、ここでふたたび課題Aに立ちかえるわけです。すなわち、近辺に赤ん坊がいない状況下で腕を2本折ること。治ったばかりの腕と、今回不適切にも無傷で切りぬけたほうの腕です。そしてそのご依頼分は、追加料金いっさいなし！」

牧師と——もうひとりが誰かはともかく——この手の交渉をするのはおかしな気分だったが、伯爵は今の話なら悪くないと考えた。5000クローナを払って牧師と連れの男と握手をし、今度あの野郎に礼儀を教えてやる必要があるときには連絡を取る。

「あと、あんたにも謝っておくよ、ペール・ヤンソン。タマの話は、悪いことをしたな」伯爵は別れの挨拶がわりにそう言った。

「どういたしまして」ペール・ペルソンは言った。

「腕には腕を……」牧師は、この危機を間一髪で乗りこえて思わず口走ったが、「目には目を、歯には歯を」に至る前に止めることができた。ちなみにレビ記24章である。

「はあ?」伯爵は、まさか脅されたのではないかと耳を疑った。数分のあいだにこの俺様を2度も脅すなど、少なくとも50パーセント多すぎる。

「なんでもありません」受付係はあわてて牧師の腕をつかんで言った。「かわいいヨハンナときたら、おいとまするところだっていうのに、聖書のなかで迷子になってしまったんだね。おや、外は暖かい。さあ、おいで。こっちがドアだよ」

# 第５章

伯爵を訪ねた帰り道、牧師と受付係はともに黙ったままだった。方向は違えど、それぞれに考えをまとめていたのだ。

受付係は、不幸が向かってきている気がしてならなかった。それに金も。そしてそれ以上の不幸。それに金。不幸にならら慣れている。これ以上不幸がきたところで、気づきもしないくらいだろう。一方、金についていえば、祖父にまつわる悪夢で見る以外、そんな大金は目にしたことがない。ここは牧師に尋ねるしかない……注文を受けて人を叩きのめすとはいったい……？

牧師はちゃんとした答えを探しているように見えた。それなのに、ようやく出てきた言葉は「主を恐れる者は、選ぶべき道を教えられる」だった。

「詩篇25章12節」と、まるで言い訳のように言い添える。

受付係は、そんなバカな話は聞いたことがないと言った。きみはまず、聖書をいかにも自分の血肉みたいに暗唱するのはやめて、自分の言葉で語るべきだ。大体、血肉の主である当人が、神も聖書も信じていないのだから。言わずもがなだが、さっき伯爵の前で口にしかけたあれは的外れもいいところだったし、今だってまるで神が自分と受付係を遣わして、道徳的に問題のある人間をヒットマン・アンデシュを通じて正しい道へと導くような言いぶりだ。神が、自分を信じてもいない牧師をプロジェクトリーダーに選んだりするものか。それに、聖書をぱらっとでもひらこうとしたことのない受付係のことも。

牧師は少し傷ついて言いかえした。人生を進んでいくのは、くそ簡単なことではない。自分は生まれてからつい1週間前まで、一族の伝統にがんじがらめにされてきた。今はこうして、殺し屋のマネージャーという新しい役割を見つけることができたけれど、これが存在もしていない神に復讐する新しい道かはわからない。とにかく前に進むしかないのだ。そしてこの苦難の道の先で、ひょっとしたら1クローナか2クローナくらいには遭遇できるかもしれない。ついでに言えば、ペール・ヤンソンだかペルソンには感謝している。自分の聖書自動操縦装置が、伯爵を前に最悪のタイミングで不適切な句をするっと口走らせたところを、機転を利かせて遮ってくれたからだ。

「どういたしまして」受付係も、そう言われて悪い気はしなかった。

彼はこの件以外の話には触れなかった。しかし牧師と自分は、いくつか共通点がありそうだと感じていた。

ふたりはホテルに戻った。受付係は8号室の鍵を牧師に渡すと、宿泊費はあとから相談しようと言った。少しいろいろなことがありすぎた日曜日だった。できれば今晩は早めに休みたい。

牧師は、せいいっぱい世俗的なやり方でお礼を言ってみた。「ありがとう。おかげでいい1日になったわ。明日も会えますように。おやすみ、ペール。おやすみなさい」

その夜、受付係は受付デスクの裏に敷いたマットレスに横たわり、天井を見上げて1日を振りかえった。初めに牧師と会い、つぎに伯爵と会い、続いてはすでによく知るヒットマンの相談役を務めることになった。あちこちで腕が折られたって、世界が終わるわけではない。相手にするのはそんな目に遭って当然の連中だし、それでこっちが潤うのなら、いい話ではないか。

牧師は、彼がこれまで出会ったなかでも群を抜いて変わり者だ。シーポイント・ホテル――神に見捨てられしホテル――で働き始めてからの数年、いやというほどおかしな出来事を見てきたが、間違いない。

それでも彼女には物事を前に動かす力があり、さらにそれを財政的に巧妙きわまりない手口でやってのける才がある（ただし公園のベンチで披露した祈りについては、改良の余地ありだ。あれで20クローナを損している）。

「しばらくは、きみに便乗して行けるところまで行こうじゃないか、ヨハンナ・シェランデル」受付係はひとりごちた。「うん、そうしよう。きみは金の匂いがする。そして金はいい匂いだ」

マットレスの横の裸電球を消すと、受付係はわずか数分で眠りに落ちた。

久しぶりに、ぐっすり眠れた夜だった。

# 第６章

脅迫と暴行を専門分野とする会社では、予想以上に処理すべき案件が多い。初めは当然のように、儲けの80パーセントをヒットマン・アンデシュに、残りの20パーセントを受付係と牧師で分けていた。しかし、ビジネスに必要なコストについては十分な検討が必要だった。たとえば、ヒットマン・アンデシュの服は今後、血痕で体面が保てないほどになったら新調しなければならない。この件で反対の声は上がらなかった。しかしヒットマンは、シフト前に飲むビール代も経費にすべきだと訴えた。素面《しらふ》の状態で誰かをこてんぱんに殴りたおすなどできないと言いはる。

受付係と牧師は答えた。ちょっと練習を積めば、素面で殴りたおすことも必ずできるようになる、努力が足りないだけだ。ふたりはあくまで、彼が仕事当日に消費するアルコール量はむしろ減らすべきという立場を譲らなかった。

ヒットマン・アンデシュはビール交渉では負けた。けれども、仕事の現場に行くのに公共交通機関や、荷台にバットを積んだ盗難自転車を利用させられるのは不当だと仲間を説得した。タクシー代を会社が負担することが満場一致で決まった。受付係は、クラブ・アモーレの元常連客であるタクシー・トシュテンという男に値段交渉することにした。女の子たちからタクシー・スッテンテンと呼ばれていたのを覚えていたのだ。受付係は元お客を前に単刀直入に切りだした。「ストックホルム首都地区で、1週間のうち1日か2日、午後の1、2時間をお抱え運転手として働いてもらった場合、いくら出せばいいかな?」

「客ひとりにつき6000クローナだな」タクシー・トシュテンは言った。

「900出そう」

「了解だ!」

「あと、勤務中に見聞きしたことは他言無用だ」

「了解だ、さっき言ったとおりな」

３人は、毎週月曜日に連絡会議を持ちながら、手探りでビジネスを進めていった。価格表はヒットマン・アンデシュが現場で感じた具体的な問題点を元に、つねに修正を加えていった。価格は依頼内容によって変わる。たとえば右脚を折るのは５０００クローナで、右腕も同額。しかし右脚と左腕をセットで折る場合は、３万飛び越して４万クローナになる。これは、ヒットマン・アンデシュの生々しい体験談に基づいている。右脚を野球バットで粉砕され地面をのたうちまわる人間の左腕を折るのは、文字どおり骨が折れるほどたいへんな仕事なのだそうだ。とりわけここで加害を行う男は、右《ライト》と左の区別すらままならないのである（ちなみに正義《ライト》と悪の区別も）。

彼らは倫理規定にも細心の注意を払った。もちろん最優先されるのは、子供はなにがあっても傷つけてはならないとする決まりである。直接的にはもちろん、ママや（ほとんどの場合）パパが痛めつけられているのを見せて、間接的に傷つけるのも禁止だ。

第二の規定は、負わせるケガは可能なかぎり時が経てば治る類に済ませることである。一度の罪で残りの生涯足を引きずって歩くようなことがあってはならない。具体例をひとつあげると、膝の皿は一度損傷すると完全に元に戻ることは難しいため、慎重を要する。一方で片手につき指１本ないし２本切り落とすことは容認される。ただしそれ以上は禁止だ。

依頼は、ごくふつうに野球バットを使って脚や腕を折るというものがほとんどだった。しかしときには、相手の顔を見てから決めたいという依頼主もいて、もし相手の態度がなってないようなら、拳《こぶし》と拳鍔《ブラスナックル》の出番となる。結果、それ相応にあご、鼻、頬の骨が砕けるか、よくても目の周囲の黒あざと、まぶたの切り傷がついてくる（最後の一例は、すべてにおいてほぼ避けがたく自然発生する）。

受付係と牧師は、自分たちが仕事で襲撃する人物についてはその都度、自業自得であることを確認した。当然、お客はみな自分の依頼内容を仔細に説明しなければならない。これまでのところ、彼らが依頼を断ったのは、最近出所したヘロイン中毒者ひとりだけである。刑務所内で精神力動的セラピーを受けて、すべては現在92歳になる幼稚園時代の先生のせいだとわかったのだという。ヒットマン・アンデシュには納得できるところもあったようだが、受付係と牧師は証拠に欠けると判断した。ヘロイン中毒者はがっくりとうなだれて帰っていった。さらに、高齢の元幼稚園教諭は、その2日後肺炎のため亡くなった。これで彼の復讐の望みは、すべて断ち切られることとなった。

＊＊＊

どのみちいつもホテルの受付デスクにいなければならない受付係は、客からの注文を受け、価格を提示し、24時間以内の返答を約束する担当になった。それから牧師とヒットマン・アンデシュを呼びだして業務会議をするのだが、ヒットマンはごくまれにしか参加しない。ただ、受注の可否は毎度2対0で決めればいいので問題ない。

現金による支払いが完了すると、依頼は契約に応じて、たいていの場合2、3日以内、遅くとも1週間のうちに遂行される。時々、左のはずが右になったとかその逆とか、細かな変更も発生したが、それが依頼主からの履行内容の質に関するクレーム理由になることはなかった。

「左手は、時計をはめているほうの手よ」牧師は言った。

「時計？」ヒットマン・アンデシュの時の観念は、最初の殺し以来、分や時間よりも数年または10年単位で身についていた。

「または、食事をするときにフォークを持つ手」

「ムショではスプーンで食ってたんでな」

# 第７章

シーポイント・ホテルでの暮らしは、商売が軌道に乗りさえすれば、おおむねうまくいくはずだった。ただ、ヒットマン・アンデシュの腕のよさがその筋に広まるのには、少々時間がかかっているようだった。

週に数時間の労働でも問題がないのは、現場担当者だけだった。中毒ならなんでもござれのヒットマン・アンデシュも、仕事中毒の責めを負うことはないようだ。

受付係と牧師は、彼の技術力をどうやって売りこむか、定期的に話し合いを持った。会話がたいそうはずんだある金曜の夜、牧師はつぎの一歩を踏みだしたくて、続きは受付係の部屋でワインを飲みながら話してはどうかと持ちかけた（部屋といっても椅子とワードローブと床に敷いたマットレスしかない）。魅力的な申し出だったが、受付係は、初対面で彼女に金を騙しとられそうになったことを忘れていなかった。そこで、ワインを飲むのはかまわないが、話はいつもの場所でして、あとはそれぞれの時間を過ごそうと言った。

牧師はがっかりした。受付係には、堅苦しさと愛らしさの両方がある。初めて公園のベンチで会ったとき、お祈りにお金を取ろうとなんてするべきではなかった。意外にも、今彼女が彼に求めるのはちょっとばかりの愛になっていた。あの出会いは不利にしか働かない。

とはいえワインはいっしょに飲んだ。おそらくはその１本のおかげで、メディアの注目は危険な面もあるが、目標達成のためには効果的な方法だという合意に達することができた。ヒットマン・アンデシュがしかるべき国内メディアで独占インタビューを受け、その類まれなる才能を世に知らしめることが決まった。

受付係は、朝刊紙、夕刊紙、週刊紙、雑誌を読みあさった。テレビ番組をかたっぱしから見て、ラジオも全局の放送を聞いた。そして、最大にして最良の結果をもたらすのは、全国版のタブロイド2紙のうちのどちらかだと結論づけた。最終的には、名前の響きがすばやそうだという理由で、イブニングポスト紙をやめてエクスプレス紙に決定した。

一方、牧師は計画をヒットマン・アンデシュに説明し、きたるべきインタビューに備えて忍耐強く練習につきあった。ヒットマンは世間に伝えるべきメッセージや、言うべきことや、間違っても言うべきではないことを叩きこまれた。つまり、新聞紙上で自分をどう見せればいいかというと、

1、売り出し中の
2、危険人物で
3、イカれている

「危険でイカれてる……それならなんとかできそうだ」ヒットマン・アンデシュは自信満々とはいえない口調で答えた。

「あなたにはすべての条件が備わっているわ」牧師はおだてた。

準備がすべて整うと、受付係は選り抜きの新聞社に連絡し、大量殺人犯ヨハン・アンデション、またはヒットマン・アンデシュという名で知られる男に独占インタビューさせてもいいともちかけた。

編集長は、その名前の大量殺人犯には覚えがなかったが、聞いたとたん記事の見出しが頭に浮かんだ。「ヒットマン・アンデシュ」とは、いかにもそそられる。彼女は、詳しく聞かせてほしいと答えた。

そこで、受付係は説明した。ヨハン・アンデションは成人してからというもの、事件を繰りかえしてずっと塀のなかで暮らしてきた。大量殺人というと多少言いすぎかもしれないが、牢屋にぶちこまれた件以外で、ヒットマン・アンデシュが飾り棚にいくつ骸骨を隠し持っているかは、あえて考えないようにしている。

いずれにせよ、この生ける殺人マシンは最近自由の身となって外の世界に出てくると、このペール・ペルソンを通じて、エクスプレス紙のインタビューを受けてすっかり更生したところをお見せしたいと言っている。もしくはしていないところを。

「していないところ?」編集長は返した。

エクスプレス紙ほどの新聞社なら、ヨハン・アンデションのお粗末な経歴などあっという間に調べあげるだろう。ヒットマン・アンデシュの名前は、過去にメディアで取りあげられたことはない。そこで受付係は、名前の由来と、その名が定着した最後の服役について、論点を想定して備えていた。ところがそんな心配は無用だった。エクスプレス紙の理屈では、相手がヒットマン・アンデシュと名乗るなら、その人物はヒットマン・アンデシュという名前なのだ。編集長は思った。すばらしい!当社専属の大量殺人犯が手に入った。扇情的なだけでありきたりな事件ネタより、ずっといい。

記者とカメラマンは翌日さっそく、どこか売春宿を思わせるシーポイント・ホテルのロビーでヒットマン・アンデシュとその友人たちに会った。友人たちは、まず記者を脇に呼び、自分たちふたりを紙面に登場させるのは控えていただきたいと説明した。表に出てしまったら、命の危険にもさらされかねない。記者さんには、その点お約束いただけますかね？

若い記者はあからさまに緊張した面持ちで、しばらくのあいだ考えこんだ。外部の人間に社の報道方針を指図されるいわれはない。ただ、インタビューの対象はヨハン・アンデションだ。ネタ提供者には触れなくてもおかしな話ではないと考えた。しかし、インタビューは静止画像のみで録音や録画はご法度という条件は、簡単にのむわけにいかなかった。ここでもペール・ペルソンは、いささか不透明な理由ながら、自身とヨハンナ・シェランデルの安全上の問題を持ちだした。記者とカメラマンは、表情を曇らせたものの同意した。

ヒットマン・アンデシュは過去の事件で自分が行った犯罪行為について、事細かに語ってみせた。しかしながら広告業界のお約束として、酒や薬の影響にはいっさい触れず、かわりに自分がついカッとして暴力的になってしまう事柄について、話すことになっていた。

「不正は嫌いだ」彼はエクスプレス紙の記者に語った。牧師がそう言っていたからだ。

「誰でもそうだと思いますよ」まだ緊張の解けない記者が言った。「たとえば、具体的にこれという不正はありますか」

牧師とはその件もちゃんと打ち合わせていたのに、ヒットマン・アンデシュの脳はここで固まってしまった。すでに一度にこなせる仕事量を超えてしまったか。やはり、しゃんとするために朝食にビールをとっておくべきだったか。

前者は手の打ちようもないが、後者は今からでも遅くはない。ヒットマン・アンデシュは指をぱちんと鳴らして、受付係に冷え冷えのピルスナーを冷蔵庫から持ってこさせた。手にしてから15秒で蓋を開けて30秒とかからず空にした。

「さて、どこまで話したかな？」ヒットマン・アンデシュが唇の泡をなめなめ言った。

「不正についてです」記者は答えながら、こんなにあっという間にビールを飲みほすやつは見たことがないと思っていた。

「ああ、そうだった。で、俺はそいつが嫌いなんだったな？」

「そうです……どういう不正かという話でしたが」

取材の練習をしていて、牧師には気づいたことがあった。ヒットマン・アンデシュの思考能力は、どうやら独自のルールで勝手に現れたり消えたりするものらしい。今はちょうど、どこかへお散歩にでも行って、完全に出払ってしまっているようだ。

牧師の見立ては正しかった。ヒットマン・アンデシュは、自分がなにを嫌うべきかを思い出せなかった。加えて、さっき飲んだビールは本当にうまかった。うっかりすると、なにもかまわずただ座って、全世界を愛でてしまいそうな気分だった。しかしもちろんそんなわけにはいかない。ともかく、なんでもいいからでっちあげるしかない。

「そうだ……俺は……貧乏が嫌いだ。それと、難病。どちらも、よい人間ばかりが苦しめられる」

「そうですか？」

「そうだ。ガンとかになるのはよい人間ばかりだ。悪党じゃない。それが嫌いだ。それから、ふつうのやつらを利用する連中も嫌いだ」

「具体的にどんな人でしょう？」

そうだ。これは、誰のことを言っているんだ？　この俺は、なにを考えている？　なぜこんなに、言わなきゃいけないことを思い出すのに苦労するんだ？　とりあえず、殺しのことだけに集中しよう。もう二度と殺しはやらないって言えばいいんだったかな？　それともその逆だったかな？

「俺は二度と人殺しはやらない」自分の声が聞こえた。「いや、もしかしたらやるかもしれない。俺の『嫌いなやつリスト』に載っているやつらは、覚悟しておいたほうがいいかもしれんな」

嫌いなやつリストって？　ヒットマンは自分に問いかけた。なんだ、それ？　やばい、記者のやつ、頼むから突っこまないでくれ、その……

「『嫌いなやつリスト』って？」記者が言った。「誰が載ってるんです？」

ちくしょう！　ヒットマン・アンデシュの脳はスローモーションでフル回転した。考えをまとめるんだ……ええっと、なんの話だ？　そうだ……イカれてて危険な人間に見せる。あとはなんだっけ？

牧師と受付係は、ヒットマンが抜け道を見つけられるようにと、崇高なる力に祈りはしなかった。その手の力と自分たちは、はなはだ脆弱な関係しか築いていないと知っていたからだ。それでも、心から願った。ヒットマン・アンデシュが、どうにかして立て直せますように。

ヒットマンは、記者の肩越しに窓の外を見た。反対側の通りを100メートルほど行った先のビルに「スウェーデン不動産」のネオンサインがかかっている。隣はハンデルス銀行の小さな支店だ。今座っている場所からは見えないが、建物があることは知っていた。幾度となくその前のバス待合所でタバコを吸いながら、いちばん近い悪の巣窟に連れて行ってくれるバスを待ったことがあるからだ。

頭が満足に働かないので、ヒットマン・アンデシュは目の前の光景を見ながら考えが浮かぶにまかせた。

不動産会社、銀行、バス停、タバコを吸う男……。

ヒットマンは、自分のライフルやリボルバーを持ったことはない。文字通り、無鉄砲な人間だった。「俺の『嫌いなやつリスト』に誰が載ってるかって？　本当に知りたいか？」声を低く抑え、ゆっくりと言った。

記者は真面目な顔でうなずいた。

「俺は、不動産屋が好きじゃない」ヒットマン・アンデシュは言った。「それと、銀行員。タバコを吸うやつ。バス通勤客……」

以前通りの向こうで見たものは、思い出せるかぎりすべてあげた。

「通勤客？」記者が驚いて言った。

「ああ。お前はそうじゃないのか？」

「いやあ、だって、どうしたらバス通勤客を嫌いになれるんです？」

自分の役がすっかり板についてきたヒットマン・アンデシュは、この場面にいちばんぴったりな台詞をきっちり言い切った。抑えた声を、いっそう低くしてすごむ。「おまえ、バス通勤客支持者か」

記者はこれですっかり震えあがり、自分は断じてバス通勤客支持者などではないと請けあった。自分もガールフレンドも自転車で仕事に通っているし、ましてや、バス通勤客に対して自分がどのような態度を取るべきか大して考えたこともないと言った。

「俺は自転車に乗るやつも好きじゃない」ヒットマン・アンデシュは言った。「だが、バス通勤客はもっといけ好かない。それと病院で働いてるやつら。それと庭師」

ヒットマン・アンデシュは今や絶好調だった。牧師は思った。そろそろ止めなくては。いい加減記者とカメラマンも、ヒットマンは自分たちを混乱させているだけだとか、なにも考えず口から出まかせを言っているだけだとか、あるいはそのどちらも少しずつだとか、気づいてしまう。
「申し訳ありませんが、そろそろ失礼させていただきます。午後は、ヒットマン・アンデシュ、つまりこちらにいるヨハンは、黄色とオレンジ色の薬を一錠ずつ飲んで、休む必要があるものですから。夜が更けてからおかしな事態にならないために、大事なことなのです」

インタビューは思惑どおりに進んだとは言えなかったが、どうにか都合のよい流れに留めておけたのは幸運だった。ただ、いちばん大事な話がされずじまいだったことだけは悔やまれる。ヒットマンたら、20回は言って聞かせたのに。そう、宣伝である。

ところがそのとき、奇跡が起きた。ヒットマンが思い出したのだ！　カメラマンは車の運転席にいて、記者もすでに片足乗りかけていたところに、ヒットマン・アンデシュが呼びかけた。「膝の皿をかち割る必要があったら、俺を呼び出してくれ。連絡先は知ってるな。高くはないし、腕もいい」

エクスプレス紙の記者は目を丸くした。礼を言って、もう一方の足を車に引きいれると、右手で無傷のままの膝をなでた。車のドアを閉め、カメラマンに告げた。「行こう」

＊＊＊

翌日のエクスプレス紙の見出し広告である。

スウェーデン一危険な男？
ヒットマン・アンデシュ
独占インタビュー

「もう一度、殺しをしたい」

カギカッコのなかは正確にはヒットマンの言葉ではないが、インタビューを受けた人間が自分の気持ちを広告向きに表現できなかったときには、新聞がかわってそれらしく書くしかない。これは創造的ジャーナリズムといわれる。

四ページの全面記事から、読者はヒットマン・アンデシュがいかに恐ろしい人間であるかを知ることになった。過去の残虐行為もだが、それ以上にその精神病質傾向、つまり不動産業者から病院勤務者からバス通勤者まで、あらゆる人間を嫌いだという考え方が人々を震えあがらせた。

ヒットマン・アンデシュが広く人類に抱く憎しみには際限がないようだ。つまり、われわれの誰ひとりとして、いっさいの例外なく安全とは言えない。なぜなら、ヒットマン・アンデシュのサービスは現在売り出し中だからである。彼は本紙記者にも、誰かの膝の皿を破壊する必要があれば、安価で代行すると持ちかけた。

記事は、ヒットマンと勇敢な記者の対話中心の構成だったが、補足として某精神科医のインタビューも掲載された。医師は、二言目にはあくまでも一般論だと強調しながら、現行ではヒットマン・アンデシュの収監は不可能だと説明した。医学的見地からは、自身および第三者に対し危険を及ぼすと実証できないため、そして法的見地からは、たしかに過去に罪を犯してはいるが、その件での償いはすでに済んでいるためである。犯罪と推察される残虐行為を仮定的未来に行う可能性をただ「語った」だけでは、十分な拘束理由にならない。

精神科医の話からエクスプレス紙は、社会が監視を緩めるべきではないが、ヒットマン・アンデシュがふたたび暴挙に出るのも時間の問題だろうと推察している。

最後は、同紙でもっとも著名な記者がコラムで感情的に訴えた。「私は母親です。私はバス通勤者です。そして私は恐怖を感じています」

エクスプレス紙で注目を集めて以降、スカンジナビア半島はおろか、ヨーロッパのほぼすべての地域から、インタビューの依頼が舞いこんだ。そのうち受付係が受けたのは、海外の5社、すなわちドイツのビルト、イタリアのコリエレ・デラ・セラ、イギリスのデイリー・テレグラフ、スペインのエル・ペリオディコ、それにフランスのル・モンドのみで、それ以上はなしとした。質問は英語、スペイン語、フランス語で受け、語学の才がある牧師が、ヒットマン・アンデシュが実際に言ったことではなく、本来言うべきことをかわりに答えた。テレビカメラの前や、ヒットマンの話を直接理解できる人間の前で好き勝手にやらせるのは、問題外だった。エクスプレス紙のときはたまたまうまくいったが、あんな幸運は二度と望めまい。スカンジナビア半島地域のメディアにはル・モンド紙のインタビューを引用することを認め、しかるべき話が出回るようにした。ヒットマンが語った話を、牧師が曲げて磨いた回答である。

「あなたには間違いなく広告宣伝ビジネスの才能がある。すばらしいわ」牧師は言った。

「きみに語学の才能がなければ、ここまでうまくはいかなかったさ」受付係はお返しにそう答えた。

# 第8章

今や大陸半分の全住民にヒットマン・アンデシュとして名を知らしめた男は、毎朝11時ごろに起床する。寝るときに服を脱いでいた場合はまず服を着て、朝食をとりに廊下を歩いてくる。メニューは受付係のチーズサンドイッチとビールである。

その後しばらくぼーっとして、だいたい午後3時ごろ本格的に腹が空いてくると、近所のパブに行ってスウェーデンの家庭料理とさらなるビールで食事をする。

これは仕事のない日の過ごし方だが、メディアで取りあげられるようになったのに伴い、このところ仕事のある日が増えていた。受付係と牧師とともに始めたビジネスは、当初の期待どおり順調に進んでいた。仕事をするのは月曜、水曜、金曜で、それ以上は働きたくなかった。本心では、今現在の仕事量でも多すぎるくらいだった。とくに、膝の皿を破壊する仕事がこんなに増えるとは想定外だった。もちろん、たまたまとはいえ彼がエクスプレス紙に受けると言ってしまったからではあるのだが、大体において他人の手足を複数だめにするよう依頼してくる人間というのは、自分でアイデアを出せるほどの想像力を持ちあわせていないらしい。

ヒットマンは仕事を片付けるのを、家庭料理の食事をとってすぐ、しかし夜に向けてがぶがぶ飲みだすよりは前にすることにしていた。往復にタクシーを使えば、たいていは1時間もあれば済ませられる。酔いの程度は一定に保っておくことが重要だ。仕事前に飲むビールの量が多すぎると、首尾よく進められない。さらに少し増えると、蒸留酒に薬を組み合わせたときほどとはいかないまでも、かなり派手めの混乱が生じる危険がある。刑務所生活も、あと18ヵ月ならばどうにかしのげるかもしれないが、18年は無理だ。

牧師と受付係にとって、ヒットマン・アンデシュと仕事の話をするには11時の朝食と3時の昼食のあいだが最適だった。その時間なら、前日からのひどい二日酔いはよくなっていても、それ以前からの超過分が引きおこす禁断症状はまだ抑えられているからだ。

打ち合わせは自然発生的に行われることもあったが、定例会議は月曜の11時30分と決めていた。場所はホテルの狭いロビーだ。うまい具合に隅にテーブルと椅子3脚が置かれている。ともかく月曜には、ヒットマン・アンデシュも街のよくわからない場所で気を失って帰ってこられないときを除けば、毎週姿を現した。

会議は毎回同じ手順で進められた。まず受付係がヒットマン・アンデシュにビールを出し、自分と牧師にコーヒーを出す。それが済むと、新たに入った仕事のスケジュール、近々予定されている業務、財政状況、そのほかの問題について話しあう。

ビジネス上の問題は実際のところただ一点、ヒットマン・アンデシュが数々の有益な助言にもかかわらず、腕や足を折る段になって左右を間違えてしまうことだけだった。牧師は新しいコツも伝授していた。たとえば、右は握手をする手と覚える。しかしこれもヒットマンに言わせると、自分は握手などしないとくる。打ち解けた雰囲気のときには乾杯することが多いし、そうではないときはたいてい両手を同時に使っている。

牧師はついに、ヒットマン・アンデシュの左の拳に大きく「左」と書くことを思いついた。これなら間違えようもない。ヒットマンもそれがいいとうなずいたが、念には念を入れて反対の手にも

「右」と書いたほうがいいだろうと考えた。

この思いつきは、効果絶大でもあり間が抜けた結果ともなった。ヒットマン・アンデシュにとっての左は当然、不運にも彼の目の前に立つことになる人物にとっての右になる。結局この案がうまくいったのは、ヒットマンの左手には「右」、右手には「左」の文字が書かれるという、誤解を招きやすい処置がされてからだった。

受付係は満足げに、顧客網は拡大の一途を辿っていること、手に左右反対の文字を書いて以降クレームがほとんどなくなったことを報告した。今では、ドイツ、フランス、スペイン、イギリスからも依頼がくる。イタリアからはないが、おそらく彼《か》の地では自前で処理できるためと思われる。

問題は、どうやって事業そのものを拡大していくかだ。そろそろ新人の募集をする頃合だろうか。ヒットマン・アンデシュには適当な人材の当てがあるのかもしれない。腕や脚を折るのに長け、引き際も心得ているような誰か。なにしろ自分で、週に3日、1日1、2時間以上は働きたくないと決めて譲らないのだから。

ヒットマン・アンデシュは、その言葉にたっぷりこめられた嫌味を感じとって言いかえした。自分は受付係や牧師と違って札束を積みあげるのには興味がないし、自由な時間を有意義に過ごす価値を知る分別というものだってある。週に3日も働けば十分だ。それにこっちが休みを満喫しているあいだに、やんちゃな若造があちこちで腕を振りまわしたせいで、ヒットマン・アンデシュの名を汚すようなことになるのは、断固としてごめんこうむる。

さっきべらべらまくしたてていたどっかの国の話も、言いたいことはただひとつ。死んでもいやだ！　自分はけして外国人差別者ではなく、それが問題なのではない。すべての人間に等しい価値があると堅く信じている。たたきのめす相手が誰であれ、前に立ったらきちんと「やあ」とか「おはよう」と言って礼儀正しく接したい。それが、俺たち人間に最低限求められることじゃないのか？「敬意ってやつだ」ヒットマン・アンデシュは不機嫌に言った。「おまえらふたりは、聞いたこともない言葉だろうな」

受付係は、半殺しにする相手と丁寧なあいさつを交わすことを敬意と呼ぶ彼の考え方には、意見しないことにした。かわりに、あんたが金を貯めこんでいないことなら知っていると、辛辣に言った。数日前の夜、御用達のパブのジュークボックスが、たまたま気に入らない曲をかけていたからといって窓から放りなげたというではないか。「それでその、有意義な自由時間とやらには、いったいいくらかかったんですかね？　2万5000ですか？　それとも3万ですか？」受付係は、こんな質問をぶつけてやれる自分に満足しながら言った。

ヒットマン・アンデシュは、3万は相当いいところいっている、たしかにあれは、自分の人生にとって最高に有意義な出来事だったとはいえないと言った。「だが、どこのどいつが、フリオ・イグレシアスを聴くために機械に金を払うんだよ？」

# 第9章

受付係にとって自分が人生に騙されたことは客観的な真実だった。神の存在は信じていないし、祖父はずっと前に死んでしまっていたので、苛立ちをぶつけるものも相手も、なにもなかった。若くして受付デスクの陰で、この世界のすべてを嫌いになると決めた。世界が作り出すすべて、世界を作り出すすべて――そこに暮らす70億の人間も含めて――を。

牧師のヨハンナ・シェランデルをその例外とする理由は、とくになかった。なにしろ初めて会ったときにこちらを騙そうとした相手だ。それでも彼女に感じるみじめさは、どこか自分自身を思わせた。それに出会って最初の日のうちに、すでに食事もともにしていた（正確には、牧師が受付係のサンドイッチをすべてたいらげた）。なによりその日のうちに、殺し屋稼業の相棒となっていた。

ふたりは最初の日から互いに相性のよさを感じていた。とはいえそう思うのは、受付係のほうが牧師より少し難しく感じるときがあった。あるいは、時間そのものが足りていなかった。

この仕事を始めて約1年が経ち、受付係と牧師の稼ぎは70万クローナになろうとしていた。ヒットマンはその4倍だ。受付係と牧師は、ときどきいっしょにおいしい食事やお酒を楽しむようになってはいたが、それでも収入の半分は手元に残った。それぞれのお金を入れた靴箱は、並べて受付デスクの裏の部屋に隠しておいた。

とかく四角ばったところのある受付係と、大胆で独創性のある牧師は、たがいに相手にないものを補いあっていた。牧師は受付係が自分自身の存在を嫌っているところが好きだった。自分にも同じところがある。そして、自分自身を含めて誰も愛したことのない受付係も、どうでもいい人間ばかりのこの地球上に、ただひとりどうでもよくない人がいると思う自分の心に、ついに抗えなくなった。

100件目の契約の前金が入った日、ふたりはお祝いにセーデルマルムへ行き、ホテルへ帰ってきた。今回の仕事は、両手足を折って、あばらを適当に粉砕して、顔面を容貌が変わるくらい殴るという、とりわけ入りのいい案件だった。気分が高まった受付係は、牧師に尋ねた。もう何ヶ月も前、自分の部屋でふたりで過ごせないかと言ったことを覚えているだろうか。

牧師は、自分の質問も受付係の後ろ向きな反応も覚えていた。受付係が言った。

「いまここで、もう1度同じことを聞いてみようと思ってくれないかな?」

牧師はにっこり笑って、お返しにこう言った。こちらが依頼する前に、事前確約をお願いできないものかしら。だって、2度続けて断られたい女なんていないですもの。

「断る」受付係は言った。

「断るって、なにを?」牧師が言った。

「断る。きみがもう1度聞いてさえくれたら、断ることはないから」

スウェーデンでも最高にやさぐれたふたりがマットレスのうえで迎えた絶頂は、純然たる喜びへと変わった。ことが済んで、牧師は生まれてはじめて心をこめて短い説教をした。主題は、誠実と希望と愛。パウロはなかでも愛がもっとも偉大だと説いた。

「その考えは正しいと思う」受付係は言った。この気持ちがなんであれ、自分もこんな気持ちになれるのだと知って、すっかり舞いあがっていた。

「そうね」牧師が続けた。「パウロはおかしなこともたくさん言っているの。たとえば、女は男のために作られて、話しかけられるまでは話してはいけないとか、男は男と寝てはいけないとか」

受付係は、誰が誰のために創造されたかという部分は飛ばして、ふたつは思いあたる節があると言った。牧師は多分しゃべっているより黙っているときのほうがいいし、誰と誰が寝るかという話は、自分は女性の牧師のほうが男の殺し屋よりずっと好きだが、それがパウロとなんの関係があるのかは、さっぱりわからない。

「私は、ヒットマン・アンデシュとなら自転車の荷台と寝るほうを選ぶわ」牧師は言った。「でも、ほかはあなたにすべて賛成よ」

受付係が、聖書では女性と自転車の荷台の性的関係についてはどう書かれているのだろうと言うと、牧師はパウロの時代にはまだ自転車は発明されていなかったと指摘した。ということは多分、自転車の荷台も。

ふたりとも、それ以上言うことはなかった。かわりに、もう1度マットレスのうえの絶頂へ向かって登りはじめた。ついさっき終了したばかりの前回に劣らず、満足のいく結果となった。

＊＊＊

しばらくは、すべてが正しいほうへ向かっているように思われた。牧師と受付係は、楽しく満ち足りた気持ちで、地球の全人口を含む世界のすべてを嫌悪する気持ちを共有していた。今では重荷は半分に減っていた。ひとりのときは70億人分だったのに、ふたりになったおかげで35億人分で済むからだ。ただしその人数には、すでに存在していない何人かも当然追加される。たとえば、受付係の祖父、牧師の一族すべて、それに（とくに！）マタイ、マルコ、ルカ、ヨハネをはじめ、牧師を苦しめてきた（今も苦しめつづけている）例の本に登場する全員である。

最近恋に落ちた新米カップルが稼いだ額は、ひとり70万クローナ。一方ヒットマン・アンデシュは契約に基づき、280万クローナを手にしている。とはいえ、ヒットマン・アンデシュは毎晩パブに繰りだしていたので、貯金が2、3000クローナ以上になることはなかった。金は入ってきたのとほぼ同じペースで使うことにしていた。物騒な名前に見合うだけの札束が積みあげられたときは、パブではいっそう盛りあがり、たとえばジュークボックスが窓から飛んでいったりすることもある。

「コンセントを壁から抜くだけじゃだめだったのか？」パブのオーナーは翌日、決まり悪そうにしているお得意様に向かって、少し気を遣ってそう言った。

「そうだな」ヒットマン・アンデシュは認めた。「たしかに、そのほうがわきまえてると言えるな」

この手の事件は、実は受付係と牧師にとっては都合のいいことだった。ヒットマン・アンデシュが彼らとちがって、箱にお金を貯めこまないでいるかぎり、誰かに罰をくだしたい人間になりかわってその罰を実行する役目を負い、彼らが定めた額の金を受けとるしかないからだ。

受付係と牧師は知らなかったが、ヒットマン・アンデシュにはこの1年、人生に希望を見いだせない気持ちが芽生えはじめていた。ちなみに、本人に自覚はない。これまでの人生はずっと、人と折り合いをつけるのは拳を通じてだった。しかし相手が自分自身では、同じ方法をとるのは難しい。そのため毎日早い時間から、日々熱意を増して酒に答えを求めるようになっていた。

たしかに助けにはなる。しかしきりがない。しかもヒットマンのこの状況は、牧師と受付係がふたりそろって笑顔で楽しげにうろつくようになって、いっそう悪化した。なにがそんなにおかしくてやがる？　ヒットマン・アンデシュが、以前いた場所に戻るのも時間の問題でしかないように思われた。

もしかしたら、とっととこのみじめな毎日から脱けだすほうがいいのかもしれない。てっとりばやく最初に見つけたアホウをやっちまって、20年か30年の刑をくらう。まさに、絶対に避けると決めた運命を辿る。ひとついい点は、出所するころには牧師と受付係が別れているだろうということだ。愛などというものはどれほど新しいといっても、たいがい20年後には新しさも愛しさも失われている。

ある朝、不慣れにも頭を悩ませ、なんとか答えを見つけようともがいているうちに、ヒットマンはふと自問した。そもそも、なんの話だった？　たとえば、例のジュークボックスの事件は、本当のところなんだったんだ？

もちろん、コンセントを抜くことはできた。ただそれで、フリオ・イグレシアスは静かになっても、やつのファンは怒りくるったにちがいない。テーブルには男が4人に女が4人いた。理想としてはいちばん口うるさい男ひとりに1発お見舞いして片をつけることだが、最悪の場合、8人とも叩きのめす羽目になっただろう。ほんの少しでも運が悪ければ、ひとりくらい二度と起きあがれないなんてことにもなったかもしれない。その先に待ちうけているのは、さらなる20年プラスマイナス10年のムショ暮らしだ。

より実用的な解決法として、フリオ・イグレシアスの名前を前もって線で消しておき、8人のバカどもに好きなように音楽を選ばせるという手もあった。

ヒットマン・アンデシュにしてみれば、ジュークボックスを窓から投げとばしたことで、自分もほかの連中もそこでお開きにでき、破壊的な自分自身の行いでもっと破壊的な自分自身を抑えられたことになる。つまり、うまくいったのだ。高くはついたが、決定的な違いは、彼が翌朝自分のベッドで目覚めたことだった。留置所で、このあと長期刑用のどこかへ送られるのを待っているのではなく。

ジュークボックスは、ヒットマンの命を救った。あるいは、ジュークボックスを武器に自分で自分の命を救ったといってよい。ひょっとすると刑務所へと帰る道は、彼の内なる声がくどくど言うほど、避けがたいものではないのかもしれない。もしも暴力など必要ない人生があるとしたら、どんな人生だろう。いや、それを言うなら、ジュークボックスが宙を舞う必要すらない人生とは。

どうやったら見つけられる？　そして、どこへ辿りつける？

ヒットマンは考えた。その日1本目のビールを空けた。すぐに2本目。あっという間に今なにを考えていたかは忘れてしまい、胸につかえていた塊はどこかへ消えた。やったぜ、乾杯！

ビールは命の水だ。立て続けに飲む3本目は、いつもいちばんうまい。

いやっほー！

と、ヒットマンは思った。

# 第10章

そしてある日、ついに伯爵に借りを返すときがやってきた。今回、犠牲者の男は週末にレクサスRX450hを試乗し、その際車を盗まれてしまった。

と、男は言っていたらしい。

実際は、車は男がダーラナに住む妹の家に隠していたのだが、浅はかな妹が運転席に座って撮った写真をフェイスブックにアップした。ここでは誰かを知っている誰かを知っている誰かは誰もが知っているので、真実が明かされるまでには数時間と要さなかった。詐欺師の客は悪企みがばれたと気づく間もなく、顔面をめちゃくちゃにされ、手が届くところにある歯という歯を折られた。車の年式と設定価格のおかげで（新車だし高かった）、片方の膝の皿とすねの骨も終わりになった。

いつもの仕事のひとつではあったが、19ヶ月前に交わした契約に基づき、腕2本分は追加請求なしで受注した。ブラックジャックが弱すぎて窮地に立たされたものの、赤ん坊のおかげで半分の1本で救われた男の腕を、今度こそ2本とも片付けたのだ。

ヒットマン・アンデシュはこの仕事もきっちりやり遂げた。両腕の仕事は、正しいほうを選ばなくて済む分、片腕よりも簡単だ。そしてそれで終わりになるはずだった。そうならなかったのは、ヒットマンが最初に牧師に言われた話を思い出したからだった。小さな子供を大切にすることが「優しい」だとか、そんな話だった。

牧師は、聖書の言葉をあれこれ引き合いに出していた。あれほどべらぼうに厚い本なのだから、同じような話がもっとたくさん載っているのではないか。彼を……よい気分にさせるような、別の人間にしてしまうような話が。頭のなかをいろいろな考えが行きかっていた。これまでは、その考えは懸命に酒を飲んでごまかしてきた。

ヒットマンは、明日になったら牧師に聞いてみようと思った。きっとなにか教えてくれるだろう。明日。まずはパブだ。もう午後の4時半なのだから。

それもいいが……。

とりあえずホテルに寄って、牧師にあれやこれや説明してほしいと頼んでみよう。そのうえで酒を飲めば、胸の塊とは永遠におさらばできるのではないか。どうせ牧師が話しているあいだは、こちらはほとんど口をきく必要はない。聞いていればいいだけだ。それなら、飲みながらでもできる。

＊＊＊

「牧師、聞いてくれ。話がしたい」

「お金でも借りたいのかしら」

「いや」

「冷蔵庫のビールがなくなった？」

「いや、さっき見てきた」

「だったらなにかしら」

「話がしたい。さっき言ったとおり」

「なんの話？」

「それは、神とかイエス・キリストとか聖書とか、そういうもんがどんな働きをするかって話だ」

「えっ？」牧師は声を上げた。おそらくこのとき、この先の騒動を疑うべきだったのだ。

ふたりが最初にした神学的議論は、牧師は神のことならなんでも知っているだろうとヒットマン・アンデシュが言った話だった。それならきっと、始まりのところから教えてくれるのがいちばんいい……。

「始まりのところから？　そうね、初め神は天と地を創ったと言われています。それがだいたい6000年前の話です。ところがなかには違うことを考える人もいて――」

「ばかやろう、そっちじゃない。あんたがどうやって初めて神を知ったかの話だよ」

牧師は驚き、警戒以上に喜びを覚えた。受付係とはしばらく前から、人間でも物事でもすべて、嫌いになるときはそれぞれ勝手にではなく、ふたりいっしょにしようと話しあっていた。けれどもたがいの身の上については、ごく表面的な事実を除いて、本当の意味で打ち明けあったことはない。つらい過去やその原因に気を取られるより、ふたりの時間は楽しいことだけを考えていたいからだ。

今となればわかることだが、彼らがそうしているあいだに、ヒットマン・アンデシュはひとり思考を深めていたのだ。それはつまり、破滅の前触れでもあった。仕事では月、水、金と人のあごや鼻の骨を折りながら、自分のもう一方の頬を差しだせと正反対のことを説く本を読み始めたとしたら、ビジネスプランはどこへ向かうことになるのか。

無責任な傍観者は、牧師はこの始まりの時点で気づくべきだったと言うだろう。受付係に警告するべきだったと。しかしその時点では無責任な傍観者は存在しておらず、牧師は神ならぬただの人間であり、神と人間とのきわめてあやしげな仲介役だった。自分の人生について聞かせてほしいと言われ、それが半分頭のおかしい暴漢にして殺し屋だとしても喜んで応じた、それだけのことだ。

そして彼女はヒットマン・アンデシュに自分の人生について語った。彼女の枕以外は誰も聞いたことのない話だ。おそらくイケアの枕と同レベルの知的反応しか返ってこないことはわかっていたが、自分の話を聞きたがる人がいるという事実で帳消しだった。

「初め、私の父は地上に地獄を創造しました」牧師は話しだした。

彼女は、本心では女の牧師に反対する父親によって、無理やり家業を継がされた。なぜ女の牧師に反対かというと、神の真意（議論の余地あり）に反するからではなく、女の居場所は台所であり、あるいは夫の要請があるときには寝室だからだ。

そこでグスタフ・シェランデルはどうしたか。シェランデル家は1600年代後半に始まり、代々父から息子へと聖職を引き継いできた。信仰心や天職はなんの関係もない。伝統、そして地位を守るだけの話だった。そのため、神を信じていないという娘の主張はほとんど問題にならなかった。娘は牧師になると決まっているし、父親に言わせれば、ならないのならすなわち呪われていることになる。

牧師はこの何年かずっと、なぜ自分は父親の言いなりになっていたのだろうと考えている。ともかく覚えているかぎり、父はなにごとも頭ごなしに言う人だった。いちばん古い記憶では、父は彼女の飼っているウサギを殺すと言った。ベッドに入る時間を守らなかったら、片づけをしなかったら、学校でよい成績がとれなかったら、ウサギは情けにより死ぬことになる。ウサギには、おまえとは違う責任感のある、人のお手本になるような飼い主が必要だからな。

あるいは食卓でのことだ。父がテーブルの向こうからゆっくり手を伸ばし、彼女の皿をつかむ。立ちあがり、ごみ箱まで歩いていき、料理を皿ごと捨てる。夕食の席で間違ったことを言ったから。言葉を聞き間違えたから。答えを間違えたから。間違ったことをしたから。あるいは、彼女の存在が間違いだから。

牧師は、あらためて考えた。捨てられたお皿は何枚になったのかしら？　50枚くらい？

ヒットマン・アンデシュは全力で集中して聞いていた。聞く価値のある話がいつ始まるかわからないからだ。彼女の父親の話はどうでもいい。ちょっと聞いただけでも、1発こっぴどく殴られる必要があるやつだとわかった。それでおそらくうまくいく。もしだめなら、2発目をお見舞いしてやってもいい。

しまいにヒットマン・アンデシュは、そう口に出して言わざるを得なくなった。牧師の不満がいつまでたっても終わらないからだ。延々と話したあげく、まだ17歳の誕生日にしか行きついていない。そのとき父は、彼女に唾を吐きかけて言ったのだった。「おお、神よ。娘をお与えになるとは、あなたはそれほどまでに私をお嫌いでおられるのか。このような娘をこの私に。主は私を真に裁かれた」。父はもはや娘以上に神を信じていなかったが、他人を責め苦しめるときに借りる神の力はあいかわらず信じていた。

「お願いだ、牧師。そいつの住所を教えてくれないか。俺が野球バットで、ちょっとばかり作法ってもんを教えに行ってやるぜ。なんなら、たんまりでもいい。右と左両方でどうだ？　腕でも足でも、あんたの好きなほうをやってやる」

「ありがとう」牧師は言った。「でももう遅いのです。父は2年前の三位一体の主日から4週目の日曜日に亡くなりました。知らせを聞いたときは、ちょうど説教壇に立って、赦すことと裁かないことという説教をしているところだったのですが、父を連れて行ってくれたことを悪魔に感謝したものですから、少し違う話になってしまいました。聞いていた人の反応はよかったとは言えないでしょうね。全部は思い出せないけれど、私が父のことを女性の生殖器に関連する言葉で呼んだことは間違いないですもの……」

「それは、ま……まさか」

「詳しくは話さないけれど、話の途中で説教壇から下ろされて、出口の場所を指されました。そんなのとっくに知っているのに」

ヒットマン・アンデシュは、牧師が口にしたのはどの言葉だったのか知りたくてたまらなかったが、牧師の選んだ言葉が信徒会を仰天させ、もっとも信心深い子羊ふたりが彼女に讃美歌集を投げつけるに至った話で満足するしかなかった。

「ということは、それは……」

「そしてどうなったかというと！」牧師は話を続けた。「私は教会を出て、つぎの日曜までずっと放浪生活を続けました。そして、私たちの共通の友人ペール・ペルソンと公園のベンチで出会ったのです。あなたと会ったのはそのあとでした。ひとつのことがつぎにつながって、今ここでこうして、あなたと私は座っているのですね」

「本当にそうだなあ」ヒットマン・アンデシュは言った。「それで、そっちはそろそろおいといて、聖書になにが書かれているかって話に戻らないか」

「でも、あなたのほうから言ったのよ……私の話をしてほしいと」

「ああ、そうだけど、1冊まるまるとは言ってないぜ」

# 第11章

牧師は誰か——誰でもいいから！——に、自分の子供時代の本質をなす事柄について話を聞いてもらわずにいられなかった。ヒットマン・アンデシュは、自分から聞きたいと言った以上、しかるべき態度をとるべきだ。つまり、話が終わるまでは黙っていて。

ヒットマン・アンデシュは誰かの指図を聞くような人間ではなかったが、彼女がそう言いながらビールを出したので、やりたいようにやらせた。「ありがとよ」

「黙っていてと言ったでしょう」

ヨハンナは、生まれたその日から身体的な暴力を除くあらゆる方法で虐待されてきた。父親が初めて、そして最後に彼女に触れたときの体重は３３００グラムあまりだった。娘を抱きあげると、やや必要以上にきつく抱きしめ、顔を近づけ声を引きつらせて言った。「ここでなにをしている？　おまえなど欲しくはない。聞いたか？　私はおまえなど欲しくはない」

「なんてことを言うの、グスタフ？」疲れきったヨハンナの母親が声を上げた。

「私がなにをしてなにをしないか決められるのは、この私だけだ。聞こえたか？　二度と私に盾突くな」グスタフは妻にそう言うと、娘を返した。

妻はその言葉に従い、それから16年間、二度と夫に盾突くことはなかった。いよいよこれ以上は耐えられないとなったとき、彼女は海に直行した。

２日後、姿を消した妻が浜に打ちあげられたのを見て、グスタフは怒りくるった。すでに述べたように、彼は暴力的だったことは一度もない。けれどもヨハンナは、そのときの父の顔を見て、もし母がまだ亡くなっていなければ殺したにちがいないと思った。

「そろそろクソしたいな」ヒットマン・アンデシュが話を遮った。「まだかかるのか？」

「さっき、私が話しているあいだは黙っていてと言ったでしょう」牧師は言った。「あなたがそういうことは、お尻も同じ。話が終わるまではどこにも行けないのです」

ヒットマン・アンデシュは牧師がこれほど断固とした態度を取るのを見たことがなかった。それにトイレへ行く用はさほど切羽詰まっているわけではなく、ただ話に飽きただけだったので、ため息をついて続けさせた。

母親の死から３年後、彼女は進学のために家を出た。父親は手紙や電話を使って、あいかわらず束縛の手を緩めなかった。

牧師というのは、一日でなれる類の職ではない。ヨハンナは山のような数の科目で単位を取らねばならなかった。ウプサラにあるスウェーデン国教会牧師専門学校の最終課程に出席を許可されるだけでも、たとえば神学、聖書理解、解釈学、宗教教育学などなどが必要だった。

娘が父親の命令を達成する日が近づくほどに、父親は現状に苛立ちを深めていった。ヨハンナは女に生まれてきて、今も女のままだ。要するに家族の伝統を引き継ぐうえで価値がない。グスタフ・シェランデルは、数世紀にわたる一族の伝統を維持する重要性と、ヨハンナが息子ではなく娘であるという先祖への裏切りとのあいだで苦悩していた。自分を憐れみ、神と娘を同じ基準で憎んだ。神のほうでも（もし存在しているなら）自分を憎み、娘も（その勇気があるなら）自分を嫌うだろうとわかっていた。

ヨハンナにできる唯一の反抗は、反抗とは呼べないほどにささやかだった。知的能力のすべてを駆使して神を蔑《さげす》み、イエス・キリストを信じず、聖書に書かれた話からことごとく嘘を見つけ出した。純粋で熱心なプロテスタントの信仰を貶めることで、父親を貶めた。けれども、誰にも自分が熱心な不信心者であると言わなかったので、6月のある雨の日、聖職位を授与された。ただの雨ではなかった。風も強い日で今にも嵐になりそうだった。6月だというのに気温はわずか4度。そういえばあられも降っていた。

ヨハンナは内心あざ笑った。神は、聖職位授与の日の天気を大荒れにすることで、私の職業選択に抗議した気にでもなっているのかしら。

雨とあられがやむと、ヨハンナは荷物をまとめてセルムランドの家に帰った。初めは、父の監督下で少し離れた場所の信徒会を受け持った。4年後、計画どおりに教区牧師としてシェランデル一族の信徒会を引き継いだ。父は隠居したが、もしかしたら依然自分で会を運営する気でいたのかもしれない。けれども父は胃ガンを患い、そしてなんと、最後にはさすがの彼も打ち負かされることが判明した。父の全人生を通して神が失敗しつづけたこと（試していたかはわからないが）を、ガンはたった3ヶ月でやってのけた。娘であるヨハンナは知らせを聞き、とっさに説教壇から、地獄へようこそと言ってしまった。そのうえ、33年間信徒会の象徴として勤めてきた父を女性器を表す言葉で呼んで、とどめをさすことになった。

「最後にもう一回聞くが、その言葉ていうのは、ま……」

牧師は、ヒットマンの顔をじろっとにらんだ。「さっき、黙っていてって言っておいたはずだけれど、聞いていらっしゃらなかったのかしら？」

信徒会による女性教区牧師の試用期間は終了した。父親は死に、娘は自由になった。さらに無職になった。さらに1週間の路上生活で汚れ、空腹になった。

しかしその後、ハムサンドイッチ4個とラズベリージュースと出会い、新しい家と新しい仕事を得た。初めから稼ぎはよく、2年が経った今でも収入は右肩上がりだ。そしてなんと、愛する人とも出会えた！　つまり、たいていのことはやり過ごしていける毎日だ。ただひとつ、目の前に座るヒットマンが聖書について話してくれとせがむことを除けば……。

「そうだ、聖書だ」ヒットマン・アンデシュは言った。「無駄話が終わったら、そろそろ本題に入ってくれ」

牧師は、自分の話と不幸な身の上に関心を寄せないヒットマンに腹を立てた。それに、さっき決めたルールに反して口をひらいたことも気に食わない。

「もう1本お飲みになるかしら？」牧師は尋ねた。

「ああ、頼む！　やっとだな！」

「残念、飲めません」

# 第12章

神学校卒業生にして熱心な不信心者ヨハンナ・シェランデルの不信心の中心には、マルコ、マタイ、ルカ、ヨハネによる4つの福音書が、イエスの死後明らかにかなりの年月を経て書かれたという点にあった。もしも、水の上を歩いたり、なにもないところから食べ物を出したり、足の不自由な人を歩かせたり、人間に憑《つ》いた悪魔を追い出して豚のなかに入れたり、それどころか3日間死んでいながら生き返って歩きまわったりできる人がいたとしたら、もしもそんな男（女でもいいのだが）が本当にいたとするなら、そのすべての行いを記録するのに、1、2世紀、それ以上かかるのはいったいなぜなのか。

「知るもんか」ヒットマン・アンデシュが言った。「それより、イエスは足の悪いやつを歩かせたのか？　詳しく教えてくれ！」

牧師は、ヒットマンがイエスの奇蹟を眉唾ものではなく感動的だと思ったことはわかっていた。しかし、諦めずに説明した。福音書を書いた4人のうちふたりは、ほかのひとりが書いたものを見て書いている。となれば、その3人の記述が似かよっているのは当然だ。しかし残るひとりであるヨハネは、イエスが十字架にかけられてから100年も経ってから、ひとりで山ほどいろいろな話を書いている。ある日突然、イエスが道であり真理であり命であると、世の光であり命の糧でありその他いろいろであると、説いたのだ。

「道であり、真理であり、命である」ヒットマン・アンデシュが言った。声には明らかに畏敬の念がこもっている。「そして世の光である！」

牧師は続けた。ところで、ヨハネの福音書にあるその部分は、ヨハネが書いた言葉ですらない。300年もあとになって、誰かが新しく書き足したのだ。ちなみに有名な、イエスが「まず罪のない者が石を投げよ」と言った場面も書き足されたなかに含まれている。この話を思いついた誰かは、おそらく罪のない人間などいないということを言おうとしたにちがいない。結局石を投げようという人間は現れなかったが、問題はこの話が聖書となんの関係があるのかということだ。

「300年！　おわかりかしら？」牧師が言った。「それはつまり、私が今日、フランス革命のときに実際はどうだったか、誰がなにを言ったかをでっちあげるよりも、ひどい話ということよ。それを世界じゅうの歴史学者が読んで、うなずいて、私に賛同するということなのよ！」

「そうだ」ヒットマン・アンデシュが、自分の聞きたいこと以外は聞き流して言った。「イエスはまったく正しい。この地上で、罪のないやつがいるか？」

「でも、私が言っているのはそういうことではなくて――」

ヒットマンは牧師の話の途中で立ちあがった。パブが彼を呼んでいた。「水曜の同じ時間にまた会おう。いいよな？」

「水曜日は、私はだめ――」

「よし、じゃあな」

# 第13章

牧師とヒットマンは、その後頻繁に話すようになった。初めは、わざわざ受付係に言うまでもないと思っていた牧師だったが、しだいにむしろ言いだせなくなってしまった。話はいつも、全力で阻もうとしている方向に進んでしまう。ヒットマン・アンデシュは自分自身に不満を表すようになっていた。牧師と神によって導かれ、よりよい人間になりたいと言う。牧師がそんな時間も気力もないそぶりを見せようものなら、ヒットマンは「仕事しないぞ」「殴るぞ」の両方またはどちらかで脅しをかけた。

「最初はひどくはやらない。軽くだ」穏便さを出そうとして言う。「なんたって、俺たちは同僚だからな。それに聖書では――」

「わかったわ、わかりました」牧師は言った。

牧師に残された道はただひとつ、悪口を言って神のイメージを落とすことだった。そこでヨブ記を引き合いに出し、ヒットマン・アンデシュと神は人を殺すところが似ているけれど、ヒットマン・アンデシュと違って神は子供を助けないと言った。

「神は、ヨブが子供を亡くしても信仰を失わないと魔王に示すために、一撃で10人の子供たちを殺したのよ」

「10人？　その子たちの母ちゃんはなんて言ったんだ？」

「母親は黙って従うことを人生の主な目的にしていたけれど、さすがにそのときは怒ったと言われているわ。当然でしょう。私にもどうしてかはわかるわ。それから紆余曲折を経て、神はこのよき父親であるヨブのもとに、新たに10人の子供を送ったの。届けたのは彼の不機嫌な妻だと思うわ。そうでなければ郵便のどちらかね。そのことはなにも書かれていないの」

　ヒットマン・アンデシュは数秒のあいだ黙りこんだ。この話を説明できる筋の通った方法を求めて記憶を辿っている。しかし彼の頭では、正しく整理できない。牧師はヒットマン・アンデシュが震えているのに気づいた。希望はある！

　元殺し屋は、最初ぶつぶつと言っていた。そうは言っても少なくとも新しい子供を10人送ってきたんだ……これはいいことだ、そうだよな？　これに牧師は答えた。もしかしたら、神はそれほどいい支援者というわけでもなかったかもしれなくてよ。両親にとって子供は、車のタイヤみたいに交換がきくものではないと、わかっていなかったんですもの。

　車のタイヤ？　ヨブの時代に？　しかしヒットマン・アンデシュは、すぐにもっといいことを思いついた。「そういえばこの前、あんたが小難しい言葉ばっかり使いやがって俺が怒ったとき、なんて言ってた？」

　まずい！　牧師はヒットマンの聞きたいことがなにかはわかっていたが、覚えていないと嘘をついた。

「いや、あんたはたしかこう言ってた。神の道は……測りがたい」

「私としたことが、飽きっぽいとか、深刻な神経症だとか言うべきだったわ。ごめんなさい……」

「それからこうも言っていた。神の知恵は無限であり、人間には理解が及ばない。違ったか？」

「違うの、いえ、そのとおりだけれど、私が言いたかったのは、人は不可解なものを説明する必要があるとき、そういう言葉に逃げる傾向があるということなの。たとえば、子供10人と車のタイヤ4本の違いを区別する神の力についてとか」

ヒットマン・アンデシュはあいかわらず、自分の聞きたいところだけを聞いて、そのとおりに持論を展開した。「ガキのころ母ちゃんが教えてくれた祈りの言葉を思い出すよ。歯が折れた屑《くず》みたいなガキだったけどな。母ちゃんも、酒に溺れるまではそんなにひどくなかったんだ。なんだったかな？

『子らを慈しむ神よ、ここに眠る私をお見守りください……』」

「それがなにか？」牧師は言った。

「『それがなにか』って、なにがだよ。自分の耳で聞いただろ。神は子供を愛する。そして俺たちはみんな神の子だ。ちょうど昨日、便所で読んだところに書いてあった。だから――」

牧師はヒットマンの話を遮った。残りは聞くまでもない。すでにヒットマンには、言いくるめられて新約聖書を渡してしまっていた。聖書は一階のトイレの椅子に置かれている。どうやらヨハネの福音書まで進んだらしい。それはともかく、牧師に残された最後の爆弾は、神学的問題の中心にある命題のみだった。すなわち、もし神が善であり全能であるなら、なぜ今、世界はこうなのかという問いである。この矛盾についてはほかの問題と同じく死ぬほど話してきたが、ヒットマン・アンデシュはまだそこまで深く考えていないようだった。もしかしたらここにチャンスが……。

牧師の考えはそこで中断された。ヒットマン・アンデシュが立ちあがって、言ったのだ。

その言葉で、悲劇はついに現実となった。

「俺はもう、二度と人を殴ったりしない。酒も飲まない。今このときから、俺は自分の命をイエスの手にゆだねる。最後の仕事の報酬をもらいたい。昨日やった分だ。赤十字に寄付する。それからは、よくある言い方だが、俺たちは別々の道を行くのさ」

「でも……そんなことできないわ」牧師は言った。「私が許しません――」

「許さない？　さっきも言ったが、俺はもう二度と人を殴ったりしない。だがイエスはきっと、ふたりだけは例外にしてもいいと言ってくれると思う。おまえと、受付係のふたりはな」

# 第14章

その晩、牧師は朝まで寝つけなかった。朝日がブラインドの隙間から射しはじめ、彼女は受付係を起こして事実を打ち明けるしかないと悟った。自分がついうっかりイエスの存在をヒットマン・アンデシュに気づかせてしまい、イエスはヒットマン・アンデシュに人を殴って金を稼ぐことと酒を諦めさせた、と。

なんたる即効性。

今このときから、ヒットマン・アンデシュが叩きのめしてもいいと思う人間は地球上で彼らふたりだけである。そして彼らがヒットマンの要求に従わなければ、間違いなく叩きのめされる。

「要求?」受付係が寝ぼけまなこで尋ねた。

「そう、私たち、彼に3万2000クローナの借りがあるの。赤十字に寄付するから、払ってほしいんですって。そのことだと思うわ」

受付係は起きあがった。誰かにものすごく腹を立てたい気持ちだったが、誰に対してかがわからない。祖父か、牧師か、ヒットマン・アンデシュか、イエス・キリストあたりが近い気がしたが、そういう問題ではないこともわかっていた。

まずは起きて、朝食をとって、むかつく受付デスクに立つほうがよさそうだ。それから筋道だてて、この先のことを考える。

さて、彼らの襲撃暴行ビジネスは、襲撃と暴行の実務を担当する人員を失った。それはすなわち収入の当てがなくなったということだ。祖父への復讐は果たせずじまいに終わる――ヒットマンの気が変わらないかぎり。そのためには、彼を神とイエスと聖書という諸悪の根源から離れるよう誘導し、酒とパブと浮かれ気分に連れもどさなくてはいけない。

受付係が考えを牧師に伝える間もなく、元殺し屋が起きてきた。以前より少なくとも2時間は早い。

「神の平穏がともにありますよう」彼は言った。今の今まで習慣だったビールとサンドイッチを要求してこない。

たった1日でアルコール依存症から厳格な禁酒主義者になるのはたやすいことではない。受付係は、ヒットマン・アンデシュの心のなかではきっと激しい闘いが繰り広げられていて、今はまだどうにかイエスが持ちこたえている状態ではないかと考えた。そこで急いで相手の裏をかく作戦を考えることにした。迅速かつ相手の裏をかく作戦は、いつもは牧師の得意とするところである。そのため受付係は、思いどおりの案が浮かんだ自分にいっそう鼻が高くなる思いだった。

「チーズサンドイッチはいつもどおり食べるよな。でも、イエスとともに歩く人には、ビールよりは聖餐《せいさん》のワインかな」

ヒットマン・アンデシュはサンドイッチの話は理解できたが、あとはさっぱりだった。教会のなかを見たことがなかったために、運よく「セイサン」がなにかがまったく頭に浮かばなかったのだ。

「ハーフボトルでいいかな。まだ朝だし」受付係は言って、ラップをかけたサンドイッチの横に赤ワインを置いた。

「だが、俺はもう酒はいっさい飲まないぞ」

「わかってる。聖餐のワイン以外の酒はもちろんだめだ。でもこれはイエスの血だからね。こっちはイエスの体。ラップ取ろうか？」

牧師が受付係の作戦に気づいて、助け船を出した。「聖書の勉強は、まだそこまで進んでいませんものね。でもヒットマン・アンデシュ、信仰についてまじめに考えるなら、イエスの体と血をいただくことを軽んじたりはしないでしょう。今日《こんにち》の俗世では、そういう人も多くなっているけれど」

ヒットマン・アンデシュには、俗世がなにかも、イエスと安ワインになんの関係があるかもわからなかったが、わからないなりに摑めた気がしていた。イエスの名において、自分は今まさに叫んでいるチといっしょにワインをハーフボトル飲める。これはありがたい。心のなかでは、今まさに叫んでいるところだったのだ。酒をきっぱりやめるなど、軽はずみな決断だった、と。「そうさ、完璧なやつなどいない」ヒットマンは言った。「新米信者ならなおさらだ。今では、イエスとともに歩む以外の選択がないことはわかっている。しかしなにしろ、俺とイエスは昨日の夜会ったばかりの仲だ。それで俺は、ハーフボトル分遅れを取っているということか？」

その調子。窮地での小さな成功だ。今ではヒットマン・アンデシュは、イエスと真に歩む自分は朝聖餐と午後聖餐から始めて、その後より盛りだくさんの夜聖餐へ進み、さらに夜9時以降開始の徹夜で飲み放題の聖餐で締めくくるのがいいと確信を持っていた。赤十字に寄付するつもりでいた3万2000クローナは取っておいて、イエスの血に投資してもいい。

しかし、ヒットマンは依然仕事は拒否していた。現在抱えている4件の契約は、ヒットマン・アンデシュとイエスが偶然の出会いを果たす前に受注している。その後受付係は、客から問い合わせがあったときには、はっきりと答えないようにした。「ただいま、予約でいっぱいでございます」とか「一時的に営業を停止させていただいております」などと言うのだ。けれども、いつまでもごまかし続けるわけにもいかなかった。この仕事もそろそろ潮時ということか。今では靴箱に貯まったお金もかなりの額になっていた。ストライキ中のヒットマンにはそうでもないかもしれないが、受付係と彼が愛する牧師にとっては十分な額だ。

そうね、と彼に愛されている牧師はうなずいた。ヒットマン・アンデシュの神への信仰が改善される――というか、改悪される――兆しは見られない。牧師は、自分と受付係がこれ以上彼と商売を続ける理由はなくなったと考えていた。殺し屋とイエスがともに歩みつづけようが知ったことではないし、途中たまたま行きついた崖から落ちてくれてもいいのにと思っていた。

牧師は、シーポイント・ホテルを出て暮らしてもいいとも言った。ただし、ペール・ヤンソンがそばにいることに慣れすぎて、離ればなれは考えられない。今では、自分たちふたり対その他全員のような状態になっているし、できれば靴箱はふたついっしょにふたりのものにしたいし、一生ずっといっしょにいたい。あなたがそれでいいと思うなら。

受付係は思った。この特別な女性は、自分と同じように、人生という戦いに挑む目的を完全には理解できていない。それでもたがいに相手がそばにいたら、相手が誰でもどんな困難でも、くじけずに戦っていける。ペール・ペルソンは、すでにふたりで歩きはじめたこの道を、このまま進んでいきたいと思った。そうしたらいつかは、彼女も僕の名前をちゃんと覚えてくれるだろう。

# 第15章

受付デスクの裏に置いた靴箱には、牧師と受付係の約60万クローナが入っていた。ふたりで貯めたお金だ。加えて、遂行前の注文3件分の前金として受けとった10万クローナがあった。ヒットマン・アンデシュとイエスが仲たがいしそうな徴候が見られない以上、この金は返さないわけにはいかないだろう。

3万と3万と4万クローナを、ストックホルム首都地区の半本格または本格ギャング団3組に返金するのは、受付係の望むところではなかった。手持ちの資金が10万クローナ減ってしまうからでもあったが、依頼人が期待しているのは金と引き換えに結果を出すことで、なんの利益もなく金だけ返されることではないのは明らかだからだ。彼らの依頼人に共通の特徴はおおまかなところでも、与《くみ》しやすく、柔軟で、理解があるとはお世辞にもいえない点だ。ヒットマン・アンデシュは今後二度と人を殴ることはしないと説明したら、受付係と牧師が不愉快な目に遭う可能性は大いにあった。

「郵便で返金して、事情を説明する手紙をつけるのがいちばんじゃないかな。それから逃げればいい」受付係が考えながら言った。「僕らの名前を知っているやつはいないし、手がかりも多くはない。自分で自分を探したって、なかなか見つけられないくらいだ」

牧師は受付係の話を聞いてじっと考えこんでいた。考えをまとめるのに時間が必要なのだろう。なんといっても、ギャング団3つに喧嘩を売ろうとしているようなものなのだ。受付係は続けた。「金はもらっておくことにしたっていい。どっちにしろやつらは怒る。実際、連中の追跡網にかからずに隠れていられる隙ならあるんだ。僕の給料は届出なしに支払われているし、住民登録はどこにもしていない。きみだって、単なる宿泊客からあっという間に事業主と僕の同僚になったから、台帳に名前を記録する暇もなかったしね。7号室の客の名前は世界じゅうに知られているけど、やつのことはもちろんここに置いていく。連中に申し開きをするお楽しみは、ミスター・カミニ・メザメタのものだ。イエスがわれわれのビジネスを禁止し、元同僚たちは新しい住所を知らせずに出ていった。そのうえ、急いでいたせいで客から預かった金もうっかり持っていってしまった、ってね」

牧師はあいかわらず黙ったままだった。

「僕の考えは、的外れだったかな」受付係が尋ねた。

牧師は、愛にあふれた表情でかぶりを振った。「そんなことなくてよ。的外れなんかじゃない。とてもいい考えだと思うわ。ただ少し、守りに入りすぎているかしら。正気の人間なら絶対騙そうなんて思わない人たちを騙すんですもの、せっかくだからみんなまとめて騙してしまいましょう。彼らが出せるお金全部か、できればもう少し多く。10万クローナでも十分だけど、あなただってきっと……そうね……1000万クローナのほうがよくないかしら」

牧師はモナ・リザの笑みを見せ、受付係はおずおずと笑みを返した。牧師が公園のベンチで適当に祈って、彼の20クローナを騙しとろうとした日からたかだか2年と少しだ。その出会いから、初めはいがみあい、やがて同僚、友人となり、ついには恋人どうしとなった。そして今度は、ふたりで逃避行しようとしている。すごいぞ。最高の気分だ。その部分は最高だ。しかし、残り（祖父、父、母、数百万クローナ、強盗ども）はどうだ？

1000万クローナは10万クローナの100倍だ。リスクはどのくらい大きくなる？　そして、彼女はその金で、僕となにをしようとしている？　万事成功したあかつきには、貧しいときよりも富めるときのほうがいっそう互いを愛せる以外に、なにかあるというのか？

受付係がその疑問を口にする前に、ヒットマン・アンデシュが起きてきた。鼻歌まじりにこちらへ向かいながら「主がともにありますように」と言う。のほほんとした声に、受付係は苛立ちを隠せなかった。

ありがたいことに、彼の手元には請求書があった。これまでの復讐をいっきに果たしてやるつもりで準備をしていた。「アンデションさん、2年と36週分の宿泊費が未払いとなっております」受付係は言った。「1泊225クローナですので、しめて22万クローナ、耳をそろえてお願いいたします」

古き良き日々、こんなふうに宿代の支払いを促そうものなら殴りたおされるのが落ちだった。それが今やその怖れはない。

「それはそうだが、なあ、親切な受付係さんよ」ヒットマン・アンデシュが言った。「それは、『神と富にいっしょに仕えることはできない』ってやつだ」

「そうかもしれないけど、仮にそうだとしても、僕ならまず富を優先する」受付係は言った。「そのあとで、もうひとりのほうに使う時間があるか考える」

「さすがだわ」牧師が合いの手を入れた。

「まずは、チーズサンドイッチをくれないかな?」ヒットマン・アンデシュが言った。「『お隣さんを自分のように愛せよ』って言葉があるだろう? まだなにも腹に入れてないんだ。ほら、俺たちが言うところの、『イエスの体』のことだよ」

牧師は元殺し屋の言動にもイライラしたし、聖書の引用なら負けてはいられなかった。「『今飢えている者は幸せである』。ルカの福音書6章21節」

「おっと」受付係がたたみかける。「アンデション氏の幸せを台無しにするわけにいかないな。僕にできることといったら、サンドイッチを出さないでおくくらいだ。それ以外に、信仰を助けるために避けたほうがいいことはあるかな。ないなら、どうぞよい一日を」

ヒットマン・アンデシュは鼻を鳴らしたが、パブへ行かないと食べ物にはありつけないらしいと理解した。すきっ腹に急きたてられてホテルを出たが、主はわれわれの行いをいつも見ている、牧師と受付係は裁きのときが来るまでに自分たちの拠り所を定めるべきだと、ぶつぶつ言っていた。

牧師と受付係はふたたびふたりきりになった。牧師があらためて、自分の考えを説明した。

「今出ていったあの人が宗教に目覚めたと認めるかわりに、その正反対の話を広めるの。ヒットマン・アンデシュはますます凶暴になって、もはや歯止めはきかないという話よ。そして期間を区切って注文を受けましょう。殺す、膝の皿を割る、目玉をくり抜く、とにかく高価格な注文ならなんでも。逃げるのはそれからよ」

「つまり……姿をくらますってこと？　目玉をくり抜いたりはしないで？」

「いっさいなし――ガラスの目だとしても！　私たちはそういうことはしないし、そもそもする人間がいないんですもの」

受付係はざっと頭のなかで計算した。実際の仕事をやらずに注文だけ受けるとしたら、どのくらいの期間だろう。2週間か、3週間？　ヒットマン・アンデシュの病気を理由に遅れていることを謝罪すれば、さらに1、2週間は長引かせることができるかもしれない。つまり、4週間。本気で攻めるなら、6件か7件の殺しの依頼を受けて金をもらう。複数の骨折を伴う依頼は通常の2倍、それ以外の典型的な暴行も2倍。

「さっき1000万って言ったよね」会計と契約部門担当の受付係は言った。「僕は1200万はいけると思う」

天秤の一方の皿には1000万から1200万クローナ、もうひとつの皿には怒りをたぎらせたストックホルム首都地区の裏組織。

あるいはひとつが、誰にも名前や本性を知られていない受付係と牧師は跡形もなく消えるだろうこと、もうひとつが、ギャング団はけして彼らを探しだすのを諦めないだろうこと。

「さて、どうしましょう？」牧師が言った。

芸術的効果を高めるため、受付係は数秒間、沈黙を保った。それから牧師のモナ・リザの笑みを真似て言った。これからやろうとすることを、するべきだったか否かを見極めるためには、実際にやってみるしかない。

「ということは、やるのかしら？」牧師が言った。

「やる」受付係が言った。「神様がともにおられますように」

「なんですって？」

「冗談さ」

# 第16章

１４４０万クローナを稼いだのち、受付係と牧師は買ったばかりの黄色と赤の大きなスーツケースふたつに金を詰めこんだ。出発はその日の午後の予定だった。これで永遠におさらばだ。

市場は、彼らが新たに展開した、より暴力的なサービスに熱狂的に応えた。牧師と受付係は、金を払ってまで自分の周囲にいる人間を消したいと考える人間がいかに多いかに驚いた。数日前に受注した最後の客は腰抜けの男で、隣人が土地の境界から４・２メートルのところに養鶏用の囲いを作り、それが契約で定めた範囲を４・５メートル侵犯していると言った。男がそう指摘をすると、隣人は男の妻に向かってしかめ面をして見せた。自分は弱すぎて隣人に正義を叩きこんでやれないし、誰かに頼んでやってもらっても回復しだい仕返しにくるだろうから、いっそやつの存在を金輪際消しさってほしいという依頼だった。

「鶏の囲いのために?」受付係は言った。「市の当局に訴えたらどうです? 規則は規則なんですから」

「そうなんですが、囲い用の針金はフェンスとは見なされないとわかったんです。つまり法解釈上、やつは正当ということになります」

「そして、そのために彼は死ななければならないと?」

「妻にしかめ面をして見せたんです」腰抜け男はきっぱりと言った。

牧師は受付係を見ていて、どうやら彼はこの隣人の命が助かることになるのを忘れているようだと気がついた。また、実際契約に至れば、腰抜け男は財政的に自分が腰砕けになったと思い知るだけだということも。そこで話に割って入り、話題を変えることにした。「ヒットマン・アンデシュの名前と私どものサービスについては、どちらでお知りになったのですか?」

「ええと、最初は新聞記事でした。隣のやつに不愉快な目に遭わされるのはこれが初めてじゃなかったもので、覚えておいたんです。事態が深刻になったときには、行き方を尋ねるだけで済みました。こちらの……いささか胡散臭い場所への……」

信憑性のある話だ。牧師は受付係に、この正義を実践する価格は80万クローナになると伝えた。腰抜け男は満足そうにうなずいた。一生分の貯金に相当する額だが、それに値する。「水曜日にはお支払いいたします。かまいませんか?」

まったくかまわなかった。出発の予定は木曜日だからだ。

そして今日がその日だった。牧師と受付係は万全の資金を蓄え、ふたりの未来はもうすぐ、今日この日に始まろうとしているという思いで、頭がいっぱいだった。その未来に、つい最近救われた元殺し屋は含まれていない。

「どこか行くのか?」ヒットマン・アンデシュが、イエスの体と（なにをおいても）血で腹を満たしに外へ出ようとして、尋ねてきた。ちなみにヒットマンは最近、ストックホルムの都心部にほど近い地区まで出かけることにしていた。店はしょっちゅう変えている。この辺りの店には、罵倒されずにイエスの言葉を広められる相手がいないのだ。元殺し屋が今ではすっかり人畜無害になったという話が知れわたり、アーセナル対マンチェスターユナイテッド戦の放映中に彼が大声で聖書を読んでいると、あちこちから失せろという声が飛んでくるようになっていた。

スーツケースが、受付デスクの後ろにあるドアの隙間から覗いていた。しかし幸運にも、なかに詰める予定の札束は見えていなかった。

「そんなことより、なにか用か?」受付係は、ストライキ中のヒットマンに報告する道義的な義務はないと考えていた。言うまでもないが、あと数時間で二度と会うことのなくなる相手でもある。

「いや、べつにない。じゃあ、よい旅を」ヒットマン・アンデシュは言った。今日は、セーデルマルムにあるパブのひとつに行くつもりだった。ビールが洪水を起こしているような地区だが、安ワイン一杯くらいは飲めるだろうと思っていた。

ヒットマンは、エストイエータ通りにある「兵士《ソルデーン》シュヴェイク」という店に入って席に着くと、赤ワインをグラス2杯注文した。ほどなくしてウェイトレスがトレイでグラスを運んでくると、1杯目をヒットマン・アンデシュの前に置いた。ヒットマンは彼女がもう1杯をどこに置こうかと考えているあいだに最初の1杯を飲みほした。空いたグラスをつぎのグラスと交換してもらい、ついでに3杯目と4杯目も注文した。「お嬢さんがここにいるうちに言っとくぜ」

体内にイエスの血が入り、ヒットマンにキリスト教的静謐がもたらされた。店内をぐるりと見渡していると、知らない人間と目が合った。待てよ……あいつの顔には見覚えがある。年のころは40代、手にはビールジョッキを持っている。この前、というかあれが最後だが、ムショ暮らしをしたときの仲間に違いない。夕食の班が同じだった……話し出したら止まらない男じゃなかったか？　たしかグスタフソンとかウーロフソンとかいう名前だった。

「ヒットマン・アンデシュじゃないか！　会えて嬉しいよ！」グスタフソンまたはウーロフソンが言った。

「俺もだ、本当だなあ！　グスタフソンだったな？」

「ウーロフソンだ。座っていいかい」

もちろん歓迎だった。名前などどうでもいい。ヒットマン・アンデシュはとっさに、この男は改宗者候補としてはうってつけだと思った。「俺も今では、イエスとともに歩む身だ」まずはそう親しげに切りだした。

予想だにしなかった反応が返ってきた。ウーロフソンは声を上げて笑いだし、ヒットマン・アンデシュが必死にあとを続けると、ますます笑い転げた。「なんと、これまた、けっこうなこって」ウーロフソンはようやく言うと、ごくりとひと口ビールを飲みくだした。

ヒットマン・アンデシュがなにがそんなにおかしいのか尋ねようとすると、ウーロフソンは声をひそめて言った。「おまえ、オックスをやるんだろ」

「へ？」

「心配するな、なにも言わないから。その仕事を頼んだのは俺の実の兄貴なんだ。オックスのやつを消せたら最高だろうな。まじでむかつく豚野郎さ！　あいつがうちの妹にしたことは覚えてるだろ？」

オックスは刑務所に出たり入ったりしているよくいるギャングのひとりだった。やたらと図体がでかく、自分の命令を聞かない人間は誰でも叩きのめしていいと思っていた。同じ理屈で自分のガールフレンドを殴ったことがある。ただし彼女のほうも、必ずしも神からこの世界への偉大なる贈り物とは言いがたい人間だった。訪問介護士でありながら、ほとんどの時間を老人たちの家の鍵の複製に費やし、ふたりの兄にそれを渡していた。兄弟は数日経ってから家に入りこみ、金目のものをかっさらった。もし家主の老人が在宅していた場合には、こっぴどく脅してから盗みだした。

ところが、その合い鍵は自分に渡せというのがオックスの言い分で、それを理由にまずはガールフレンドを殴り、それから兄弟のひとりを叩きのめした。そして今、兄弟のもうひとりはストックホルムのパブでヒットマン・アンデシュに礼を述べている。その節は……。

「オックスをやるって、なんのことだ？　おれはもう誰のこともやらないぜ。さっき言ったとおり、今はイエスとともに歩む身だからな」

「誰とだって？」

「イエスだ。主の御名のもとに。救われたのさ」

ウーロフソンはヒットマン・アンデシュをまじまじと見た。「ってことは、兄貴の80万はどうなった？　金は受けとったんだろ」

ヒットマン・アンデシュはウーロフソンに落ち着くよう言った。イエスとともに歩く以上、副業で隣人を殺すような契約はしない。それはたしかだ。兄さんの80万クローナの行方なら、ほかを当たってくれ。

ポケット以外のいったいどこに金が消えるというのか？　ウーロフソンは臆病者ではない。立ちあがり、自分の兄から100万クローナ近い大金を騙しとろうとした豚に向かって1歩踏みだした。しかもこの野郎、ワインなんか飲んでやがらなかったか？

1秒後、ウーロフソンは床に転がっていた。最近救われたとはいえども、ヒットマン・アンデシュはもう一方の頰を差しだすことはできなかった。それどころか、最初の一方すらも。かわりにウーロフソンの攻撃を左腕（それとも右だった？）で防ぎ、右（あるいは左？）ストレートでのしてしまった。両の頰を差しだす件は、後日の課題として残された。

3杯目と4杯目のグラスワインを運んできたウェイトレスが、床にのびているウーロフソンを見てなにがあったのかと尋ねた。ヒットマン・アンデシュは答えた。友人はちょっと飲みすぎただけで、すぐ正気に戻る。倒れる直前に、俺たちふたり分の支払いはまかせておけと言っていた。

そしてヒットマンはウェイトレスのトレイにあったワインを1杯がぶがぶ飲みほすと、床でのびている男も目覚めに1杯飲みたいだろうから置いといてほしいと言った。ヒットマン・アンデシュはウーロフソンをまたいでウェイトレスに礼を言うと、そのまま立ちさった。向かう先は、ストックホルム首都地区の南部に建つホテルだ。やつらは今まさに、ひとつは赤、ひとつは黄色のスーツケースに金を詰め、とんずらする準備を整えていることだろう。

「金はいったいいくらになる？」ヒットマン・アンデシュはひとりごちた。

彼の頭の回転は、たしかに遅い。言葉を使いこなす才に長けているとも到底言えない。けれどもけしてバカではなかった。

# 第17章

　あと一時間もすれば、牧師と受付係はバカな殺し屋と永遠におさらばするはずだった。ところが当の殺し屋はパブで誤った人物と出会い、正しい結論を引きだした。それが今、彼が部屋の中央に置かれた黄色と赤のスーツケースをひらいて、ぎっしり詰まった札束を見つけた理由だった。

「さて？」がヒットマンの第一声だった。

「1440万」受付係が観念したように言った。

　牧師は、自らの命と事態を救おうとした。「もちろん、480万はあなたの分です。どこへでもお好きなように撒きちらしてかまわなくてよ。赤十字でも、救世軍でも、適当と思うところならどこへでも。あなたを一文無しでほったらかしにしないことが大事だと思ったの。3分の1はあなたのため。間違いなく！」

「俺のため？」ヒットマン・アンデシュは言った。

「俺のため」がそのとき彼の脳が理解できた唯一の言葉だった。前みたいにいろいろ考えることのなかったころなら、物事はもっと簡単だった。するべきことといえば

1、牧師と受付係を叩きのめす
2、金でいっぱいのスーツケースを奪う
3、去る

だけだったからだ。

しかし最近では、もらうよりもあげることのほうが喜ばしいと知っている。なにせ、金持ちが神の国に入るよりも、ラクダが針の穴を通るほうが簡単だというじゃないか。それに、人が持ってるものをなんでもかんでも、やたらとむさぼってもいけないらしい。

だが……そうはいっても限度はある。そのうえヒットマン・アンデシュは、イエスの言葉を聞いていた。「ふたりのペテン師を懲らしめなさい。これらパリサイ人は長くあなたを利用してきました。彼らの金を取り、どこかで新たに始めなさい」

ヒットマン・アンデシュは、イエスが言ったとおりに牧師と受付係に伝えた。

それを聞いた受付係は、いよいよまずいことになってきたと本気で思った。さっさと土下座をして命乞いしたほうがいいのではないだろうか。かたや牧師はおもしろがっているようにすら見えた。

「本当にイエスがあなたにそう言ったの？　私は何年も天と地のあいだを取りもつ大使を務めていても、なにも言ってもらえなかったのよ」

「おまえが詐欺師だからだろ」ヒットマン・アンデシュが言った。

「そうかもしれないわ」牧師は言った。「今からの数分間を生きのびたら、イエスに確認しましょう。最後にひとつ聞きたいことがあるの。あなたに殴りたおされる前に」

「なんだ？」

「イエスは、そのあとでどうするべきだと言っているの？」

「さっき言ったとおり、『金を取って去れ』だ」

「もちろん、そうでしょう。でももっと具体的にはどうかしら？　この国のほぼすべての人間は、あなたが何者かを知っている。それはおわかりよね。どこへいっても、あなただとばれてしまう。そのうえ、この地区のギャング団というギャング団がこぞってあとを追いかけてくる。それについては、イエスにはきちんとお話ししてあるのかしら？」

ヒットマン・アンデシュは、長々と黙りこんだままだった。

牧師は、ヒットマンは再度イエスに連絡しようとしているのだと考えた。そしてどうやら返事がない。牧師は言った。「そうだとしても、あなた個人の問題だと思う必要はないわ。イエスはやることがたくさんあるんですもの。からの網を魚でいっぱいにして、未亡人の死んだ息子たちを生き返らせて、口のきけない男の体から悪魔を追い出して……もし信用できないなら、証拠はルカの福音書5章やマタイの福音書9章で見られてよ」

受付係は身をよじった。今、このタイミングでやつを怒らせる気か？

しかしヒットマン・アンデシュは怒ったりしなかった。牧師の言うとおりじゃないか！　イエスは手一杯なのだ。ここは自分で考えなければいけない。あるいは誰かの助言を請う。たとえば、むかつく牧師に。「なんかいい考えはあるか？」沈うつな声で彼は言った。

「私に聞いているの？　それともイエスにかしら？」牧師はそう言って、受付係が怒った顔で見ているのに気づいた。調子に乗りすぎるなよ。

「あんたに聞いてるんだよ、頼むからさ」ヒットマン・アンデシュは言った。

10分後には、牧師は兵士シュヴェイクの店でなにがあったか聞きだしていた。ヒットマンがウーロフソンの脅しにも負けずどうやって見事に床にたたきのめしたか（「最初は左でブロック、つぎに右ストレート、以上」)、またその前に交わした会話からヒットマンが引きだした結論について——つまり、牧師と受付係が仕事仲間にまんまと一杯飲ませようとしている——の話である。

「元仕事仲間だ」受付係は意見した。「そもそも、あんたがストライキなんか始めたからだろ」

「俺はイエスを見つけたんだ！　それのどこかいけないんだ？　そんなことで、おまえらは俺を騙そうとしやがって！」

　牧師は割って入った。今は喧嘩などしている暇はない。言葉の使い方を間違ってはいたが、状況についてはヒットマン・アンデシュが言ったとおりだと認めた。しかし今は前を向いてすばやく行動すべきだ。ヒットマン・アンデシュの友人がいつなんどきパブの床から起きあがって、怒りをかきたてこちらに向かってくるかわからないからだ。おそらくは兄弟間のホットラインで、情報はあっという間に共有されているだろう。

「さっき私に、なにか考えはあるかとお聞きになったわね。答えは『ある』よ！」

　いちばんいいのは、3人そろって逃げることだった。牧師と受付係は、ヒットマン・アンデシュがあらゆる意味で見つかることのないよう守らねばならない。服装は教会のブラザーやシスターらしくし、金はそれぞれのスーツケースに分けて運ぶ。牧師と受付係が真面目に貯めた金を合わせると（厳密に言えば真面目にではないが、比較の問題である）、ひとり500万クローナを超える額を持ちはこぶことになる。

　行き先の当てはこれといってなかったが、受付係は前日にヒットマン・アンデシュの旧友である伯爵の店で、小さなキャンピングカーを買っていた。しばらくのあいだなら、3人で暮らせるだけの広さはある。本来はふたり用のつもりだったが、仕方あるまい。

「キャンピングカー?」ヒットマン・アンデシュは言った。「高かっただろ?」

「そうでもなくてよ」牧師は告白した。

受付係は、車を受けとった際に、支払いは金曜にヒットマン・アンデシュがして、ついでに伯爵から依頼のあったふたり分の殺しの件も詳しく話すことになっていると言ってきた。

「伯爵からふたり分の殺しの依頼を受けていたのか?」

「そう。依頼があって、料金も受けとったけれど、まだ実行していないの。ひとりは伯爵の自動車販売業の商売敵で、もうひとりは同じく伯爵夫人のよ。業種はドラッグ販売業だけれど。ドッグレースの犬は何頭もいらないという考えらしいわ。そのためには160万払う価値があるそうよ」

「160万……それが黄色いスーツケースの中身か?」

「そう。赤かもしれないけれど」

「それで、伯爵と伯爵夫人の商売敵とやらが殺されることはないんだな?」

「イエスがあなたに仕事に戻るなと言いはるのをやめないかぎり、ないわ。私たちとしては、イエスにはやめてほしいのよ。でもどちらにしろ、キャンピングカーは盗むことになるわ。つまり、伯爵と伯爵夫人が、私たちにいちばん腹を立てるお客になる可能性があるということ。ほかにも怒っているお客ならたくさんいるけれど。こういうわけで私たち、多分今すぐにでも行き先未定の旅に出発したほうがいいと思うの」

その瞬間、ヨハン・アンデションは自分のこの名前が嫌になった。たとえ実際、ヒットマン・アンデシュの名のほうが通りがよくて、自分は最近救われて、そしてこの世で唯一の友人が実は敵だったが裏表はなさそうで、自分に殴り殺されるかわりにいっしょにキャンピングカーに引っ越したがっていたとしても、なんら気分が軽くなるものではなかった。

あいかわらず嘆きの壁くらいにはおしゃべりなイエスのかたわらで、牧師と受付係の話は続いていた。いろいろあっても、このふたりが彼に考えられる範囲で唯一合理的な解決策を持っているようではあった。

「ハーフボトルのイエスの血で誘えば、いっしょに行く気になるかな？」受付係が試すように言った。

ヒットマン・アンデシュは心を決めた。「そうだな。いや、こんな日はフルボトルでいいだろう。よし、行くぞ」

# 第18章

前科者ウーロフソンは、セーデルマルムのパブで救われたてのムショ仲間にノックアウトされたが、ものの数分で回復した。到着した救急隊員に無礼な態度を取り、代金を請求した気の毒なウェイトレスに毒づき、赤ワインの残りを壁にぶちまけてから、店をよろよろと出て行った。30分しないうちに、彼はウーロフソン兄の家にいた（前科者仲間では名を省いて姓だけで呼ぶのは珍しくない）。弟が兄に事情を説明するや、ウーロフソンとウーロフソンは正義を実行するため、ただちにシーポイント・ホテルへ向かった。

ホテルは営業放棄されていた。宿泊客が何人か混乱してロビーに立ちつくし、受付係を探していた。

部屋の鍵がないのだ。新規の客はかれこれ10分はチェックインを待たされていた。彼がウーロフソンとウーロフソンに話したところによると、ロビーのベルを鳴らしたものの一向に埒があかず、携帯電話からホテルの番号にかけたところ、受付デスクの電話のいちばん近くにいるのは自分だった。

「あんたたちも予約してたのかい」男が尋ねた。

「いや」ウーロフソンは言った。

「そうじゃない」ウーロフソンは言った。

ふたりはホテルを出た。ガソリンタンクを車から持ちだして建物の裏に回り、火をつけた。

言いたいことは言う。

ただ言いたいことがなにかははっきりしない。

兄弟がつるむとだいたいこういうことになった。ウーロフソンの気性の激しさはウーロフソンに引けを取らなかった。


1時間後、フディンゲ消防署の司令長は、増援の要請には及ばないと判断した。建物は完全に炎に包まれていたが、無風で延焼の危険がない、言うなれば絶好の天候だった。できることといえば、ホテルが完全に焼け落ちるのを待つだけだった。まだ断定はできないものの、目撃者証言によれば建物内に取り残されている人はおらず、不審人物2名が意図的に火を放ったことがわかっていた。法的に言うと、放火罪に当たる。

負傷者がいないとしたら、国民的関心から事件のニュース価値は限られるはずだった。エクスプレス紙の夜勤記者が、ヒットマン・アンデシュとして知られる男にインタビューした場所を思い出して、あやしいと感じなければ――。今から1年だか3年だか前になるが、ヒットマンが住んでいたあのホテルだ。今はどうなんだ？　いささか急ごしらえにはなったが、さすがジャーナリストである。見事な手腕で翌日の記事の草稿を書きあげた。

裏組織の抗争か
ヒットマン・アンデシュ
放火攻撃され
逃走

見開き2面をまるまる使って、ヒットマン・アンデシュがいかに危険な存在かをあらためてまとめ、放火殺人未遂事件が起きた背景を推理する記事を載せた。また、ヒットマンがこの火災により死亡した確認がとれていないことから、逃走した可能性も示唆した。新たな落ち着き先を求めて、もしかしたら、あなたのすぐそばに！

怯《おび》える国民は情報を求め、そろって夕刊紙を買いもとめた。

＊＊＊

受付係によれば、シーポイント・ホテル全焼は、ふたつの理由から願ってもない最高の展開だが、ひとつの理由から大きな不幸だった。牧師とヒットマンは説明を求めた。

まずひとつは、しみったれでスケベなホテルオーナーが主たる収入源を失ったのが喜ばしい。受付係の記憶が正しければ、オーナーは土地や建物に年間数千クローナも保険をかけるのを女々しいと考えていて、つまり火災保険もかけていなかったと思われる。さらに喜ばしい。

「女々しいですって？」牧師が言った。

「男らしさとただの愚かさとの違いは、ときにただの紙一重にすぎないのさ」

「あなた自身は、この件をどちらだと思うの？」

受付係は正直に答えた。今回の結果では愚かさが勝ったようだが、男らしさが優位に立っていた時期も一定期間はあった。

牧師は男というものの賢さと愚かさについてそれ以上掘りさげるのはやめておいた。かわりに、良かったことと悪かったことの話に戻ってほしいと言った。

もうひとつ良かった点は、指紋や身の回りの品など、受付係と牧師について個人を特定するものがすべて煙と消えてしまったことだ。これでふたりはいっそう身元不明となった。

よくないひとつがヒットマン・アンデシュのことだった。新聞各紙はエクスプレス紙を筆頭に、ヒットマンは危険人物だと繰り返し語り、写りのいい写真を山ほど掲載している。ヒットマンがキャンピングカーの外に出るときは、毛布より小さいもので身を隠すのは禁止になった。そして、ヒットマンがキャンピングカーの外に出るときは、毛布で身を隠すのも禁止になった。かえって人目を引くからだ。つまり、ヒットマン・アンデシュはキャンピングカーの外に出ることが禁止された。

＊＊＊

翌日、新聞各紙はスウェーデンで今もっともホットな人物について、さらに紙面を割いて続報を出した。新聞社が情報提供料として１０００クローナ出すと知った軽犯罪者集団の、少なくとも片手分が電話で垂れこんだため、ヒットマンの犯した罪の噂は広く知られることとなった。「そうさ、聞いてくれ。あの野郎ときたら客から前金をせしめたら、仕事はせずに現ナマ持ってとんずらしやがったのさ。ぼろい儲けだよな。ははは。だが、あとどのくらい生きていられるもんかね？」

# 第19章

放浪というと大げさだが、行き先をどうするか深く考えないままキャンピングカーは南へと向かっていた。まずはストックホルム首都地区を離れることが基本方針だった。あとはとにかく運転しつづけるだけ。2日後にはスモーランド地方のヴェクショーに着いた。早めの昼食をとろうと、ハンバーガー店を探してさらに市の中心地を目指して車を走らせた。

キオスクや売店の店頭に踊る派手な新聞広告が、やけっぱち気味の危険人物であるヒットマンが近くをうろついているかもしれないと煽《あお》っていた。こうした広告を全国至るところに撒きちらせば、たとえばここヴェクショーのように、どこかの街では仮説が真実になる道理が通ってしまう。

牧師と受付係は、こうなる前にもはっきりした将来像を持っていたわけではなかった。しかし、現在進行中の今現在に、救われたての不機嫌なアルコール依存症の殺し屋と、小さめのキャンピングカーで同居する計画は、含まれていなかった。おまけにその殺し屋は、今や国内の犯罪者集団の大部分から追われる身だ。

ヴェクショーじゅうにあふれる広告や紙面トップ記事には、恐ろしげに睨みつけるヒットマン・アンデシュの大きな写真が掲載されていた。牧師は、受付係とふたりきりで寄りそう時間を持てるのはまだ当分おあずけになりそうだと、思わず文句を言った。

「おっと」ヒットマン・アンデシュは言った。「寄りそったらいいさ。俺は耳を塞いでおくから」

「目もよ」牧師は言った。

「目も？　そいつはないぜ……」

そのときキャンピングカーの窓の外になにかが見えて、ヒットマン・アンデシュの注意は一気にそちらへ引きつけられた。受付係にUターンするよう言ったその理由は……

「レストランか？」受付係が言った。

「ちがう、戻れったら！　回れ右だ！　さっきの角まで行くんだよ！　急ぎやがれ！」ヒットマン・アンデシュが言った。

受付係は肩をすくめると言われたとおりにした。はたしてヒットマンは思ったとおりのものを見つけた——赤十字のチャリティーショップだ。時刻は午前10時15分で、ヒットマン・アンデシュは最高に機嫌がよく、つい今しがたしていたロマンチックな会話にも力を得ていた。

「500万は俺のものだ、そうだったな？　おまえらのどっちかがあの店に行って、イエスの名前で50万クローナを渡してきてくれ」

「あなた、バカなの？」牧師は言ったが、答えはもちろん知っていた。

「金を持ってる人間が貧乏な人間に施しをする——それのどこがバカなんだ？　しかも牧師がそれを言うか？　2、3日前にホテルで、金なら赤十字でも救世軍でも好きなところに寄付すればいいと言ったのは、あんたじゃねえか」

牧師は、今では状況が変わっているので、そのときどきに見合った方法で生きのびようとしているだけだと言った。当然、言い分も変わってくる。自分と受付係の身元だけは、なにに代えても隠しとおさねばならないのだ。

「私たちがのこのことお店に行って『はい、ここにお金があります』なんて言えるわけがないことくらい、おわかりでしょう。防犯カメラがあるかもしれないし、誰かに携帯で写真を撮られるかもしれないし、警察に電話されるかもしれないし、そうしたら私たちもこの車も見つかってしまうのよ。数秒あれば、理由はいくらでもあげられる――」

牧師が言えたのはそこまでだった。ヒットマン・アンデシュが黄色いスーツケースを開けて大きな札束をふたつ摑みとると、スーツケースを閉じ、キャンピングカーのサイドドアをひらいて外に出たのだ。

「すぐ戻る」ヒットマンは言った。

大股で数歩進み、彼は店に入った。牧師と受付係は、窓越しになかの大騒ぎが見られると思ったが、よくわからなかった……誰か両手を上げているだろうか？　それから大きな叫び声が上がって外の通りまで響きわたり、なにかが粉々に砕ける音がして……。

30秒もせずに、ふたたびドアが開いてヒットマン・アンデシュが店から出てきたが、それだけだった。年齢のわりに機敏に体を屈めてキャンピングカーに乗りこむとドアを閉め、受付係に逃げたほうがいいと提案した。できれば早いところ。

受付係は思いつくかぎりの文句を口にしながら、左に曲がって右に曲がって、ロータリーをまっすぐ突っきり、別のロータリーをまっすぐ突っきり、また別のロータリーをまっすぐ突っきった（ヴェクショーはそういう街なのだ)。4番目と5番目のロータリーで2本目の道を右に行き、まっすぐ進んで街を出ると、左に曲がって森林道に入り、また左に曲がってさらに左に曲がった。

受付係はそこで止まった。見るからにまったく人気《ひとけ》のないスモーランドの森の空き地だった。ここまでのバックミラーの動きから判断するに、追っ手はいないようだ。だからといって受付係が怒っていないというわけではない。

「あれがどんなにくそばかげた行動だったか採点してみようか。1点から10点までのあいだで」彼は言った。

「さっきの札束はいくら分だったのかしら」牧師が尋ねた。

「さあな」ヒットマン・アンデシュが言った。「だが、イエス様が俺に必要な額を選んでくださったと信じてるよ」

「イエスが?」まだ怒りのおさまらない受付係が言った。「彼がもし水をワインに変えられるっていうなら、間違いなく金だって魔法で出せたはずだ。わざわざ僕たちから盗んでいかなくたってさ。僕がそう言ってたって彼に伝えといて――」

「もういいことにしましょう」牧師が言った。「なにも問題はなさそうですもの。ただ、世界でもほとんど類を見ないほどバカな元殺し屋さんの行動が、最初から最後までまったく大きな間違いだったという話には同意するわ。店でいったいなにがあったか、教えてもらえるかしら」

「類を見ないって?」ヒットマン・アンデシュが言った。

彼は理解できない言葉があるのは気に食わなかったが、新しい――彼にとっては――情報を知っていい気分だったので、やり過ごすことにした。イエスは水をワインに変えたんだ。俺も信仰を深めたらいつかはそうなれるかな？　ヒットマン・アンデシュは思った。

# 第20章

赤十字の店での苦い体験のあとは、ヘルガ湖を左手にぐるりと回りこむようにひたすら進んで、さっきの街に再度近づきすぎないように南下した。早めの昼食のはずが、結局はガソリンスタンドのホットドッグとインスタントのマッシュポテトで済ませるはめになった。食事を終えて、スコーネ県北部のヘスレホルムの町はずれに着くまでは、万事順調だった。ところがそこで、ヒットマン・アンデシュが公営酒販店で止まれと言いだした。イエスとの交流の源であるワインの禁断症状が現れはじめたからだ。残念ながら、車内で見つけたペットボトルの天然水を適した飲み物に変えるには至っていなかったのである。しかし、失敗は成功の母ということわざもある。

運転をかわっていた牧師には、その要求はまったくありがたくなかった。つぎに街なかに入るのは、大失敗したヴェクショーからできるだけ離れてからにしたかった。けれども結局は言うとおりにした。ヒットマン・アンデシュより手に負えないものはほとんどないが、数少ない例外が素面のヒットマン・アンデシュだからだ。

受付係もまったく同じ理由で異議を唱えなかった。ヒットマンが小さなキャンピングカーのいちばん奥に隠れているあいだ（どういうわけだか、そこでさっきから水のボトルに話しかけている）、受付係ができるだけ外を歩かず、この特定の飲み物を扱う販売店に行くことにした。折よく店のすぐ前の駐車スペースに車を入れられたので、文字通り最短距離で店内に入ることができる。

「すぐ戻ってくる」受付係は言った。「いいか、絶対に車を出るなよ！　ところで、どんなワインがいいんだ?」

「赤で、ちょっと刺激があればなんでもいい。イエスも俺も好みにはうるさくない。俺たちとしては、聖餐にはよけいな無駄遣いはしたくないんだ。それよりも大事なことを考えたいからな。たとえば……」

「わかったわかった」受付係は車を出た。

ヒットマン・アンデシュが牧師から神の道は測りがたいと教えられてから、まだそれほど経っていない。今彼は、キャンピングカーの後部座席の窓を覆うカーテンの隙間から外を見て、それが真実であると知った。5メートルも離れていない場所に、ほかでもない救世軍の女兵士が立っていたのだ。多くの客が訪れる公営酒販店の外に戦略的に配置されたのだろう。手にした募金箱で、時おり投じられる数クローナをかき集めていた。

牧師は運転席で物思いにふけっていて、危険を見越していなかった。ヒットマン・アンデシュは音を立てずに前回と同じくらいの札束を手に取ると、ガソリンスタンドのレジ袋に入れ、牧師の注意を引かないよう静かに車のドアを開けた。それから女兵士がこちらを見るまで手を振ったが、運よく国じゅうで最も危険な男だとは気づかれなかった。女兵士は、彼の身振りで自分が呼ばれているとわかると、キャンピングカーに向かって数歩足を踏みだした。彼女が横に立つと、ヒットマン・アンデシュは半開きにしたドアからささやき声で、救世軍で神に奉仕する彼女の仕事に礼を述べた。それから金の入った袋を渡した。

ヒットマン・アンデシュには、女兵士が疲れきって見えた。なにか慰めの言葉を言えば、それが力となるかもしれない。

「冥福を祈る」心を込めて言ったせいで、つい声が大きくなった。ヒットマンは車のドアを閉めた。

冥福を祈る？　運転席の牧師は目にしたものに衝撃を受け、つぎに、年配の救世軍女兵士がもらった贈り物を見てよろよろと後ずさる姿に衝撃を受け、さらにまた、よろめいた女兵士が両手に聖餐のワインを入れた袋をふたつ持った受付係にぶつかったのを見て衝撃を受けた。

ワインボトルは無事だった。受付係は兵士に謝った。この人いったいどうしたんだ？　具合でも悪いのか？

そのとき受付係は、キャンピングカーの運転席の窓から牧師が叫ぶのを聞いた。「ばあさんはほっといて！　今すぐ車に乗るの！　このバカ、またやらかした！」

# 第21章

ヘスレホルムから500キロほど北東では、自動車販売業を営む男がガールフレンドと話し合いをしていた。大多数の国民同様、ふたりともヒットマンが裏組織から金を騙しとったと書かれた記事を目にしていた。

自動車販売業の男と法的には結婚していない妻は、その騙された側だった。そしておそらくはその件について、誰よりも寛大さを欠いていた。なぜならば、もともと彼らは寛大な性分ではないし、加えて、金のみならずキャンピングカーまで騙しとられていたからだ。

「ばらばらに切り刻んでやるってのはどうだ？　少しずつ、時間をかけてだ。初めはケツから、じょじょに上に向かって」犯罪者仲間のうちで、伯爵と呼ばれる男が言った。

「生きたまま、肉をじっくり切り分けるってことだね」妻の伯爵夫人が言った。

「そんなようなもんだ」

「上等だよ。ただし、あたしにもやらせてもらえたらね」

「当たり前じゃないか」伯爵は言った。「なにがなんでも、見つけ出してやる」

# 第2部　新たなるトンデモビジネス大作戦

# 第22章

赤十字と救世軍の事件のあとで、牧師はふたたび北へと進路を変更した。ヴェクショー、ヘスレホルムと南下したなら、論理的につぎに捜索の手が伸びるのはマルメになる。そこで牧師と受付係とヒットマンはその裏をかいて、反対方向に向かったのである。

ヒットマン・アンデシュは車内のいちばん後ろで、スーツケースを並べたうえに敷いたマットレスでいびきをかいていた。牧師はハッランドとヴェステルヨートランドの境界の湖畔で、休憩所に入った。車を止め、エンジンを切って、水辺のバーベキュー場を指差した。

「打ち合わせよ」ヒットマン・アンデシュを起こさないよう抑えた声で言った。

受付係はうなずいた。湖まで歩くと、バーベキュー場横の岩に腰掛けた。ふたりとも、もしすべてがこんなに不愉快に進んでいなければ、さぞ愉快な時間になっただろうにと思った。

「ここに、本日の打ち合わせ開始を宣言する」牧師が言った。声は抑えたままだった。キャンピングカーで眠る救われたてのヒットマンを起こしたくない。

「同じく、正式に宣言する」受付係がささやき声で返した。「全員が召集に応じなかったのは遺憾である。本日の議題を」

「本日の議題は1件」牧師が答えた。「われわれがいかにして、現在車内で就寝中の厄介者を厄介払いすることができるか。ただし、その過程でわれわれが生命を失うことがあってはならない。またその間、資産の所属先は、われわれ単独であることが望ましい。ヒットマン・アンデシュであってはならない。あるいは救世軍。あるいはセーブ・ザ・チルドレン。あるいは今後の進路で遭遇しうるいかなる人物やなにかであってもならない」

最初の問題については、同業他社の殺し屋を雇えば達成できそうではあった。ただ困ったことに、この業界では、つい先だって自分たちがヒットマン・アンデシュの名で騙した人物と出くわす可能性が少なからずある。

だめだ、殺し屋に自分たちの殺し屋を殺させるのは危険が過ぎる。なにより職業倫理上の問題もある。かわりに牧師は、できるだけ簡単な方法を考えた。ヒットマン・アンデシュが外の木に用足しへ行った隙に、さっさと車を出してしまってはどうだろう？

「なるほど」受付係が言った。「それで多分……やつを片付けられる？」

「そしてお金はそのまま私たちのもの」牧師がつけ加えた。

そんなに簡単なことだったのか！　ヴェクショーの赤十字の時点で考えつくべきだった。「すぐ戻る！」ヒットマン・アンデシュはキャンピングカーを出るときそう言った。あのとき、考えをまとめて正しい結論を出す時間がたっぷり30秒はあったのに、それをやらなかったのだ。走りさることもできたのに。

たっぷり30秒！　9時間もたってようやく気がついた。

打ち合わせは終わった。以下のことが満場一致で決定された。急ぎすぎない。状況を見ながら時機を待つ。3日のあいだは静かに、ヴェクショーとヘスレホルムの件に関する報道を見て、ヒットマン・アンデシュが国民に与えている恐怖の程度や、自分たちの身元はばれていないか、追跡の規模はどうかなど詳細を把握する。

その後、集めた情報をもとにいよいよ行動開始だ。目的ははっきりしている。自分たちとスーツケースから、今現在キャンピングカーでいびきをかいて寝ている男を引き離すこと。

キャンピングカーは道路から見えないように停めていた。食糧品などは１・５キロほど離れたガソリンスタンドの売店で手に入れられる。受付係は自分が行ってくるので、そのあいだ牧師にはヒットマン・アンデシュを見張っていてほしいと言った。彼女の任務は、ヒットマンが１、２００万持って森に突進し、たまたま出会った誰かにくれてやるのを阻止することだった。

# 第23章

ヴェクショーとヘスレホルムにおける金銭贈与は、当初事件として、それも最優先案件として扱われた。なにしろスウェーデンでもっとも危険といわれる男がかかわっているのだ。ヴェクショーの赤十字では47万５０００クローナ、ヘスレホルムの救世軍では56万クローナが押収された。スウェーデン南部ふたつの街の警察署は協力体制を敷くこととなった。

ヴェクショーの施設は、市民からの寄付品を販売して得た利益を、世界の貧しい地域に送る活動をしている店舗で、問題の日、店内にはスタッフ２名と客２名がいた。そこへドアがひらくと、国じゅうで話題のヒットマン・アンデシュが威嚇するような表情で入ってきた。少なくとも表情が威嚇的だったとするのは、２名の客のうち１名で、悲鳴をあげ逃げようとして陶器が置かれた棚に突っこんだ。

スタッフ2名は両手をあげて抵抗も死も望まないと意思表示をした。もうひとりの客で、旧クロノベリ連隊第八中隊を退役して長いヘンリクソン中尉は、49クローナのほうきで自衛した。

ヒットマン・アンデシュは店に入ると同時に、「この店に神の平和が訪れますように」と唱えたが、実際には彼の突然の訪問は正反対の事態を引き起こすこととなった。彼はまず手をあげたスタッフ2名がいるカウンターに分厚い札束を置くと、「武器《アーム》」と言いかけてやめた。そして、腕《アーム》ではなくふたりの4本の手《ハンド》でこの金を受けとって、名前はイエスと記録してほしいと言った。最後は「よい1日を」と言うと、入ってきたとき同様唐突に店を出ていった。その際「ホサナ（イエスを讃える言葉）」と言っていたとする話もあるが、スタッフ2名はその件については同意していない。うちひとりは、あれはくしゃみだったと明言している。その後男は、白いバンもしくは類似の車種の車に乗りこんだが、それはスタッフ1名がそうだと思うと言うにとどまる。現場にいたほかの目撃者は、割れた陶器に埋もれた女性客のほうを見ていたためである。女性客は外へ這いでようとしながら、「殺さないで、殺さないでちょうだい……」と、すでに店内にいない男に向かって懇願していた。

ヴェクショーの件はあっという間の出来事だったため、キャンピングカーの目撃証言はなかった。しかしながら、店内にいた4名は全員、男がヒットマン・アンデシュだったと認めている。ヘンリクソン中尉は、誰かに話を聞かれるたびにこう答えた。自分は必要があれば断固反撃するつもりでいたのだが、敵はどうやらそれに感づいたらしく、金を置いていくこと以外の目的は果たせないまま、さっさと撤退していった。

陶器の棚の下敷きとなったもうひとりの女性客は、警察からもメディアからも話を聞いてもらえなかった。彼女が言うには、自分はスウェーデンでも最悪の大量殺人犯による計画的殺人事件を生きのび、その結果現在入院することになったのだった。彼女は全身を震わせて「あの怪物を捕まえて！」と、スモーランド・ポストの記者に語った。この記者は、彼女が入院しているとは知らずに病棟に迷いこんだだけだと言い、看護師長に慇懃に追いだされた。

手をあげたスタッフ2名は警察の予備尋問後、ストックホルムの赤十字本部の広報部門から、メディアをはじめ誰にも話をしてはならないとお達しを受けた。ふたりの話を聞きたい報道関係者は、およそ480キロ離れた街にいるメディア対応部門の部長代理に電話をしなければならなかった。教育が行き届いたメディア部長代理は、赤十字ブランドを傷つけるようなことはけして口にしない人物だった。ヒットマン・アンデシュなる男との関わりについて話すことはそれ自体がブランドの危機になりかねないため、彼女はなにも言わないことを選んだ。「なにも言わない」話とは、つまりこういうことだ。

質問　スタッフの方はヒットマン・アンデシュとの遭遇についてなんとおっしゃっていますか？　脅してきたのでしょうか？　恐怖を感じましたか？

回答　今回のような事件におきまして、私どもの思いはつねに、赤十字の人道的支援を必要としている世界じゅうの何十万人という人々とともにあります。

救世軍の案件では、目撃談はより豊富かつ仔細にわたった。ヘスレホルムは古くから鉄道の中枢として栄え、どこへでも簡単に逃げ出せることで有名だ。そのため市民、政治家、報道関係者が押しよせ、公営酒販店の入ったショッピングセンター前で起こった珍事件に熱狂した。

店の前の通りにいた目撃者たちは、メディアのインタビューにも警察の尋問にも大いにやる気を見せた。ある女性ブロガーは、もし自分が道で突然殺人犯と出くわしたら、どうやって瞬時に冷静な判断をして犯人を撃退するかというテーマで記事を投稿した。この目撃者が、証人として陳述を求められて実際に証言できたのは、ヒットマン・アンデシュと手下たちは赤いボルボで逃走したという話だけだった。

もっとも有益な証人は、たまたま救世軍の女兵士の隣に立っていた、生けるRV車マニアの男だった。彼は、運転席には女が座っていて、車はイールナの2008年型デューク310だったと命にかけて証言した。運転席の女について彼が言えるのは、問題の車種にはエアバッグが助手席にも装着されていることだけだった。地元紙の飢えた記者や、さらに怒りをにじませた警察の捜査官をもってしても、運転席の女は「どこにでもいるふつうの外見」以上の情報を掘り出すことはかなわなかった。ちなみに、ホイールリムはなんらかの理由で純正品ではないとの証言は得られた。

市議会議長の主導で、市役所には危機管理センターが開設された。ヒットマン・アンデシュによる被害を直接または間接的に受けたと感じる市民の利用を見込み、医者ふたり、看護師ひとり、心理学者ひとりを、議長の個人的人脈により配置した。蓋を開けてみると市民はひとりも現れず、失策と評されるのを怖れた議長は、救世軍の女兵士を車で家まで迎えに行った。兵士本人はカブのマッシュを作っている最中で家をあけたくはなかったのだが、検討の結果、カブの調理より、もう一方の問題を優先すべしとされた。

こうしてメディアは、議長の肝いりで危機管理センターが開設され、事件で動揺していた救世軍兵士が支援を受けて通常の生活に戻ったと報道することができた。ほかにどのくらいの市民がケアや支援を受けたかという話になると、議長はつい先だって自身が立法化したばかりの機密保持条例を持ちだすにとどまった。

　本当は女兵士は事件で動揺したのではなく、ただ空腹なだけだったのだが、それが公になることはついぞなかった。

# 第24章

　事態は3日目に大きく方向転換した。まず警察が、ヨハン・アンデションに対する捜査を中止すると発表した。総計100万クローナを超える金を寄付した男が名高い犯罪者であることは間違いない。しかし自らの罪はすでに償い、公的機関への金銭的な借り入れはいっさいない。さらに、当該の金に対し第三者から公的な権利の主張はなされていないうえ、使用された紙幣に過去の犯罪との関連は特定されなかった。赤十字と救世軍には、あらためて47万5000クローナと56万クローナの寄付金の取得が認められた。殺人犯であっても、金を左から右に移しただけでは違法にはならない。

　たしかに、ヒットマン・アンデシュは威嚇的にふるまった、あるいは、少なくとも威嚇的に見えたとする証言もある。しかし一方で、救世軍の女兵士は一貫して、ヒットマン・アンデシュは美しい目をしていて、胸には必ずや黄金の心臓が脈打っていると主張した。最後に言った「冥福を祈る」も別れのあいさつで、けして脅し文句ではないと譲らなかった。捜索本部長は彼女の言うとおりなのだろうと考え、捜査の中止を決めた。

「おまえたちの冥福も祈っているぞ」本部長は捜査資料に向かってつぶやくと、警察署地下にある終了事件ファイルの保管倉庫にしまいこんだ。

その3日のあいだに、何者かがヒットマン・アンデシュ名でフェイスブックにサポートページを開設した。24時間後、メンバーは12人だった。48時間後は6万9000人になっていた。そして3日目のランチタイムには100万人を超えていた。

なにが起きているかを一般の人々が理解したのは、エクスプレス紙とイブニングポスト紙とほぼ同じタイミングだったと思われる。以下がそのあらましだ。

件《くだん》の殺人犯はイエスと出会い、その結果として裏社会の連中から金を騙しとって必要とするところへ寄付するようになった。ロビン・フッドかそれ以上にすばらしいという世論が一気に国じゅうに広まった（ただし伯爵と伯爵夫人、ストックホルムでももっとも暗い一画とその近隣一帯に住む何人かは除く）。神の奇蹟だ！というのが、宗教に傾倒する多くの者たちの意見だった。フェイスブックでここまでブームを巻きおこすとは、聖書の教えにも匹敵するではないか。

さらには王妃が、「例の恐ろしいあだ名の男性は、勇気と強さと優しさを示したと思います。今後はぜひとも、弱い立場にある子供たちにも思いを寄せて活動してくれればと願います」と、生放送のテレビの特別番組でぽろっと口にしたりした。

「まさかこんなことになるとはな」受付係は、国家元首の妻がヒットマン・アンデシュに、セーブ・ザ・チルドレンか彼女の運営する世界の子供財団に50万クローナ送ってほしいと間接的に言った話を牧師から聞いて、そう言った。

「どうだ、すごいだろ」ヒットマン・アンデシュは牧師に言った。「俺様もすっかり王族並みの扱いだ。まったく、わかってはいたが、主の道とは、は、はか……なんだった?」

「測りがたい」牧師が言った。「さあ、おふたりとも車に戻っていただけないかしら。出発よ」

「どこへ行くんだ?」受付係は言った。

「さあ、どこかしら」と牧師。

「城へ行ったら歓迎してもらえるかもしれないぞ」ヒットマン・アンデシュが考え深げに言った。

「空き部屋もいっぱいあるだろうしな」

# 第25章

牧師はブロース郊外で、今度も寂れた休憩所に車を停めた。車の乗り換えという差し迫ったかつ絶対的に不可欠な問題を話しあうためだった。そこへ、牧師と受付係にとって望ましくない荷物とおさらばする、またとないチャンスが訪れた。

キャンピングカーが停止するが早いか、ヒットマン・アンデシュがドアを開けて外に飛びだしたのである。

「あ~あ~あ~」ヒットマンが、全身伸びをしながら言った。「このままじゃ、よぼよぼになっちまう。ちょっと神の創造した美しい世界を歩いてくるぞ!」

そうだ、そのとおりだと、イエスもすぐに許可をくれて、少し空気が冷たいようだからなにか暖かく感じるものを1本持っていくといいとも言った。たとえば、空気より冷たい赤ワインとか。

「30分くらいは出てくる。もし途中でポルチーニ、つまりボレトゥス・エドゥリスを見つけたら、もっとかかるかもしれない。いや、おまえらがもし俺のいない間に、いちゃいちゃしようっていうなら、知らせておいたほうがいいかと思ってな」ヒットマン・アンデシュはそう言って、尻ポケットにワインのビンを入れて出ていった。

ヒットマンの姿が完全に見えなくなると、牧師は受付係に言った。「あの人に高級キノコのラテン語名なんて教えたのは誰なのかしら?」

「僕じゃないよ。今の今まで知らなかったんだから。それより、そいつはなんで4月にポルチーニは採れないって教えなかったんだ?」

牧師はしばらく黙りこみ、それから言った。「なぜかしら。もう、わからないことだらけよ」

もともとの計画では、あの男と永遠に別れられるチャンスとあらば、ただちに金を持って逃げることになっていた。今そいつが、少なくとも4ヶ月は経たないと見つからないキノコを探して、あたりをうろついている。

けれども牧師と受付係の会話にはかすかに疲労感が漂っていた。あるいは諦め。さらにそこへ混ざりこむ、そこはかとない……

なんだろう?

チャンスの匂い?

はたして、そんなにあわててキャンピングカーを走らせて逃げだすべきだろうか。ほんの短い時間でいろんなことが大きく変わってきているのに？　スウェーデン国内でもっとも嫌われていたヒットマン・アンデシュが、１日２日のあいだに、もっとも愛されるようになったりしてるというのに？

どうやらあらためて状況を検討しなおす必要がありそうだった。今では一転、彼らの同乗者はエルヴィス・プレスリーにも引けを取らない人気者になっていた。

「エルヴィスは死んでるけどね」受付係がひとり言のように言った。

「ヒットマンがほかにお仲間を見つけてくれたら、もっと平穏な人生になるのにって何度も思ったものよ。私たち以外の全人類といっしょだったらよかったのにって。でも今は、どうしたらいいのかしら」牧師は言った。

ヒットマン・アンデシュの近くにいると危険がつきまとうのは明らかだ。けれども「チャンス」があることも間違いない。金をなにより愛する人間にとって、すぐ横にいるエルヴィスを手近な穴に捨てていけるわけがない。

「とりあえずは、森をお散歩中のお方が帰るのを待って、ブロースの街でもっと大きなキャンピングカーを買うことから始めよう。この車とはできるだけ違うタイプを探して」受付係が言った。

牧師も同意した。輸送部門は彼女ではなく受付係の専門分野だ。そう思ってふと、気が変わった。

「それとも、あの人が言ってたことから始めてみましょうか？」

「誰？」

「キノコ採りの男よ」

「つまり……いちゃいちゃ？」

そう、それが牧師が言いたいことだった。

# 第26章

牧師と受付係は腕を組んで、ブロースでも有数にしておそらくは唯一のRV車専門店の事務所に入った。たがいに「ダーリン」「ハニー」と呼び合うその姿は、販売店の店員の目には多かれ少なかれ本物のカップルに見えた。一方ヒットマン・アンデシュは、2ブロックほど離れた場所に停めた先行き短い車に隠れていた。キノコはないが、聖書と聖餐のワインがお供だ。

牧師も受付係も、そろってホビーの770スフィンクスが気に入った。とくに個室があるところがいい。

66万クローナという価格も問題ない。いや、むしろ問題か。

「現金?」店員は気の進まない顔で言った。

ここは牧師が本領を発揮する場面だ。首のスカーフを緩めると、その瞬間まで隠れていた聖職者服の襟が姿を現した。それから、現金のなにが問題なのかと問いかける。ついおととい、警察だってヒットマン・アンデシュ——神様の恵みがありますように!——が寄付した現金を、赤十字と救世軍に返さないといけないことになったではないか。

店員はもちろん今いちばん話題のニュースはしっかりチェックしていたので、牧師の言うことももっともだとしぶしぶ認めた。そうはいっても、66万クローナを?

もし高額すぎて問題だというなら、こちらとしてはもっと安い車でもかまわない。その場合差額はスウェーデン教会の海外活動のためにそっくり寄付することにする。「ちなみに教会は、現金払いでも問題ないと言っております。でももしこちらのお店が、私たちが飢餓と戦うために使う車を売りたくないということでしたら、別のお店にお願いすることにいたします」

牧師は話を終えた合図にうなずくと、受付係の腕を引いて歩きだそうとした。

10分後、書類手続きが完了した。新しいキャンピングカーに乗りこみ、走りだしたところで、ようやく受付係は牧師に尋ねた。「僕たちが飢餓と戦うって?」

「思いつきで言っただけよ。だってお腹がぺこぺこなんですもの。マクドナルドのドライブスルーに寄るのはいかが?」

＊＊＊

新たな国民的ヒーロー、ヒットマン・アンデシュにひと目会いたいと願う人々は今やかなりの数にのぼり、道を走るRV車がにわかに注目を浴びるようになった。なかでもより熱烈な自称私立探偵たちが問題にするのは、以下の点だった。今のは、イールナの2008年型デューク310だっただろうか? そうだとしたら、ホイールリムはなんだった? 純正だったか、違ったか?

そうしたマニアたちのことは、伯爵の車を乗り捨てさえすれば振りきれる。彼らのつぎなる課題は、まさにこの件だった。

お気楽で無知な一般人にとって、キャンピングカーはどれもキャンピングカーだ。車種を変えようが変えまいが、牧師と受付係と、市民の英雄は、この先もずっと好奇心でいっぱいの目に晒され続けることになる。ヒットマン・アンデシュは前座席に座っていたか? 運転席に座っていたのは女だっただろうか(目撃者証言によると、どこにでもいるふつうの見た目らしい)。

唯一の解決策は、伯爵のキャンピングカーをただ乗り捨てるだけではなく、それをできるだけ人目を引く形でやることだった。安全のために、ブロースからはできるだけ遠く離れた場所がいい。ファストフード店のあと、今回はもめごとなしで済んだ公営酒販店と、さらにガソリンスタンドにも寄って人間と車双方の燃料を補給し、北東に向かって旅を続けた。翌日の予定は、車を停めて荷物を積みかえたら、出発進行だ。

ヒットマン・アンデシュは、王妃からさらなる50万クローナをイエスの名において寄付するよう呼びかけがあって以来、ますますうるさくなっていた。今度は子供たちに！　牧師と受付係は、ついに折れた。子供たちのためを思ってではなく、伯爵のキャンピングカーを捨てるにあたって注目を集める絶好の機会になると考えてのことだった。実行するのは、ストックホルム北部のスンドビュバリにあるセーブ・ザ・チルドレン本部の外だ。

何度かリハーサルを繰り返し、ヒットマン・アンデシュは計画を理解したと言った。それからさらに3回通しでやって、牧師と受付係はようやく彼を信頼することにした。あとは、実行場所に向けて進むだけだ。

古い車は受付係が運転した。新しい車の運転席には牧師が座り、ヒットマン・アンデシュは聖書とともにカーテンの後ろに隠れた。

一行は中間地点近くに来たところで夜を明かすことにした。ヒットマン・アンデシュが1台でいびきをかき始め、牧師と受付係ももう1台で同じようにするつもりだった。けれどもまずは……ともかく機会を逃さず、いちゃいちゃしておかねばならなかった。

＊＊＊

営むべきかな、ヒットマン・アンデシュはもう長い時間じっと座って聖書のページを繰りつづけていた。とりわけ好んだのは、恵み深さについて書かれた聖句を集めることだった。与えるのは気分がいい。今では、新聞やソーシャルメディアを通じて自分に浴びせられる感謝の念にも、同じように感じていた。

夜が終わり朝が来た。すぐにスンドビュバリに向けて出発する時間だ。牧師がヒットマン・アンデシュの乗る車に戻ると、彼はすでに起きて「出エジプト記」に鼻をつっこんでいた。

「おはよう、ミニ・イエス様。計画は忘れていなくて？」

「ほんの2、3週間前までは、稼ぐのにあんだけ人様を殴ってたってのになあ」ヒットマン・アンデシュは言った。「ああ、忘れてない。だが、セーブ・ザ・チルドレン宛てには自分で手紙を書きたいんだ」

「そうね、それならどうぞ。出発までは2、3時間しかないから急いでくださるかしら。今読んでいるその本は数千年も前に書かれたものだから、今すぐなにか変わることもないでしょう」

牧師はわけもなく苛立っていた。救われた男に当たったところでなんにもならない。ただ……こんなはずではなかった。ヒットマンは自分と受付係の人生の一部になるはずではなかった。そして自分たち3人組は、スウェーデンと世界のあちこちから注目の的になるはずではなかったのだ。

でも今はそれが現実だ。この新たな状況で立ち位置を見極めなくてはいけない。ヒットマンは今やスーパースターで、スカンジナビア半島でもっとも賞賛される人物となったのだ。それはある種の力になる。人類に対する牧師と受付係のささやかなる戦いにとってよきもの、つまり金へと導いてくれる力。自分たちの生涯にわたる戦いに、なんでもいいから掲げておきたい旗のようなものだ。

あらゆる戦い（人命と引き換えに金が支払われる類であっても）は兵士を必要とする。そして兵士はやり甲斐を感じるほどに役に立ってくれるものだ。

「ごめんなさい」牧師は、すでに手紙を書きはじめていたヒットマン・アンデシュに言った。

「なんのことだ?」ヒットマンは顔を上げようともしないまま言った。

「なんだかイライラしてしまって」牧師は言った。

「そうか?」とヒットマン・アンデシュ。「手紙は書き終えたぜ。読んでやろうか? 『セーブ・ザ・チルドレン様。イエスの御名において、50万クローナを贈りたいと思います。多くの子供たちが救われますように。ハレルヤ! 出エジプト記21章2節。ヒットマン・アンデシュより。追伸、わたくしは今後は赤いボルボに乗って、旅する予定です』」

牧師はヒットマン・アンデシュの聖書を摑みとると、出エジプト記の21章2節を見た。この句のなにがこの手紙と関係あるというのだろう——あなたがヘブル人の男の奴隷を6年買うときには、6年のあいだは仕えさせても、7年めには無償で自由の身として解放せねばならない。

ヒットマン・アンデシュは、無償で自由の身として解放するというところが好きなのだと言った。

牧師はこれを恵み深いとは思わないのか。

「奴隷として6年間仕えたあとなのよ?」

「そうだが?」

「思いません」

バカにもほどがある引用だ。けれども牧師が本当に黙っていられなかったのは、その部分ではなかった。ヒットマン・アンデシュが、ボルボのくだりは、みんなが俺のキャンピングカーを探すのをやめさせるためなんだぜ、と言ったのだ。

牧師は、そんなことは言われなくてもわかっているわ、と言いかえした。

＊＊＊

目的地に着いた。牧師は伯爵のキャンピングカーを、スンドビュバリのランスヴェーゲン39番地にあるセーブ・ザ・チルドレン事務所玄関に面した歩道に、半分乗り上げて斜めに駐車した。運転席には「セーブ・ザ・チルドレン様」と書かれた袋を置いた。中身はヒットマン・アンデシュの手紙と48万クローナだ（ヒットマンが数え間違った）。

牧師と受付係は、角を曲がったところに停めた、ヒットマン・アンデシュとは絶対に結びつくはずのないキャンピングカーの車内で待った。ヒットマンは玄関からなかへ入りエレベーターで上階に上がって、受付デスクにいた親切そうな女性にあいさつをした。ヒットマンのことはまだわかっていないようだった。

「神の平穏を」ヒットマン・アンデシュは言った。「俺はヒットマン・アンデシュだ。ただもうヒットマンはやってないし、ほかのバカなこともやめた。少なくともわざとやることはない。そのかわり、イエスの御名において大義のために金を贈っている。俺が思うに、セーブ・ザ・チルドレンには大義がある。だから50万クローナをやりたい……ええと、本当はもっとたくさんやりたいところだが、今のところは50万クローナにしておくだけだから、そんなにくそしみったれてるわけでもないだろう。言葉遣いが悪くてすまない。塀のなかにいると悪い言葉ばかり覚えるんだ。どこまで話したかな？ああそうだ、金は外に停めた俺のキャンピングカーにある……俺のキャンピングカーじゃないんだが。持ち主の名前は伯爵といって……ちがう、そうじゃないんだが、ともかく伯爵と呼ばれていて、車は金を受けとったあとでやつに返してもらってかまわない。ええと、これで全部だな。イエスの御名において、今日という日にお恵みがありますように。ホサナ！」

最後を「ホサナ」で締めくくり、ヒットマン・アンデシュは信心深い笑みを浮かべて回れ右をし、エレベーターで1階におりた。受付デスクの女性はその間、ひと言も口をきかずじまいだった。

ヒットマンは通りに出て角を曲がった。1時間半後、建物前に停車中の白いキャンピングカーで、警察犬が運転席に置かれた袋に危険なしと知らせるころには、なにひとつ手がかりも残さず姿を消していた。

犬が仕事をしているあいだ、警察官は呆然としたままの女性からヒットマン・アンデシュが「ホサナ」以外になにを言ったか、あの手この手で聞き出そうしていた。

＊＊＊

「ヒットマン・アンデシュの襲撃ふたたび！」新聞各紙に踊った見出しは曖昧な書き方しかしていなかったが、文脈は誤読のしようがなかった。誰もがわかっていた。誰もが、殺し屋が現在逃走中で、この殺し屋は殺すのではなく必要とする人に金を渡すのだと理解していた。

新たな広報活動は成功した。とはいえ、小さなミスもあった。セーブ・ザ・チルドレンが受けとったのは、約束の50万クローナではなく48万クローナだった。それでも彼らは幸せだった。

警察のあの手この手は、受付デスクの女性に効果を発揮した。数時間後彼女は、ヒットマン・アンデシュが言ったことをほぼすべて、警察に再現してみせた。キャンピングカーが、本当は伯爵ではない伯爵のものだとかいう意味不明の話も含まれた。この情報も結局は新聞で報道され、その結果キャンピングカーは持ち主（公的には伯爵夫人の代理店のひとつ）に返されたばかりか、読解力のある税務署職員によって未解決の税金問題が調べられ、伯爵のもとには未納の税金106万4000クローナ分の請求が届けられることになった。

「やつのことは、尻からゆっくり肉を削いでやることになってたな？」伯爵は言った。

「そう」伯爵夫人が返した。「じっくり、ゆっくり、やろうじゃないか」

＊＊＊

牧師は展開に大いに満足していた。彼女と受付係と彼らの新エルヴィスはキャンピングカー（別の車種）で旅回りを続け、ヒーローファンの人々は今では赤いボルボを探しまわっていた。完全に読者を失っていたヘスレホルム在住の女性ブロガーは、地元の警察署の外に立つと「赤いボルボ！　私、赤いボルボを見たって言ったわよね！」と叫んだが、警察犬に追いはらわれた。

この時点で、牧師の頭にはふたつの選択肢があった。ひとつは、さんざん話してきたとおり、ヒットマン・アンデシュを牧師と受付係とスーツケースから引き離して、姿をくらますこと。平和を望むならそれがいちばんのはずだった。

もうひとつは、ヒットマン・アンデシュの絶大なる人気のおこぼれに与《あずか》ることだ。牧師の頭には、すでにそのためのアイデアがあった。

「教団を作る？　しかも名前はあいつから取るって？　ヒットマン・アンデシュ教団？」

「そうよ。ただ、『ヒットマン』の部分は取ってもいいかも。間違った印象を与えかねませんものね」牧師は言った。

「なんで教団なんだよ？　てっきりきみの人生は僕と同じで、できるだけ多くのやつをできるだけ徹底して嫌うことが基本なんだと思ってたよ。神やイエスやそういう連中も含めて」

牧師は、存在していないものを嫌うのは難しいと小声で反論したが、それを除けば受付係の言うとおりだった。

「これは、事業を経営する話なの。『寄付金事業』という言葉は、聞いたことあるかしら？　エルヴィスが帰ってきた。そして彼は人にお金をあげることが大好き。エルヴィスみたいになりたくない人なんていて？」

「僕とか？」

「ほかには？」

「きみも？」

「ほかには？」

「そんなに多くないな」受付係も認めるしかなかった。

# 第 27 章

教団を作るのは、家を買ったりドアの鍵を開けたりするような簡単なことではない。少なくともスウェーデンではそうだ。この国はもう２００年以上戦争をしておらず、その分たっぷり時間をかけて平和的事柄にまつわるあらゆる規則を作りあげた。たとえばある人が神からのお告げを聞いて、それを組織立てて人々と共有したいと考えたとする。その場合、必ず従わなければならない明白な規定がある。

牧師は、宗教団体の設立を申請する監督官庁が法務・財務・総務サービス庁であることを、たまたま知っていた。牧師と受付係と彼らの未来の宗教指導者はキャンピングカー以外の住所を持たないため、牧師はストックホルムのビリエル・ヤール通りにある庁の事務所を訪ねていくことにした。

まずは朝のあいさつがわりに軽くうなずく。それから、自分は光を見たので新たな信仰グループを始めたいと考えていると言った。

初老の男性官僚はこの道18年、光を見たと言う者を何人も捌《さば》いてきたが、直接訪ねてきた人間はこれが初めてだった。「いいでしょう」官僚は言った。「それでしたら、いくつか書類を『見て』いただいて、正しい方法でご記入のうえ申請いただくことになります。書類をお送りするご住所はどちらで？」

「送るですって？」牧師は言った。「でも、私は今ここに、あなたがたのうちにいます。主がレビ記でさんざん言っておりますが」

官僚はたまたまスウェーデン国教会のオルガン奏者で記憶力もよかったので、同じ書で主は自分の法に従わない者は、恐怖や肺病や熱病やなにかに襲われると言われていると答えそうになった。ちなみに正確に思い出せなかった「なにか」とは、失明である。

ここで問題なのは、神が必要書類は郵送せよとどこにも定めていない以上、生身の申請者を初めて目の前にして、直接手渡すこともできるのかということだった。

官僚が考えこんでいるのを見て、いつもながら機転が利く牧師は、別の角度から攻めこむことにした。「自己紹介を忘れていました」彼女は言った。「私はヨハンナ・シェランデルと申します。以前教区牧師をしておりました。前職で私に求められた役割は、信徒たちが地上から天へと渡るための橋となることでした。けれども自分の力不足を、ずっと自覚しておりました。今、その橋をようやく見つけたのです。本物の橋を！」

官僚は、その手の訴えは話半分で聞くようにしていた。申請者とじかに接するのは初めてだが、過去にいろんなケースを見てきている。なかには、ヴァルムランド北西部にある風車にすべての善の源を見出す宗教の申請もあった。結局は最後に残った信者ふたりもある年の冬にその場所で凍死したのだが、風車の力はその件にいっさい関与しなかった。

凍死した宗教の特徴（もちろん凍る前）は、規定や統治組織があり、目的が明白なことだった。公式祈祷や瞑想のために毎週日曜午後3時に風車の外に集まるというものだ。よって、彼らの申請を却下する理由はなかった。毎週日曜、0度から10度の気温で150センチメートルの雪が積もるなか瞑想するというのは、十分に宗教的だった。

官僚は心を決めた。当方の規則では、今手元にある書類を手渡しするだけではなく、記入を手伝うことも認めている。

こうして彼は、元教区牧師にかわって書類の記入欄という記入欄をすべて埋めてやった。必須項目は確実に正しい答えとなるよう、牧師に尋ねながら書いた。名称の欄ではまず条件を説明した。ほかの組織と自分たちの活動の違いがわかる名前であって、かつ悪趣味だったり法や秩序に反するものであってはいけない。

「以上を念頭に、どういった名前をご希望ですか？」

「アンデシュ教団です。教祖の名前にちなんで」

「なるほど。それで名字はなんとおっしゃる?」官僚はなんの気なしに尋ねた。

「アンデシュが名字です。名前はヨハン。正式には、ヨハン・アンデションです」

官僚は書類から目を上げた。仕事帰りに毎晩タブロイド紙を読んでいるだけあって、思わず(若干、職業意識を欠いて)こう言っていた。「ヒットマン・アンデシュ?」

「その名前は、特殊な事情があって授けられたものです。愛されし子は多くの名前を持つものなのです」

官僚は咳払いをしてから立ち入った話になったことを詫び、うなずきながら言った。それはまったく正しい見解です、愛されし子についてのあれこれ……。そしてすぐに仕事に戻り、アンデシュ教団を始めるに当たり申請料として500クローナが必要で、できれば銀行振込が望ましいと話した。

牧師は官僚の手に500クローナ札を握らせると、受領印が押された書類を彼のもう片方の手から摑みとり、親切な対応に礼を言って、外で待つキャンピングカーに戻った。

「教祖アンデシュ!」車に乗りこみながら牧師が言った。「新しい服がいるわね」

「それから教会も」と受付係。

「いや、それよりまずは聖餐だろ?」教祖が言った。

# 第28章

そうと決まればやることは目白押しだった。時間をかけている余裕もない。

まず牧師に課せられたのが、強力なお告げの言葉を考えることだった。さらにそれを教祖アンデシュに叩きこむ。あまりの重責に、彼女は受付係につい愚痴をこぼした。初めは理解してもらえなかった。受付係は言った。スーパースターの言うことだったらみんななんでもいいのだ。それなりに宗教的に聞こえれば十分で、最近のヒットマンは口をひらけばいつもそんな話ばかりじゃないか。われらがエルヴィスは金を与えたい、そして人々はエルヴィスのようになりたい。この等式さえ成立していれば、それでいいのではないか。

そのとおり、彼らの計画は、ヒットマン・アンデシュの言葉にかかっていた。計画とは、黄色と赤のスーツケースをふたたびいっぱいにすること、さらに運がよければ新たなスーツケースをもうひと組、何色と何色の組み合わせでもいいので、加えることである。それにはたった一度奇抜な説教をするだけではだめだ。毎週毎週、宗教的に聞こえなくもない話を続けなければならない。それも毎回、説教壇の教祖が「ホサナ」と言ってはワインをひと口飲むのを繰りかえす以上のなにかが必要だ。そしてこの事業ではなにより、ひとりの人間の力だけに頼りすぎてはいけない。

「どういう意味だよ。アンデシュ抜きのアンデシュ教団ってこと？」受付係が言った。

惜しい。

「伯爵と伯爵夫人のことがあるからかい？」

「ええ。それにいろんな階級のチンピラたちが、あと20人近くいるわ。あのなかの誰かが、いつヒットマンを捕らえるかは知りようもないでしょう。3分後かもしれないし、3カ月後かもしれない。でも、もしもそうなったら、彼は間違いなく自分のお別れの説教をすることになるでしょうね」

「そしたら、どうなる?」

「もちろん私たちで活動を続けますとも。教祖の尊い思い出とともに、私たちのもとを去った教祖アンデシュの遺志を継ぐ、新たな預言者を周到に準備するわ。非業の死を遂げた教祖を信者たちとともに悼み、彼を思い出させることのできる誰か。彼の死後もその名誉をたたえて金を稼ぎつづけることのできる誰かよ」

「それって自分のことだろ。ちがう?」ようやく事態を呑みこみはじめた受付係が言った。

牧師の問題を複雑にしているのは、ヒットマン・アンデシュが地上から天上か地下のどちらかへと旅立つ日に、自分が引き受けることになるお告げを自分で考えねばならないところにあった。ヨハンナ・シャランデルの宿命とは、結局のところ、とてつもない苦痛を覚えながらも説教壇に戻り、あまつさえシャランデル家の家業を引き継ぐような真似をもせねばならないということなのか。本当に、それだけはごめんだというのに。

受付係は、新たにはじめた教会の宗教的側面について自分はあまり細かい話にかかわらないほうがいいと感じていた。牧師がジレンマに陥っているのも理解はしていた。それでも彼女には、今一度思い出してもらわねばならない。ヒットマン・アンデシュの横にはイエス・キリストが歩いているらしいこと、そしてもう一方の横には、ほかの誰かをいっしょに歩かせたりはできないことを。

牧師にもわかっていた。なにが起ころうと、どんな形であろうと、イエスはこの計画に欠かせない。同じことは聖餐にもいえる。つまりわれらが伝道者様の血中アルコール濃度だ。

受付係は愛する牧師を優しく抱きしめて言った。そのうちきっと、いい解決法が見つかるさ。もしかしたら、イエスとともに、でも福音はなしで、とか?

「うーん」牧師が考え深げに言った。「求めよ、さらば与えられん。マタイの福音書7章8節」

受付係は、自分たちふたりの身の安全をどう確保するかは優先的に検討するつもりでいたが、牧師の悩みを知って、いっそう考えこんだ。この3人がそろって死ぬのを見るためならなんでもするという連中に、ヒットマン・アンデシュだけではなく自分たちふたりの姿も晒すことになる。

今のヒットマン・アンデシュなら、平和と喜びと愛を説いているときを狙えば楽々倒すことができる。牧師はそのことを心配していて、さらに彼の死は財政的見地からも大きな痛手になる。そしてこの計画では、牧師も受付係も表に出ざるを得ないし、そうなったら自分たちの命だってどうなるかわからない。3人ともあの世行きになったら、まったく金だのビジネスだの以前の問題だ。そしてその展開は、伯爵や伯爵夫人やそのほか彼らが騙した相手にお詫びの葉書を出したとて、とうてい避けられるはずもなかった。

「もしや、ボディガードのことを考えているの?」牧師が言った。

「もしやじゃない」と受付係。「そのとおりさ。しかもひとりじゃない、複数だ」

牧師はその考えを褒めちぎり、自分たちの長生きと幸せな人生のために奮闘する受付係の幸運を祈った。そしてこの計画には、財政的に意味を持つかぎりヒットマン・アンデシュも含まれているのだと理解した。

「でも、私はこれで失礼させていただくわ。これから新しい教えを作らないといけないから。イエスはいっしょにいてもいいことにしましょう。でも、神は抜きでいくわ」牧師は笑顔で言うと、愛する受付係の頬にキスをした。

# 第29章

ボディガード、手ごろな建物、銀行口座開設、電話、電話番号、電子メール……受付係の手は間違いなくいっぱいだった。マーケティング担当者として、さらに考えているのはフェイスブック、ツイッター、インスタグラム……。

これまでのところ、フェイスブックは彼のお気に入りのツールではなかった。アカウントは持っていたが、「友達」はアイスランドにいる母親ひとりだけだった。その母親からもコメントがつかなくなってすでに久しい。

息子は知る由もなかったが、母親は今ではヨーロッパ最大の氷河ヴァトナヨークトルのすぐ横の掘っ立て小屋に住んでいた。それというのも、銀行家の夫がレイキャビクで大失態を演じて、いまだ魅力衰えない妻（あんなにいつも怒ってさえいなければ）とともに世界の果てに逃亡する必要があると考えたからである。夫は、レイキャビクやロンドンやほかのすべての場所でほとぼりが冷めるまでは、身を潜めているのがいいと言った。出訴期限法とかいうものがあって、3年経てばすべてがうまくいくということらしい。

「3年？」受付係の母親は言った。

「そうだ。あるいは5年。法律の解釈ははっきりしないことが多くてね」

受付係の母親は、どうしてこんな人生になってしまったのかと自問した。「話をする相手もろくにいなくて、いたと思っても言葉の全然通じないこんな島で、しかも氷河の隣の掘っ立て小屋に逃げこむ羽目になるなんて！　神様、なぜこんな仕打ちをなさるのです？」

その問いに答えたのが実際に神だったのかどうかは、はっきりしない。けれども彼女がやけっぱちで発したその問いかけのすぐあとで、低く鈍い音とともに強い地響きが聞こえてきた。地震だ。震源は氷河の直下だった。

「まさか、バルダルブンガ山が、目覚めたか」彼女の夫が言った。

「バルダル……さんって誰？」聞き返したものの、妻は本当に答えが知りたいかどうか自分でもわからなかった。

「火山のことだ。氷河に400メートル埋もれてるんだよ。100年休止したままだったから、いよいよ睡眠も十分取れたんじゃないかと……」

受付係の母親の掘っ立て小屋では、火山噴火の前からインターネット接続は不可能だったため、ひとり息子はフェイスブックで唯一の友達に連絡が取れずにいた。というわけで受付係の、シェアやらなにやらソーシャルメディアの経験はごく限定的だった。ところがたちまち、自分にはその才能があることに気づいたのである。

アンデシュ教会
もらうよりも与えることこそ幸いである

我ながらいい感じだ。あとは、聖書とiPadを手にしたヒットマン・アンデシュを逆光で撮った写真がいる。

「このコンピューターはなんのためなんだよ?」ヒットマンは写真を撮られながら文句を言った。

「コンピューターじゃない、iPadだ。古さと新しさの対比がいいんだよ。われわれから人々へ向けたお告げさ」

「で、なんだって? もう一度頼む」

「もらうよりも与えることこそ幸いである、だよ」

「真実だな、まったく真実だ」ヒットマン・アンデシュが言った。

「そこまでじゃないけど、まあそうかな」受付係は言った。

あとは牧師が説教用に神からのお告げの言葉をまとめたら、すぐにアップロードして、いよいよ完成だ。けれども受付係は、すでに「いいね!」ボタンに嫌気がさしていた。こんなの、親指を立てるマークを表示させて、100クローナ札を寄付する手間を省かせるだけじゃないか。20クローナだっていいのに。

集会のための場所も問題だった。受付係は格納庫や納屋、倉庫やあちこちの施設を探すうちに気がついた。なにも大げさな話ではない、簡単なことだ。

必要なのは、教会の建物を買うことだけ。

スウェーデンはかつて、福音ルター派の国教会が国を統治をしていた時代があった。ほかの宗派を信じることは禁止、なにも信じないことも禁止、それと正しい神を誤った方法で信じることも禁止されていた。

国教会の統治は18世紀に最悪の時代を迎えたが、折々で彼らに対抗したのが敬虔主義者たちだった。諸外国の惨状から霊感を得て、人は宗教生活において、型にはまっただけのルター派方式ではなく、もう少し能動的で「熱烈な」経験をしてもいいと信じた一派である。熱烈？　国教会は事態の収拾がつかなくなる前に、正しいが誤った信仰の持ち主と見れば抜かりなく逮捕し、投獄した。

ほとんどの者は謝罪してあっさり信条を捨て、国外追放となっただけだった。しかし時として、一歩も引かない者もいた。とりわけ頑なだったのがトマス・レオポルドだった。右へならえをするかわりに、法廷で判事のために祈りの言葉を唱えた。判事の気分を害したことで、レオポルドはブーヒュス要塞での禁固刑を7年にまで延長された。

7年が過ぎても信念を曲げなかった敬虔主義者レオポルドは、さらにカルマル城で5年、その後同じ期間をダンヴィーケン精神病院で過ごすこととなった。

17年の年月でレオポルドも少しは丸くなったかと思われたが、そんなに都合よくはいかなかった。国教会は諦めるしかなかった。レオポルドをふたたびブーヒュスに戻すと、彼が刑務所生活を始めた最初の独房に閉じこめ、鍵はどこかへ捨てた。

それからの26年、喉にひっかかった小骨のような存在だったトマス・レオポルドも、77歳となってようやく死に時を心得た。たしかに悲しい話ではあった。しかしそれはスウェーデン国教会の決意の程を示しているともいえる。規律と秩序と日曜の礼拝だ。

厳しかった18世紀が終わると、驚くほどに穏やかな19世紀が始まった。自由教会の存在も、ひっそりとではなく堂々と許されることになった。その後、みじめさにみじめさを上塗りして、信仰の自由を認める法律が1951年に制定されると、さらにその50年後には教会と国家の分離が図られた。

このようにかつては、正しいことを信じないと、死んだり殺されたりするまで刑務所で43年も過ごさねばならない時代があった。それからわずか250年後、違反切符を切られることもなく毎月5000人もの人がスウェーデン国教会を去っている。どこへでも好きな場所へ行けるし、どこへも行かなくてもいい自由が、法律で保障されているのだ。なんとなくという理由で日曜の礼拝に参加しつづけている人はおらず、本当に心の底から行きたいと思う人だけが行っている。それ以外ほとんどの人は、つまりまったく教会に行かない。

信徒会は、縮小すると同時に合併していった。18世紀から続く流れは20世紀になってついに、誇り高きスウェーデン王国の国土全体にからっぽの教会が立ちならぶという結果に行きついた。そうした教会は、多額の投資をして維持管理しないかぎり、荒れる一方だった。

当然のことだが、スウェーデン国教会は実際は多額の金を持っている。累積資産は約70億クローナにのぼるともいわれている。にもかかわらず、年間の運用益は3パーセントとんでもなく低い。長年のあいだ、高潔にも（かつ若干は仕方なく）石油、タバコ、アルコール、爆撃機あるいは戦車への投資を拒んできたためである。3パーセントの配当は教会本体の運営費用に充てられ、牧師には恵みの雨がもたらされたとしても、鐘を鳴らす係まで潤うわけではない。簡単にいえば、個々の信徒会は、多くが棺桶に片足をつっこんでいる状態である。もし誰かが、そうした信徒会のひとつを探しだし、300万クローナが入ったかばんと引き換えに板張りされた金食い虫でしかない教会の建物を引きうけたいと言ってきたら――間違いなく喝采を浴びるだろう。

「300万?」信徒会のグラーンルンド師が言った。頭のなかはたちまち、その金で教区の主要な教会にできることでいっぱいになった。あちこち手を入れてこぎれいにしなくてはいけないと思っていたのだ。

たしかに希望価格は490万クローナに設定してはいたが、売りに出してから2年以上、問い合わせは1件も来ていなかった。

「アンデシュ教団とおっしゃいました?」グラーンルンドは言った。

「はい。教祖の名前からとったんです。ヨハン・アンデションです。驚くべき人生を送ってきた人物です。真《まこと》の神の奇蹟です」受付係は言った。心のなかでは、もし本当に神が存在するなら、今この瞬間にも自分の頭をめがけて雷を落とすに違いないと思っていた。

「ええ、新聞で読みました」グラーンルンドは言いながら、きっと新たな信徒会を引き継ぐ利点もあるだろうと考えていた。なんといっても聖なる建物なのだから、この方法で教会が続いていけばそれがいちばんだ。

信徒会から交渉の全権を与えられていたグラーンルンドは、300万の申し出を受けいれることに決めた。教会の建物は相当な大きさがあり、使用最適期間は100年ほど前に過ぎてしまっている。欧州高速道路18号線がすぐ近くを走っていて、最低でも50年前の墓石が転々と並ぶ墓地がある。グラーンルンドは墓のことを考えて、長くこの場所に埋葬される人がいなかったのは幸いだったと思った。最期の安息場所のすぐ隣をスウェーデンでももっとも交通量の多い道路が走っていたら、おちおちと休む気にもならないはずだ。

とはいうものの、グラーンルンドは契約相手候補に墓石の問題を持ちかけてみた。「墓がある土地の平穏は尊重してくださるのでしょうか」そう聞きながらも、その正反対のことを行うのに法的にはなんら制約がないことは重々承知していた。

「もちろんです」受付係は言った。「ひとつたりとも掘り返したりはしませんよ。むしろ、ちょっとだけ表面を平らにならして、アスファルトで覆ってしまおうかと思っています」

「アスファルト?」

「駐車場ですよ。これで決定でよろしいでしょうか。商売は迅速に。月曜には作業にかかります。お支払いは、領収書さえいただければ、今現金で済ませますが」

グラーンルンドは墓の件を尋ねたことを後悔し、なにも聞かなかったことにすると決めた。手を差し出す。「お受けします、ペルソンさん。ここはもう、あなたの教会です」

「すばらしい」ペール・ペルソンは言った。「グラーンルンドさんは、どうやら私たちの会に入信をお考えではないようですね? 私どもにとっては大きな名誉になるのですが。よろしければ、駐車し放題の無料スペースをご用意いたしますよ」

グラーンルンドは、たった今手放した建物に不幸をもたらしてしまったのではないかという気がしてきた。自分と信徒会はたしかになんとしてでも３００万クローナが必要だった。だからといって、買い主になんでもかんでもおもねる必要はない。

「ここから出ていってくれ、ペルソン。こっちの気が変わらないうちに」グラーンルンドは言った。

# 第30章

さて、つぎはボディガードだ。

受付係は、大人になってからというもの、ずっと大小さまざまなゴロツキどもに囲まれて生きてきたが、裏社会につながりを持つとなると、自分の手には余る問題だと感じていた。そうはいっても、やはりこの件に適した人材を見つけるにはそこが最適だと思われた。伯爵や伯爵夫人や似たような連中が襲ってきたら、すぐにやり返せる類の人物だ。間違っても、まず相手に質問して道理を吹きこもうと考えるようではいけない。

塀のなかの生活が長かったといえば、もちろんわれらが教祖アンデシュである。受付係が彼にちょっと考えてほしいと頼むと、教祖は頭が割れそうになるまで考えた。残念ながら彼の脳は簡単に割れてしまうため、よい安全策を思いつく間もなかった。しかしこれが思わぬ効果をもたらし、刑務所時代の仲間の多くが酒場で用心棒をやっていたことを思い出させた。

「それはいい」受付係が言った。「名前を思い出せるかな?」

「ああ……ホルムルンドだろ」教祖アンデシュは黙りこんだ。「それとモーセ……」

「モーセ?」

「うむ、みんなからはモーセと呼ばれてたんだが、本当は別の名前だ」

「その男がいいような気がする。電話で連絡はつくかな?」

「いや、あいつはまだなかにいる。長い。殺人犯だからな」

「ホルムルンドは?」

「モーセがやった相手っていうのがやつだ」

受付係はすぐに機嫌をなおした。教祖アンデシュがストックホルム首都地区で、用心棒や前科者がよく行くジムの名前をいくつかあげたからだ。受付係はタクシー・トシュテンに頼んで(キャンピングカーで走り回るのは避けたい）、ジムからジムへと、必要とする腕っぷしの持ち主を探して回ることにした。

初めの1、2軒では望む成果は得られなかった。なにしろ、だれかれ構わず近づいていって、用心棒をしていたことがあるか、刑務所暮らしの経験はあるかとはなかなか聞けない。3軒目のジムに着くころには、望みを失いかけていた。最初の2軒に比べると、男たちはみないかにも用心棒らしい風貌で、酒場の外で微動だにせず立っていそうではあった。とはいえ、どの男が飛びぬけて凶悪な罪で捕まって、いざというときためらわずに行動できそうかは、見た目で判断することはできなかった。

3軒目には、タクシー・トシュテンが勝手についてきていた。車でただ待っているのにうんざりしていたのだ。

移動中に内情を大まかに聞いていて、トシュテンは自分もなにか役に立てないかと思った。カウンターにいる若いチンピラのところへ行くと、タクシー・トシュテンだと自己紹介した。「今日の客のなかで、俺たちがうっかり揉めちまったらいちばんやばい相手はどいつだい」

若いチンピラはタクシー・トシュテンを見た。「タクシー・トシュテン？」答えるかわりにそう言った。

「ああ、まさしく。で、俺たちが揉めないほうがいいのは、どいつだ？」

「揉め事を起こすために来たのか」チンピラが言った。

「まさか、そんなわけないだろ！　だから、絶対に怒らせちゃいけないやつを知りたいんだよ。ヘマしないようにさ」

チンピラは会話からもこの場からも逃げ出したそうに見えた。言葉に詰まり、弱りきった様子だったが、結局部屋の反対側にあるトレーニングマシンのところの長身で全身びっしりタトゥーを入れた男を指差した。「ジェリー・ザ・ナイフだ。なんでそんなふうに呼ばれてるかは知らないし知りたくもないが、みんなに怖がられていることはたしかだ」

「すばらしい！」受付係が言った。「ジェリー・ザ・ナイフだって？　いい名前じゃないか！」受付係は礼を言うと、タクシー・トシュテンのふるまいは賞賛に値するが、あとは外で待っているように指示した。これはペール・ペルソンとジェリー・ザ・ナイフが一対一で話し合うべき取引だ。

受付係は、ジェリー・ザ・ナイフがマシンを使いおわって休憩を取るまで待って、話しかけた。

「ジェリー・ザ・ナイフさんですね？」

ジェリー・ザ・ナイフは怪訝そうな顔をしたが腹を立てているふうではなかった。「今現在は、ジェリー・ザ・ナイフナシだ」彼は言った。「だが、あんたがなにを頼んでくるか次第では、痛い目にあわせてやることもできる」

「いいぞ！」受付係は言った。「僕はペール・ペルソンだ。ヒットマン・アンデシュという紳士の代理で来た。彼の名前は聞いたことあるんじゃないかな」

なぜあの男が？　ジェリー・ザ・ナイフは、めったにないほど血が騒ぐのを抑えて、お決まりのむっつりと無関心な表情を必死で保った。

「ヒットマン・アンデシュというと、イエスと出会って……あちこちで恨みを買いまくってる……」

ジェリー・ザ・ナイフは答えた。

「おたくはそのひとりじゃないといいんだけど……」受付係は言った。

いいや、ヒットマン・アンデシュと揉めたことはないと、ジェリー・ザ・ナイフは言った。会ったこともなければ同じ時期に同じムショにいたこともない。とはいえ、ほかの連中がやつを追う理屈はわかる。とくに伯爵とやつのおかしなばあさんは。

受付係は答えた。そのとおり。ヒットマン・アンデシュは今では自分の教団を持ち、教祖として新たなキャリアを始めようとしている。この手のことは一定水準の投資を必要とするが、なんの算段もついていないうちに、彼がいきなり神のもとへ召されてはたいへんまずいことになる。そこで自分が今、ジェリー・ザ・ナイフアリなのかナシなのかはともかく、こうしてご迷惑をおかけしているという次第である。つまり、ジェリーさんは、ヒットマン・アンデシュの寿命をできるかぎり引きのばす仕事を請けおうことを、検討してもらえないだろうか。その際には、自分とヨハンナ・シェランデルという名の牧師のことも同様に守ってほしい。「ちなみに、とても感じのいい女牧師さんだ」

ペール・ペルソンとヒットマン・アンデシュの関係が単なるビジネス上の付き合いらしいとわかり、ジェリー・ザ・ナイフは悪くないと考えた。街なかのどちらかといえば退屈な場所でドアマンとして雇われの身だったジェリーにとって、仕事を変えるのはやぶさかではなかった。自分の役割は「腰抜けには無理」な状況で求められるものだということも理解した。ひょっとしたら、伯爵の寝顔を見下ろすことにもなるかもしれない。ペール・ペルソンがいう雇用がなにを指すか、具体的に知りたい。

受付係は、こんなにうまく話が進むとは思っていなかった。ここへは、ボディガード候補と接触できる世界への「入り口」を見つけるつもりで、なかば捨て鉢で来ただけだった。それが今や、タクシー・トシュテンのおかげもあってジェリー・ザ・ナイフと会うことができた。この男について今わかっているのは、まともな言葉遣いができて自分を表現する能力があり、そしてヒットマン・アンデシュを伯爵や伯爵夫人やそのほかの連中から守るのに、驚くほど冷静で前向きなことだ。

善は急げ。愛する牧師には相談しないまま、彼はジェリー・ザ・ナイフこそ自分たちが求める人材だと決めた。

「おたくにうちの安全対策チームのリーダーをお願いしたい。構成員は任せる。できるだけ早く準備をしてほしい。選んだ部下にもたっぷり払う。おたくにはその倍だ。もし受けてもらえるなら、最後にひとつ聞きたい。いつから始められる？」

「すぐには無理だ」ジェリー・ザ・ナイフは言った。「まずシャワーを浴びないとな」

# 第31章

宗教団体設立の許可は取った。教会の建物も買った（墓地の整地は進行中）。教祖も予備の教祖もいる。安全対策チームも鋭意構築中だ。伯爵と伯爵夫人を先頭に危険も順調にさし迫っている。それにもかかわらず、牧師は気が晴れなかった。わかりやすく手を出しやすい説教を、まだひとつも準備できていないのだ。

牧師はできることなら、福音主義の教義から一歩、あるいは数歩踏みだしてしまいたかった。イエスの血に、別のどこかから新たな血を持ってきて混ぜるのだ。たとえばムハンマドとか。売りこむべきポイントもわかっていた。彼の本当の名はアル・アミンという。信頼できる者という意味だ。そしてムスタファと呼ばれていた。選ばれし者という意味だ。いかにも神の預言者というイメージが浮かんでくる。気の毒なヨセフが黙って見ている横で、神その人がマリアを妊娠させるという話なんかよりずっといい。

しかし、イエスとムハンマドのふたりをヒットマン・アンデシュの横に置くという案は、やはりどう考えても無理があった。使えないという点では、もうひとつの、神とイエスのコンビをサイエントロジーと並行して使う案といい勝負だった。サイエントロジーでは、ほぼすべての問題を精神のリハビリテーションで解決する。いかにも人が金を注ぎこみたくなる考え方である。１０００クローナであなたの思考を自由にしましょう。５０００出せばわれわれがあなたにかわって考えましょう。すべてがこんな調子だ。

サイエントロジー信者たちは、異星人やほかの怪しげなものに対して厳しい態度をとる。イエスもある意味異星人と見られなくもないと考えると、このふたつの信仰が相容れるのは難しいだろう。最大の難関は地球の年齢に関する見解かもしれない。聖書によれば６０００年だが、サイエントロジーでは最低でも40億年。たとえ足して2で割ったとしても、聖書上の家系図は20億年ほどの延長が必要となる。そんなに長い時間をいったい誰で埋めたらいいものか。

本当のところ、牧師にもわかっていた。彼女が引っかかるのは、ヒットマン・アンデシュがずっと、なにより大切に守っている聖書だった。とはいえアンデシュ教団は、一にも二にも三にも商売である。ここは笑って耐えるしかない。キリスト教は、なんだかんだ言ってスウェーデンでは長年にわたって広く浸透している。アンデシュ教団にステップアップしようかという人にとって、あまり大きな一歩にならずに済む。この教団の売りは、スーパースターが説教壇にいるという点だ（彼を生かしておけるかぎり）。そして教祖は、聖書からありとあらゆる金の実を産みだしてビジネスを成功させるのだ。

牧師が聖書で気に入っているのは、マタイの言葉をもとに善きサマリア人の話が作られたところだ。それは使徒行伝の「与えることこそより幸いだ……」にも繋がるのだが、滑稽なことに、めぐりめぐってマタイは死後ローマカトリック教会で聖人化され、以来ずっと収税吏や税関官吏の守護聖人を務めることになる。

捨てがたい話なら箴言にもたくさんある。けちな人がひどい目に遭う話とか、教祖アンデシュに金を出す人はその分芽吹く若葉のように栄える話とか、ほかにもいろいろ。もちろん聖書では「教祖アンデシュ」とはいっていないが、話をこじつけるなど朝飯前である。ただし箴言は旧約聖書なので、教団の商品に聖書まるまる全部を取りいれなくてはいけなくなるのが困った点だった。

牧師は計画を練り上げた。アンデシュ教団を、恵み深さの砦とする。信徒会のしみったれた信者にとって、イエスは人質で、神は隠れた脅威になるのだ。

受付係の計算では、売り上げの5パーセントをヒットマン・アンデシュに、同じく5パーセントを安全対策チームに、同じく5パーセントを一般経費に、同じく5パーセントを恵まれない人たちに分配する。残りの80パーセントは牧師と受付係のものとなるわけだが、彼らはこれでよしとしなければならなかった。あまり強欲になりすぎては、賭けに負ける可能性がある。それにもし、ヒットマン・アンデシュが眉間に銃弾を受けることになったら、彼の取り分は浮くことになる。

聖書でも慰めのように言っているではないか。恵み深き者は富むであろう。

＊＊＊

スウェーデンで、そしておそらくはヨーロッパ全土でも関心を呼び、もっとも興味深いとされた人物は、数週間が過ぎた今ではすっかり過去の人となっていた。当初は、フェイスブック経由で毎日少なくとも15万クローナが、受付係があわてて作った銀行口座になだれこんできた。しかし額はやがて半分になり、さらに数日後にはその半分となった。人はすぐに忘れる。

パズルのピースがすべてではまらないうちに、インチキ教祖への寄付はほぼゼロにまで落ちこんだ。これは財務担当の受付係を不安にさせた。もし集会に誰も来なかったら？　もし牧師と自分のふたりだけがあの教会に座り、ヒットマンが神の知りたもうこととはなんぞやと説教している横で、募金箱に最後のコイン数枚を入れるようなことになったら？

牧師はもう少しのんきだった。笑みを浮かべ、聖書によれば信仰は山をあっちにもこっちにも動かせる、まだ自分たちの力を見限るときではないと言った。彼女はこれから1週間の予定で、教祖に説教法を伝授する予定だった。そのあいだ受付係には、ジェリー・ザ・ナイフと部下たちに腕を磨きあげさせ、自分の仕事が一瞬で無駄に終わることがないようにしてほしいと、彼女は言った。

受付係は答えた。その流れでいうと、ジェリー・ザ・ナイフからは苦情が上がっている。教祖が説教台で攻撃された際、教会に第二の逃げ道がないことが気に入らないという。手練れの悪党界では、万が一の望ましくない事態に備えて最低でもふたつの避難経路が必要なのは常識である。つまり泥棒が仕事中に逃げるのも、われらが教祖が説教中に逃げるのも、同じということだ。

「ジェリーが言いたいのは、聖具室の壁に職人に穴をあけさせろって話なんだ。まずはきみと相談すると言ったんだけど……その、聖なる建物の聖なる部屋だろ。どうやって……」

「壁に聖なる穴をあけるということね。すてきだわ！」牧師が言った。「非常口がある聖具室。消防団長が知ったら大喜びでしょうね」

＊＊＊

牧師はヒットマン・アンデシュを6日間休みなしでしごきあげた。

「もう大丈夫だと思うわ」7日めにして彼女は言った。「今までにないほどに準備万端よ」

「安全対策チームのほうも抜かりなしだ」受付係が応じた。「ジェリー・ザ・ナイフが優秀なメンツをそろえてくれた。とてもじゃないけど、ＩＤカードなしで教会に入る気にはなれない」

受付係はあらためて、いざ動き出そうというときに、われらが恵み深い教祖ヒットマンは世間から忘れさられているのではないかと不安を口にした。

「それについてもできることはあるわ」牧師がまたもあのモナ・リザの笑みを見せながら言った。

彼女にはある考えがあった。

違う。彼女には考えがふたつあった。

受付係は、彼女がなにを隠しているのかは知らないまま笑みを返した。すでに彼女の偉大なる創造性には絶対の信頼をおいていた。彼女に比べたら、自分などただのエクセルシートにしか思えない。

「あなたはそれ以上の人よ、安心して」牧師は、自分が感じている以上に深い思いやりにあふれた声で言った。

受付係は彼女の愛のこもった言葉を聞き、このわずかな時間でちょっとだけ「いちゃいちゃ」しないかと思わずもちかけてしまった。

「でも、どこで?」牧師は、少しのためらいも見せず、まずそのことを考えた。

そうだ、ちくしょう。自分たちは残りの人生を、ヒットマン・アンデシュといっしょにキャンピングカーで暮らしていくわけにはいかない。まだ住宅問題があったじゃないか。ヒットマンと、正直なふたりの善人のための。

「オルガンの後ろとか？」受付係がアイデアを出した。

# 第32章

意外にも、ヒットマン・アンデシュはマスコミ向けに話す内容とその理由をすんなり理解した。さらにヒットマンは自分がすべきことまで提案した。少しは意味のない話も入れたほうがいいんだろう？　しかし、ヒットマン・アンデシュの場合、むしろそればかりになる。話がいよいよ本当におかしな方向に行きそうになるたび、牧師が遮って自分の見解を補足した。

エクスプレス紙は2年半前と同じ記者とカメラマンを送ってきた。彼らは独占インタビューの約束に2時間遅れて到着した。イエスと出会い、今では教団を設立しようというヒットマンを前に、今回のふたりは緊張のきの字も見せなかった。

ヒットマン・アンデシュはインタビューで、栄誉とはもらうより与えることにあると説明しながら、彼は自分の考えで裏社会の一部から金を騙しとったことを認めた。あれは2番目に恐ろしい事態だった。

「2番目？」記者が不思議そうに言った。

ヒットマンが続けた。ええと、たいていの場合、犯罪者連中にとって殺しの契約とは、実行を前提に報酬は前払いだ。これより恐ろしい事態とはただひとつ、殺人が実行されることしかない。しかしもちろん、ここでは実行されることはない。金を取った目的は恵まれない人々に渡すためで、殺人を犯さない殺人犯の手元には1オーレたりとも残らない（ただし、ごく些少な額の経費は除く……聖餐用のワイン代とか……聖餐用のワイン代とかだ）。ちなみに、まだ寄付が終わっていない分もある！

幸運にも、記者が殺しの契約をした人物の名前を尋ねてきた。おかげでヒットマン・アンデシュはつぎに言うことを思い出せた。いや、彼らの名前は明かせない。毎晩彼らのために祈っているし、いつでも自分が新たにひらいた教団の信徒に迎えたいと思っているからだ。必ずやイエス・キリストへと導き、彼の腕に引きわたすと約束する。

「ハレルヤ！　ホサナ！　ああ、神よ、主よ！」教祖アンデシュが感慨深げに声を上げた。天に向けて両腕を広げると、横にいた牧師から脇を肘でつつかれた。

横道にそれている時間はない。大事な問題がまだひとつ残っている。ヒットマン・アンデシュはすっかり忘れているようだった。牧師は話をふった。「それに、きちんと策も考えてあるのでしょう？」

「そうだったか？」ヒットマン・アンデシュは腕を下ろしながら尋ねた。「そうだ、そうとも！　俺が通りで車に轢《ひ》かれるか額を撃たれるか、自殺に見せかけて首を吊った状態で見つかるか、とにかく早死にした場合、殺すとかと手足を折るとかの依頼をしてきた連中の名前は、すべて証拠もそろえて公開されることになっている」

「つまり、もしあなたが死んだ場合は、誰があなたに殺人を依頼したかは世間の知るところになる、ということですね。……それで、その依頼の対象者、つまり殺されるはずだった人物の名も公表されるのでしょうか」

「もちろんだ！　天国では隠しごとはなしだからな」

ヒットマン・アンデシュの話は表現こそめちゃくちゃだが、それが意外におもしろく聞こえると牧師は思った。エクスプレス紙の記者も惹きこまれているようだ。

「それで、裏社会の人間たちがあなたを捕らえにくるだろうとお思いですか」

「いや、いや」ヒットマン・アンデシュは言った。「俺は、きっとやつらも改宗者になると信じている。イエスの愛は誰の心にも届くからな。すべての者に行きわたるのだ！　だが、もしいまだにひとりでも悪魔に取りつかれているやつがいたとしたら、それは重大事だ……社会とか、なにかにとって。ホサナ！」

これで言うべきことはすべて言いおえた。牧師は記者たちに礼を伝え、教祖アンデシュはこれから初めての礼拝の準備をしなければならないと言った。「今度の土曜日、午後5時からです。どなたでも駐車無料、コーヒー無料です！」

マスコミの取材を再度受けたのは、二方面に先手を打つためだった。まず当然、オープン前にアンデシュ教団の宣伝ができること。しかしそれだけではない。伯爵や伯爵夫人やほかの悪党たちに、もし牧師と受付係の教祖の髪の毛1本でも傷つけたらどうなるかを、知らせておく必要があった。

よくできた計画だった。

しかし、十分ではなかった。

伯爵と伯爵夫人の怒りは、想像をはるかに超えていたからだ。

# 第33章

「ふん、なかなか頭が回るやつじゃないか」翌朝、伯爵夫人が読み終えたエクスプレス紙を放りなげてつぶやいた。

「いや、俺はあいつをもう40年近く知ってるが『頭が回る』というにはほど遠い男だ。裏で知恵を出しているやつがいるに違いない」伯爵が言った。

「あの女牧師？」と伯爵夫人。

「だろうな。新聞にはヨハンナ・シェランデルとある。それと横にいる車泥棒だ。俺の記憶が正しければ、ペール・ヤンソン。やはりタマを切り落としておくべきだったな。今からでも遅くないが」

伯爵と伯爵夫人は、ストックホルム首都地区の裏社会では誰よりも権威を持っていた。このあたりで有力な悪党たちが集まってなにかするとなれば、召集をかけるのはいつもこの「高貴な」ふたりだった。そして今度も、それが彼らのしたことだった。

＊＊＊

スウェーデン最大の悪の総会第1回は、ハーニンゲにある伯爵と伯爵夫人の、がら空きになった車販売店で開催された。

店では、その週は特別に売り上げがよかった。衝突事故車を不法輸入して取引上多少の工夫をすれば、たちまち新車に早変わりだ。伯爵と伯爵夫人は、車が過去になにを経験していようが、あるいは車体の奥深くでなにを感じていようが、報告する義務はないと思っていた。それにどうせ車は口をきけない。映画じゃあるまいし。

この数日はそうした違法車が10台、ショールームを占拠していた。販売価格はいずれも定価よりも少し安い。広告にあるようなエアバッグは装備されていなかったが、新たな持ち主が道路をまっすぐ走る運転センスを持ちあわせてさえいれば、なんの問題もない。

全体としてよい1週間だった。このあとひらかれる総会のそもそもの理由さえなかったら。ちなみに、総会出席者の名簿をとりまとめるのも取引上の工夫を要した。それというのも、友人や恋人を痛めつける、もしくは殺す契約を結んだ顧客リストの原本が手元になかったからだ。総会開催の知らせは、厳選した4つのパブを通して口コミで広められた。

結果、17人の男たちが予定時刻に車のショールームに集まった。加えて伯爵と伯爵夫人。ふたりは正面の展示壇に立っていた。

展示壇は本来であれば店の目玉商品車を置くためだったが、車はちょうど、上物の覚醒剤1キロ分の値段で売れたばかりだった。今ではそこは、自分たちこそほかの誰よりも上を行くと訴えたいふたりのための、かっこうの晴れ舞台となっていた。

伯爵は2番目に怒っていた。1番は伯爵夫人だった。総会のため集合をかけたのも夫人のほうだ。「私にとって問題は、『ヒットマン・アンデシュを生かしておくか』ではなく『やつをどうやって殺すか』だ。伯爵と私には考えがある」夫人は言った。

展示壇前にいた17人のうち、かなりの男が身もだえした。殺しを拒否した殺し屋が当然の報いを受けたときには、彼が交わした契約の内容は広く知られることになる。ひとりが意を決して立ちあがり、その話を持ちだした（たまたま、伯爵と伯爵夫人の両方を消すために多額の金を払った男だった）。

ヒットマン・アンデシュをやるとなると、首都全体を血で血を洗う争いに巻きこみかねない。それよりは、あまり行きすぎた内部抗争は避けて、このままいつもどおりの仕事を続けたほうがいいのではないか。

伯爵が、騙されたまま引っこむのは自分の性分じゃないとつっぱねた。黙ってはいたが、じつは伯爵と伯爵夫人は、自分たちの件は片をつけてあった。ヒットマン・アンデシュの一味が、報酬とキャンピングカーの両方を騙しとっておきながら殺さなかった商売敵ふたりを、すでに始末していたのだ。そこへ、新たにひとりが最初の男に同意の声を上げた。この男は伯爵と伯爵夫人ふたり分の料金は払えなかったので、夫人だけで話をつけていた。ふたりのうち、より破壊的で予測不能だと考えたからだ。純然たる生存本能からすれば、彼にもヒットマン・アンデシュの長命を願う理由はあった。

3人目の男が金を払って痛めつけたかった相手は伯爵の従兄だったが、それでも十分に恐ろしいことだった。残りは、少なくとも8人が互いにさまざまなレベルで叩きのめしあうことになる契約を結んでいた。狭義ながら罪がないといえる人間がいるとしたら、単に十分な金がなくて相対的に罪が軽く済んだというだけの話だった。

誰もが恐れる伯爵と伯爵夫人が相手でも、17人の屈強な男たちがそろって居並ぶとさすがに勇気がわいてきて、なんとか抵抗だけは試みた。これからの仕事のことを思えば忘れるのがいちばんいいと、全員で主張する。復讐は今現在の労働環境には逆風でしかない。そして労働環境のほうが、ずっと重大事だ。

伯爵夫人は17人の男たちを罵った。骨無しの虫やらなにやら気色悪い生き物呼ばわりをされ、男たちの何人かはヒットマン・アンデシュが今度こそ仕事をしてくれるなら、もう一度金を払ってもいいと心の底から思った。

17人のうちのひとりは、虫といっても全部が全部骨がないわけではないんだが、と考えていた。しかし今はそれを言うときではないことはわかった。

総会は、20分もかからずに終わった。この件にかかわった大小さまざまな悪党どもは、そろってその場にいた。欠席したのは、妻に向かってしかめ面をした隣人を消すために80万クローナを払った男だけだ。復讐心に燃え一瞬にして貧窮生活に陥ったその男は、妻が隣家の擦り傷ひとつ負っていない男とともに姿を消した直後、自ら命を絶った。妻と隣人は、そのころカナリア諸島でお楽しみの真っ最中だった。胡散臭いしかめ面は、じつは巧みな誘いの表情だったというわけだ。

最終的な結論。詐欺にあった詐欺師でまだ生きている19人中17人は、ヒットマン・アンデシュを生かしておくことにした。そして残るふたりは、やつは必ず死ぬことになる、願わくばヨハンナ・シェランデルとペール・ヤンソンだかペルソンだかもいっしょだと、決意を新たにした。

# 第34章

アンデシュ教団の正式オープン2日前、牧師は最新のアイデアを仕掛けることにした。さらなる寄付をして国じゅうを盛りあげてやろうという目論見だった。運転席にはタクシー・トシュテン、後部座席には牧師、受付係、ヒットマン・アンデシュが並んで座った。ヒットマンは膝に、50万クローナと寄付先への手紙をきっちり梱包した包みを抱えていた。

観光シーズンには少し早かったが、ストックホルムの宮殿周辺に人気《ひとけ》が絶えることはなかった。なかでも、近衛兵はつねにそこにいて、1523年以来途切れることなく立ちつづけていた（もちろんその間ずっと同じ近衛兵だったわけではないし、18世紀への変わりめに宮殿が火事にあい、再建されるまでのおよそ50年のあいだは休憩を許されていた）。

タクシー・トシュテンは創造性ある運転手だった。スロッツバッケン通りへ曲がり、石畳の道をすっとばしていくと、宮殿前でスピードを落として、ぱりっとした軍服に身を包み、小銃に取り付けた銃剣を光らせて警戒している近衛兵に向かって車を寄せていった。

ヒットマン・アンデシュは車を降りて包みを差しだした。「ごきげんよう」重々しく言う。「俺はヒットマン・アンデシュだ。輝かしき50万クローナを、王妃様と世界の子供……ええと……財団？に渡すために来た。車のなかでずっとそらで言わされてたのに、忘れちまったよ。なにしろ、俺たち……まあいいか、俺たちがどこから来たかは問題じゃない。要するにだな……」

「いいから包みを渡すんだ」受付係が車から叫んだ。

しかしそれは、言うほど簡単ではなかった。近衛兵はあやしげな荷物を受けとろうとせず、緊急警報ボタンを押して、暗記していた通達文を復唱した。「警備区域内への立入り、もしくは警備区域界隈の徘徊を行う人物は、法律により氏名、出生地、居住地を、当該地域警備中の近衛兵の求めに応じて申告せねばならず、信書もしくは個人文書を除いた身体検査に応じ、また自動車、船舶、飛行機等の乗り物内捜査にも応じる義務がある」

ヒットマン・アンデシュは包みを手にしたまま、目を丸くして近衛兵を見た。「あんた、どっか悪いのか」彼は言った。「なあ、イエスの御名によるこいつを受けとるだけでいいんだよ。そしたら俺たちも、さっさといなくなってやるから」

哨舎に立つ近衛兵は、さらに深呼吸した。「適切な任務を確実に遂行するため、担当近衛兵は必要な範囲で入場の拒否、排除を行うことができ、不十分な場合はさらに、警備区域内または近隣にて一時拘留を実施することができる……」

「よし、だったら捕まえてみろ。くそったれの腰抜け兵め」ヒットマン・アンデシュは怒って言った。

近衛兵は震えあがりながらも、あいかわらず暗記項目の復習にいそしんだ。「問題の人物が、本法に則る決定事項に基づき有効たる禁止事項に違反する場合、要請された情報提供を拒否する場合、合理的に誤りと判断される情報を与えた場合、身体検査を拒否する場合、もしくは……」

ヒットマン・アンデシュはそのあたりで間抜けな近衛兵を押しのけ、持ってきた包みを哨舎に置いた。「さ、こいつを間違いなく王妃様に渡してくれよ」ヒットマンは尻もちをついた近衛兵に向かって言った。「こいつの身体検査をしなきゃいけないっていうなら、してもかまわないぜ。ただしなかの金には触るなよ、いいな！」

そしてヒットマン・アンデシュは牧師と受付係とタクシー・トシュテンのところに戻った。車はトシュテンの運転でシェップスブロン埠頭へ向かい、転んだ近衛兵の後援が反対方向から駆けつけたころには、行きかう車の流れに紛れこんで見えなくなっていた。

＊＊＊

当初、ヒットマン・アンデシュが「宮殿を襲撃した」との話が広がったが、王妃が記者会見をひらき、すばらしい（かつX線検査済みの）49万4０００クローナを世界の子供財団を通じて貧しい子供たちに贈ってくれたことに感謝を述べるとともに、収束した。

「いつになったら50万ちゃんと数えられるようになるんだよ？」受付係に言われて、ヒットマン・アンデシュは答えるかわりに顔をしかめた。

広報発表は、第一報が危機的状況の可能性に言及し、第二報では王妃みずから問題を一掃するという足並みのそろわない内容となった。そのうえ第三報は、ヨハン・アンデション別名ヒットマン・アンデシュ別名教祖アンデシュの数奇な人生の更生物語完結編という形を取った。「いやはや、俺はもう牧師を名乗ってもいいんじゃないのか」ヒットマン・アンデシュが言った。

「だめよ」牧師が言った。

「なんでだよ？」

「私がだめと言ったからです」

「なら、司教はどうだ？」

# 第35章

ジェリー・ザ・ナイフは、苦労の末に安全対策チームの面々を説得した。見るからにスウェーデン一危険な暴走族風の格好は避けねばならない。たとえば革ジャンに拳鍔《ブラスナックル》、それに、国でいちばん信頼のおけない武器業者から3万5000クローナで仕入れたむき身のソビエト製ＡＫ－47。

これからのファッションの主流は、チノパンにジャケットだ。安全対策チームの全員が実際には参加しそこなった卒業式以来、いちども身に着けたことのないアイテムだった。適宜、機関銃は薄手のコートの下に隠し、アメリカ製手榴弾はジャケットのポケットにきっちりしまうこと。

「俺たちの仕事は、敵対分子を排除することだ」ジェリー・ザ・ナイフが説明した。「善良で正直なお客を怯えさせることじゃない」

設備面でもっとも金がかかったのは、出入り口の金属探知機だった。ジェリー・ザ・ナイフの考えるこの設備最大の利点は、武器の持ち込みを確実に防げることだった。牧師と受付係は即座に了承した。金属探知機と監視カメラがあれば、献金皿に小銭を置いた者、札を置いた者が誰かがわかる。ふたりは教会のスペースを、精神的ケアは望むが金を払う気がない人間のために無駄に使うつもりはなかった。

墓地は500台収容の駐車場に変わっていた。アスファルトの下には1800年から1950年のあいだに亡くなった無数の人々が眠っていた。これらの魂が舗装についてどう思うかは誰も尋ねなかった。魂のほうからなんらかの抗議の声が上がることもなかった。

駐車場が満車になると、参拝者の数は1000人になる。会堂はかなり広いとはいえ、せいぜい800人しか座ることができない。そこで受付係は、外に大きなスクリーンと、それなりの品質でそれなりの値段がする音響装置を設置することにして、胃痛で倒れた。スクリーンは最初の礼拝が行われる日の朝に届いた。取り付け料は現金で支払われた。かつての大金の山は、今ではからっぽのスーツケースふたつを残すのみとなった。

「心配しないで！」牧師が言った。「思い出してちょうだい。信仰は山をも動かす。聖書のなかでも、外でもよ」

「外でも？」

そう、そのとおり。神学校で勉強しているとき、牧師は創世記以外の第二の説があると知って熱狂した。創世記では神はほんの2、3日で一気に天と地を創ったが、ほかにも真実があったのだ。その信仰では、パンゲアと呼ばれる巨大大陸が分裂し、やがて現在の大陸や山や谷などを形作ったといわれる。これもおそらくは信じる力のなせる業だ。とすれば、こちらがつべこべ言うこともできまい。

牧師の冷静さのおかげで、受付係も少し落ち着いた。今のこの状況からすれば、黄色と赤のスーツケースがふたたび金であふれるのにそう時間はかからなさそうだ。牧師の信仰が山のひとつふたつを同時に動かしたとしてもかまわない。彼女がいつからその信仰を始めるか、自分で決めたっていい。

「そのあかつきには、また聖書とともに進むことにするわ。時間を節約するためだけにね。神だって1週間かかったんですもの。パンゲアなんて数十億年かけて分裂したのよ。もうそんなに長く、ヒットマン・アンデシュにもキャンピングカーにもほかのなにもかもに、我慢できそうにないわ」

「ほかのなにもかも？　僕にもかい？」受付係は戸惑った。

「10億年くらい？　だったらそうかしら」

＊＊＊

ヒットマン・アンデシュが初めての説教壇に立つまで、あと数時間だった。ジェリー・ザ・ナイフは教会の庭で北西の隅にある小山に立って、右から左、また右へと目を走らせた。どこにも問題はなさそうだ。

しかし、砂利道に見えるあれはなんだ？　熊手を持ったじいさんだ！　危険人物か？　見たところ、熊手を持った人間が通常することをしているようではある。

　老人は道を掃いていた。

　全部ああやって掃くつもりか？　道路から教会の玄関ポーチの前まで？

「砂利道のはじに問題発見」彼は部下に通信機器を使って伝えた。もちろんこの機械とて、ただではない。

「やっちまいますか？」鐘塔にいる狙撃手が言った。

「だめだ、待て」ジェリー・ザ・ナイフは言った。「俺が行って、誰か確かめてくる」

　老人はまだ熊手かきを続けていた。ジェリーは、お気に入りのナイフをジャケットのポケットのなかでぎゅっと握りしめた。自分はこの教会で安全対策チームのリーダーをしていると名乗ると、老人に身元となにをしているかを尋ねた。

「道を熊手で掃いている」老人は言った。

「ええ、そのようですね」ジェリー・ザ・ナイフは言った。「誰に頼まれてやっているので？」

「頼まれた？　私は、かれこれ30年、週に1回礼拝前には必ずこの道をこうやって掃いている。ただしこの2年ほどは、少し回数は減っているがね。この神の家を閉鎖するという、神に背く決断がされたからだ」

「ひでえな」この数日間、新しい仕事に向けて罵り言葉を使わない練習をしていたジェリー・ザ・ナイフが言った。「私はジェリーといいます」そう言いながら、ナイフを離した手で老人と握手を交わした。

「ボルィエ・エークマン」熊手の老人は言った。「教区委員のボルィエ・エークマンだ」

# 第36章

教区委員のボルィエ・エークマンは運というものを信じていなかった。良いほうも悪いほうもである。自分自身、神、イエス、そして規則や規律以外のものはいっさい信じない。しかし、とくに宗教に関心のない傍観者からすれば、彼とヒットマン・アンデシュとの来るべき出会いは不運としかいいようがなかった。

自分の人生を、本来進むはずだった方向と異なるほうへと舵を切りたいと願うエークマンという男は、この日の前日まで労働市場省で役人をしていた。40年同じ職場で働いてはいたが、組織の名前は数回変わっていた。今ではアンデシュ教団のものとなった教会で教区委員の仕事をボランティアで務めてきたのは、最後の審判の日に聖ペテロの目に好ましく映ろうと願ってのことだった。

過去30年のあいだ幻滅し続けながらも、男はお役所での任務を務めあげた。若かりし最初の10年は、少しは事情も違っていた。そのころは給料を得るために働いてはいても、それがすべてではなかった。勤務先であるお役所のとある部署ではびこっていた、西部劇的態度と徹底的に戦っていたのである。ボルィエは気づいた。職業安定所の職員は、不定期の間隔で定期的に職場を離れては目的もなく街をうろつき、斡旋できる仕事を探している。これは彼らに言わせると「雇い主に会う」ため、「コネを作る」ため、「信頼関係を構築する」ための外出なのだそうだ。

若きボルィエ・エークマンによると、こうした無駄な腕まくり作戦はまったく卑しい行為だった。組織にとってのリスクを考えるべきだ。監視する者がいないなか、職員はビールを飲める場所を訪れるかもしれないではないか。

アルコールを。勤務時間中に。神よ！

ボルィエ・エークマンは、職業安定所は完璧な構造の組織であってほしいと思っていた。たとえば国内の失業者について、年齢、性別、職種から、人口統計的背景、学歴などほぼ個人の特定に至るまで解析するには、組織の透明化は必然である。組織のなかに緊張や対立が生まれない序列型の構造。長い目で見れば、それは完全に予測可能な成果に結びつき、職業安定所は完璧な働き場所となる。ボルィエ・エークマンは、考えるだにわくわくした。

しかし、職業安定所の職員が斡旋できる仕事を探して走りまわっているかぎり、成果を予測することは不可能だった。あるとき、テービュの支所にいる職員がある会社幹部と親しくなって、その会社の勤務枠に空きを作るよう説得し、地域に80もの雇用を新たに作り出すことに成功した。就業率分析担当者にとっては悪夢である。数式表には、会社幹部と安定所職員がサウナのなかやゴルフのラウンド中に上げた成果を計算する欄などない（その職員はゴルフでわざと負けたのだ。そのために、ときに18番ホールで池ポチャしたうえ二度打ちをしたりする）。

ボルィエ・エークマンも、背景がなんであれ80件の雇用は80件の雇用と理解しないほど愚かではない。しかし、物事にはつねに考慮すべき全体図というものがある。その職員は、勤務時間中にゴルフをしただけではなく、問題の管理的側面も見落としていた。たったひとりの職員のせいで、ストックホルム首都北部地区四半期の統計は歪んで不完全な結果に終わった。そのうえ、その職員は80人の元失業者たちの活動報告を公文書にすることを拒んだ。

「無駄な仕事だ」職員はボルィエ・エークマンに言った。「すでに就職した人たちについて、何週間もかけて書類を作ったりしてられないよ、そうだろ？」それだけ言うと電話を切り、配管と空調設備業界での新たな雇用7件に向けて、ゴルフへ出かけてしまった。

とはいえ、それは彼が解雇される前にした最後の仕事となった。任務を拒否したことと、これ以上やつにじゃまされたくないとボルィエ・エークマンが無理やりでっちあげた規則違反が解雇理由だった。これはいろいろな意味で非常に困った事態を生んだ。彼は新しい仕事を調達するのにすばらしく長けていたからである。しかし彼の後任という新たな雇用がテービュの職業安定所に生まれたことで、最後までその長所で貢献することにはなった。ボルィエ・エークマンは、ただちに裏で糸を引き、後釜には彼と異なる視点を持つ人間がつくようにした。まずは組織と統計だ、それで政治家は雇用市場の動向を明快に見られるようになる。クビになったばかりの男のようなはねっかえり者がいると、四半期予測は完全に現実を反映しなくなる。野党は予測ミスを愛しているので、公務員がその予測に時間を使うのは望ましいことではない。

さて、文字にした予測はすでに文字になっているため現実に適応できないのは当然で、現実のほうが予測に適応しなければならない。ボルィエ・エークマンにとって、それは天気を除くあらゆる状況で真実だった。天気は神が一貫した姿勢で支配しておられるので、気象予報士がやけになってもしかたがない。予報士が翌日の晴天を予想すると、往々にして神はそれに応じて雨を降らせる。ボルィエ・エークマンは、そんな職場で働くことを想像すると身震いせずにいられなかったが、同時に、気象台や衛星の力を少々借りるとはいえ、主と直接つながる存在になれるという考えには惹かれていた。自分なら、気象学の厳密さに新たな高みをもたらすことができるのに。

大雑把に言えば、大事なのは結果の質より予測可能性の程度だ。さらに大雑把に気象関連に限って言うと、全市民をヨーテボリのすぐ北の地域に強制的に移住させれば、予報士は実際必要なくなる。３６５日中２００から２５０日予報を当てるには、翌日の予報を雨にすればいいだけだからだ。これに、ボルィエ・エークマンの神とのコネを加えたら、神を利用できるタイミング次第で、的中率は85パーセントから90パーセントに上がるはずだ。

ボルィエ・エークマンの論理を労働市場省に当てはめると、四半期と四半期のあいだにはなにも起こらない。しかし必ずなにかは起こり、部署じゅうの分析係が束になってゼロから計算をしなおす羽目になる。これは特定の部署では確実に雇用を支えたが、同時に政治家たちを悩ませ、選挙に落選させる原因にもなった。役人たちがこの年月で学んだのは、どれほど失敗したとしても、労働市場省のオフィスやデスクより縮小されたり隔離されたりすることにはならないということだった。

ボルィエ・エークマンはこの原理の生きた実例だった。40年間失策を繰りかえし、定年退職するまで異動に次ぐ異動、さらなる異動の末に自分が属する組織からもすっかり忘れ去られていた。ボルィエも同僚にわざわざ自分の存在を思い出させるような真似はしなかった。かわりに、65歳になる日をゆっくり数えていた。そしてその日には、省トップの大臣その人が、ボルィエ・エークマンがいかに特異な同僚だったかという短いスピーチを行った。事前に、彼の名前とどのような仕事にかかわってきたかは注意深く確認してあった。

ボルィエ・エークマンは二度と来ることのない自分のオフィスをあとにした。広さはせいぜい大きめのクローゼットほどだ。ちっともつらくなんかなかった！　数十年間熱意を持って仕事に打ちこんできて、労働市場省が、その場しのぎの無駄な就職斡旋にかかわって、統計法や管理に対する彼の見方を少しずつではあるが受けいれはじめていることはわかっていた。一方、就職斡旋の仕事を優先業務とする働き方の阻止は、中途半端な結果のままだった。呪われた政治家と呪われた一般市民がじゃまばかりするからだ。４年に一度民主的な選挙があり、そのたびに政党はあの手この手またはその手を使って失業問題と闘うと約束するが、どの手であろうが労働市場省はしっちゃかめっちゃかになる。できることなら、有権者には毎回投票する党を変えないでもらいたいものだ。役人たちは選挙が終わるたび、成功しなかった前政策のかわりに、同じくらい成功することのない新たな労働政策を実行させられる。

ボルィエ・エークマンは、こうして何年も、自分でほかに埋め合わせをしないかぎりはなにも意味がない生活を送ってきた。雇用問題は神の手にゆだねておいて、自分自身は信仰心でキャリアを築くことにした。

実際、いいキャリアだった。信徒会では教会的な仕組みを作りあげることに専念した。初めはただ属していただけの信徒会は、最後にはすべてにおいて彼が統括するところとなった。

宗教生活は、ボルィエ・エークマンに無限の幸福をもたらした。退職したあかつきには、さらにいっそう幸せな日々とならんことを望んでいた。目覚めているあいだは、信徒会の非公式の牧師、神の羊飼いとして過ごす。信徒の羊たちや、説教壇の羊までもが、みな彼の言葉に聞き従うのだ。

しかし突然の悲劇が襲った。教会はその扉を閉ざし、信徒会19人の会員のうち18人は隣の教会に移っていった。19人目の会員ボルィエ・エークマンは、彼らとともには行かず、最後のひとりとして悲しみに暮れながら古い教会のまわりを歩きまわっていた。ときには砂利道の雑草を取ってきれいにした。隣の教会へ移ったグラーンルンドのやつときたら、うぬぼれ屋のばかやろうだ（つまりボルィエ・エークマンが好き勝手に決めるのを許さないやつということ）。

そして今から数週間前、前教区委員エークマンの前教区は、教会、墓地、すべてが、国じゅうで話題の最近救われた元殺し屋に売られた。そのような男の下で働くと考えると、気分が悪かった。天国の真珠の門へと到達するために占領するつもりでいた地位ですら、考えなおそうかと思うほどだった。だがやはり、これは自分の教会だ。ヒットマン・アンデシュにはすぐに事実を思い知らせてやればいい（自分は、なにも理解していないあのグラーンルンドとはちがう）。まだ誰にも知られていないが、スウェーデンで最高の教区委員が戻ってきたのだ。

ボルィエ・エークマンは、労働市場省のクローゼットで最後の数日間を笑顔でやり過ごしながら、心のなかでは自分の新しい教区でフルタイムで働いていた。残り3日、2日、1日……ケーキなしのお別れを済ませ、そして今日、最後の出勤日が明けた最初の日、愛する教会のグランド・オープンを迎えた。

これまですでに2、3度態手をかけに来ていたが、誰からも気づかれることはなかった。声をかけられたのは、今日が初めてだ。ジェリーとかいう男だった。安全対策チームのリーダーだと？　なんのための？

集会ではわざと人目につかないようにした。最初の説教が終わるまで待つ予定だった。それから、信徒会指導部を喜ばせる驚きの演出として、いきなり登場するつもりでいた。学ぶことを怠ってきたあの連中は、さぞかし途方に暮れることだろう。

考えれば考えるほど、自然と笑いがこみあげる。しかしその笑顔は、さほど遠くもない未来、凍りつくことになるのだった。

# 第37章

スウェーデンで2番目に大きな悪の総会第2回が、あるパブの地下室で開催されていた。店は、以下に名前の上がる依頼人のお気に入りのひとつである。

参加したのは、伯爵と伯爵夫人を除いた17人。議題は、この高貴なる夫婦を消しさること。そしてこれは、彼らがヒットマン・アンデシュの髪の毛1本でも傷つける前にすみやかに遂行されねばならない。提案は17対0で可決された。

問題は誰が、どのようにやるかだった。議論は尽きず、上階からはつぎつぎとビールが運ばれてきた。

悪党が顔をそろえたなかに、非公式ながらリーダーがいた。先日の総会で最初に伯爵夫人に異を唱えた男である。大ジョッキのビールを2杯空けると、リーダーはすでに全員が知っている話を持ちだした。ウーロフソンとウーロフソンの兄弟がシーポイント・ホテルを焼きはらった件だ。

「それがなんか関係あんのかよ」ウーロフソンが言った。

「そうだそうだ」ウーロフソンも言った。

リーダーは、もしホテルが焼けなかったら、ヒットマン・アンデシュは今もまだあそこにいたかもしれない、そうしたら自分たちはただホテルへ言って彼を伯爵と伯爵夫人から隠せばいいだけだった、と説明した。

ウーロフソンは納得しなかった。ヒットマン・アンデシュは自分たちの助けがなくても今のところうまいこと隠れているし、そもそも伯爵とここまでこじれたのは、ヒットマンが隠れたせいではない。むしろ逆だ。やつは隠れるのをやめたのだ。イエスを携えてふたたび表に出てきたかと思えば、自分の身にもしものことが起きたらどんな残念な成り行きになるかを新聞に話して、注目を集めている。

「これさえなけりゃあ、ここにいる俺たち17人が、ホテルでやつとお茶を飲みながらおしゃべりして、これからひどい目に遭わないようどこかの山小屋へお引っ越し願いたいとか、ぺこぺこするような真似は、必要なかっただろ？」ウーロフソンは言った。

「そうだろ？」ウーロフソンが言った。

ウーロフソンの説明は、ほかの悪党たちにとっては複雑すぎて、半分も話さないうちにみんなついていけなくなった。よってウーロフソン兄弟には15対2で、伯爵と伯爵夫人がヒットマンを消すより前に、この高貴な夫婦を消す任務が課せられた。そもそもヒットマンは最初に消されているはずだったのだが、今では彼の炎はできるかぎり燃え盛っていてほしいと誰もが願っている。

地下室に集結した悪党たちが金の話で合意することはめったにない。それは彼らの性分ではないからだ。それなのに、戦地へ赴かない15人がウーロフソン兄弟の報酬として、高貴な人物ひとりにつき40万クローナを支払い、さらにふたり一度にやってのけた場合には100万を上乗せすると合意したことは、大きな驚きといえた。

ウーロフソンとウーロフソンの兄弟は幸せいっぱいには見えなかった。そうはいっても上乗せの100万は100万だ。その金で兄弟はふたたび財政的に立ちあがることもできる。15人の怒れる悪党たちがふたりの前にずらりと並び、答えを待った。

兄弟に与えられた選択肢はふたつ。ひとつは受けるか……。

もうひとつは、受けるか。

# 第38章

ヒットマン・アンデシュの説教デビューまで残りあと1時間となった。牧師は今いちど彼らの計画と戦略について、通しで確認した。どうなるかはまったく読めない。ヒットマンの半分は学習意欲があり分別もあるが、残りの半分はクロッケーのボールより多少は能がある程度だった。どちらの半分で説教壇に立つのかは、予測不可能だ。

会堂はじょじょに埋まりつつあった。さらには外のスクリーン前にも相当な数の人々が集まってきていて、新たな聴衆もあとからあとから押しよせていた。鐘塔では狙撃手がふたり照準器を覗き、教会のすべての出入り口には警備員が立っていた。そこそこ見てくれのいい半悪党をひとり、静かな抵抗はあったが黒いスーツを着せて、正面玄関の金属探知機の横に配置した。彼は牧師から、適切な接客態度の集中特訓を受けていた（時間の節約という点では、集中特訓はもっともよい選択肢だ）。

「なんで教会の入り口で安全チェックをされるんだ」ある列席者が言った。自分では来たくなかったのに妻に引きずられてやってきた男だ。

「安全上の理由からでございます」スーツを着こんだ男が答えた。

「安全上の理由？」男は無礼にも繰りかえした。

牧師は、列席者には教祖と自分たちが脅威にさらされている真実を隠しておく考えだった。

「そうです、安全上の理由からでございます」スーツ姿の男はふたたび言った。

「誰の安全で、どんな理由だ？」無礼な男は引かなかった。

「いいからなかに入りましょうよ、ターゲ」男の妻が軽く気を揉んで言った。

「告白いたしますと、私もこちらの美しい奥様に賛成でございます」スーツ姿の男は言ったが、内心はこのむかつく男を叩きのめしてやりたくて、上着のポケットの内側で右の拳を固く握った。まずは手榴弾を離してからだと、必死で自分に言いきかせる。

「だが、こいつはどう見ても胡散臭いよ、グレタ」ターゲがごねた。昨日一日、テレビでホッケーの決勝戦を見るほうを優先するべきじゃないのかと言いつづけていたのだ。

扱いづらい男の後ろで、列はどんどん長くなっていった。スーツ姿の警備員はこれ以上スーツ姿らしくふるまっていられなくなった。

「『安全上の理由』って言葉の意味もわかんねえなら、教祖の話がわかるわけねえだろうよ。くそったれのボルボで、さっさと帰っちまえ。くそったれの町外れにあるくそったれの二戸建ての家で、くそったれのイケアのソファに座ってごろごろしてやがれ。そんなに俺たちが提供する救済が気に入らないって言うならよ」

幸運にも、たまたま通りかかった牧師が、おかしな方向に行った会話の最後を小耳に挟んでやってきた。

「少々おじゃまいたします」彼女は言った。「私は牧師のヨハンナ・シェランデルと申しまして、教祖の助手をしております。教祖アンデシュは、神の言葉を伝える者としては地上で二番目に卓越した人物です。あなたが今揉めていたこちらの警備員ですが、教祖アンデシュの初心者向け勉強会の参加者で、まだ創世記も終えていないのです」

「で？」無礼な男が言った。

「聖書は、禁じられた果実を食べるなという以外、人がどう行動するべきかを説いておりません。それでもアダムとイブはふたりとも、人の言葉を話すヘビにそそのかされて禁じられた行為をしてしまいました。これをおかしな話だと思う人もいるかもしれません。でも主は何事もなすことができます」

「言葉を話すヘビだって？」今では無礼である以上に混乱した男が言った（妻とは対照的に、夫は一度も聖書をひらいたことがない）。

「そうです。人の話を理解することもできるヘビです。この悪魔が、どれほどひどく神に叱られたことか。そのため今でも土にまみれて地面を這いまわることになったのです。つまり、ヘビのことですが。神ではなく」

「なんの話だ？　牧師さん、あなたいったいなにがしたいんです？」男が言った。混乱のせいで、無礼さはすっかりなりを潜めている。

牧師がしたかったのは、まずは無礼な男の不意を突くことだった。今のところ、それはうまくいっている。さて、続きは少し考えて言葉を選ばなくては。牧師は声を抑えて、教祖アンデシュの言葉には限界がないと言った。さすがに、説教中にイエス・キリストその人の降臨を願うのは行きすぎかもしれない。とはいえ万が一にでもそれが叶った場合、何者かが彼を攻撃するようなことがあっては具合が悪い。そして当然、神が使徒のひとりをよこすことも考えられる。よもや最初がイスカリオテのユダということはないと思うが、ほかにあと11人も候補がいる。要するに、今日この日から、教祖がどんな力を放つかは誰にもわからないということだ。それゆえの安全対策である。

「でも、私たちはどなたに対しても、教祖に会うよう無理強いはいたしません。イエス・キリストに会うよう、彼の使徒たちに会うよう、無理強いをしたりはいたしません。これから起こることはすべて、どのみち明日の新聞で明かされるでしょうから、なにも見逃すことにはならないはずです。さあ、出口へご案内いたしましょうか？」

いや、案内はいらないと、さっきまで無礼だった男は思った。そして妻はというと、絶対にいらないと思っていた。夫の手を固く握って言った。「さあ、ターゲ、席が埋まる前に入るわよ」

ターゲは妻に言われるがままにした。ただあの不愉快きわまりない警備員に、自分と妻の車はこの2年オペルのコルサだと改めてやるのだけは、忘れなかった。


ヒットマン・アンデシュの仕事は、恵み深さと恵み深さと恵み深さについて話すことだった。そこにイエスをほんの一滴、そしてさらなる恵み深さだ。ほかの話題でも、いかに「もらうよりも与えることこそ幸い」であるかという話を盛りこむ。天は献金皿に財布の中身を空ける人を待っている。そして天は、財布を一瞬ぱちっとひらいただけの人にも、完全に閉ざされることはない（「塵も積もれば山となる」ということわざもある）。

牧師は言った。「それと、ハレルヤとかホサナとか、自分でもよくわかってない言葉には蓋をしておくこと」

しかしヒットマン・アンデシュは、緊張していろんなことが一気に頭に押しよせてくる気分だった。

よくわかっていないことに蓋をしておかなければならないなら、言えることはほとんどなくなってしまう。彼は、いざというときには、キノコの学術名を唱えることにしてはだめかと言った。知らない人が聞けば、宗教的に感じられなくもない。ためしに言ってみる。「カンタレルス・キバリウス、アガリクス・アベンシス、トゥベル・マグナトゥム……父と子と聖霊の御名において、アーメン」

「なにを言ってるんだ？」ちょうど部屋に入ってきた受付係が尋ねた。

「よくわからないけれど、アンズタケとシロオオハラタケと、あと多分トリュフを崇めているだけだと思うわ」牧師は答えた。そしてヒットマンに向きなおると、今口にした言葉のほうには近づいてはいけない、どんな名前だろうともベニテングタケと同じくらいに危険だから、と言った。

「アマニタ・ムスカリア」ヒットマン・アンデシュが黙らされる前にすかさず言った。

牧師は教祖に、自信をなくしている暇などないと発破をかけた（同時に、おかしなタイミングでホサナと口走るくらいならベニテングタケのラテン語学名のほうがそれらしく聞こえるかも、とも思っていた）。「自分が国民的ヒーローだということを忘れないで。新しいエルヴィスよ」そう言いながら、前日に棚で見つけた18世紀の聖餐用の杯を満たした。もしかしたら、これひとつで教会全体より価値があるくらいかもしれない。

同じ棚には、たまたまウエハースの入った箱も見つかった。さぞや埃っぽい味がすることだろう。牧師はヒットマン・アンデシュにワインの供にとイエスの体を出したが、杯を手にするや空けにかかっていた教祖は、血のほうをもう一杯いただきたいと言った。説教中に万が一急に体のほうが必要になったときに備えて、説教台にはすでにシナモンロールひと袋を隠してあった。

# 第39章

聞いたこともないほどの歓声と轟《とどろ》く喝采に迎えられ、ヒットマン・アンデシュが登壇した。右に向かって手を振り、左に向かって手を振り、正面を向いて手を振る。そしてふたたび、聴衆が少し落ち着き静まるまで両手を振りつづけた。

「ハレルヤ！」が第一声だった。

新たな歓声が上がる。

「ホサナ！」ヒットマン・アンデシュは続けた。翼廊にいた牧師は、横の受付係の耳に、あっという間に残りはテングタケだけになってしまうわ、と囁いた。

しかし教祖は、その予測を裏切った。「恵み深く、恵み深く、恵み深くあれ！」と言ったのだ。

「進歩したものだわ」と、牧師。

アルバイトに雇ったメーラル高校2クラス分の生徒が募金箱を持って教会内と外を走り回っているあいだ、ヒットマン・アンデシュの説教は続いていた。

「キリストの血と体！」彼が言うと、喝采がふたたび沸き起こった。

「正式には『体と血』の順番だけど」牧師が受付係に囁いた。「人それぞれだから、よしとしましょう」

「シナモンロールを持ちださないかぎりはね」受付係が答えた。

これまでのところ、教祖は自分の身の上話や人生の新たな目標にまつわる言葉はひとことも発していなかったし、ただの一度も筋の通った文章を口にしてもいなかった。しかし、どうやらその必要がないらしいと気づいて、牧師と受付係は驚いていた。聴衆のヒットマン・アンデシュに対するその扱いはまるで……そう、エルヴィスだった。

ヒットマンは今度は付箋を持ちだして、自分の前に置いた。キャンピングカーで聖書の勉強をしているあいだに、とてつもなく価値のある発見をしていたようだ。「パウロはテモテにこんな手紙を出したことがある。『胃のためにも、水ばかりを飲むのはやめてワインも少しくらいは飲め』」

受付係はやられたとばかりに額を打った。牧師はいたたまれなさでいっぱいになった。あのおバカさんたら、ほかになにをリストに載せているのかしら？

今度の喝采には笑い声と笑顔が混ざった。しかし反応はまだ温かなものに思えた。会堂の雰囲気はむしろぐっとよくなった。

牧師と受付係は説教壇左手に引かれたカーテンの影に立っていたのだが、そこからは気づかれずに聴衆の様子を観察することができた。メーラル高校の生徒たちが信者席の通路を走りまわっている。ほとんどの人は小銭を寄付しているようだが、なかにはどうやら……？

「これは僕の幻想なのか」受付係は牧師に言った。「それとも、もっとも幸せな人が、もっとも多くを与えるということもあるのか」

牧師は、ヒットマン・アンデシュが自分で書いた付箋を見ながら話を続けているあいだ、人々の海を眺めわたしていた。

「預言者ハバククまでもが、ワインについて自分の考えを言っている。おもしろい名前のやつだな。ともかく、聖書によると『おまえも飲んで、あそこの皮を見せろ。主の右の手の杯はおまえの手に回ってくる』んだそうだ」

この引用は完全に主旨から外れていたが、会堂はいっそう愉快な雰囲気に満たされた。牧師は、受付係が正しかったことに気づいた。募金箱では足りなくなりバケツを持って通路を歩きまわる生徒がいるかと思えば、財布ごと出す信者まで出てきていた。

牧師はめったに汚い言葉を使わない。これは教区牧師たる父から受けついでいる。父はごくまれにしか乱れた言葉遣いをしなかった。そしてそのまれなる機会で使われる言葉は、いつも娘に向けられた。ただし日曜の礼拝数時間前は別だ。教区牧師は目覚めてベッドに起きあがり、妻がつねに間違いなく完璧な場所に置いている床のスリッパに足を突っこむ。そして今日が日曜だと気づくと、まだ始まってもいない一日をまとめにかかる。「ああ、くそ」

つまり、牧師が５００クローナ札や財布が丸ごと募金箱やバケツに消えていくのを見たときに口走った言葉は、注目に値した。自分が目にしている光景を表現するには、すっきり簡潔な「ああ、くそ」という言葉がぴったりだと思ったのだ。それでも念のため、自分にしか聞こえないような小さな声で言っただけだった。

最後に花を添えるように、ヒットマン・アンデシュは残り20分できっちり説教をまとめた。イエスに向かって、みじめな人殺しを生まれ変わらせてくれたことに礼を言った。友人である王妃にあいさつの言葉を述べ、その助けに感謝した。そして、付箋の聖句をさらに披露した。今度は少し関連のある言葉だった。「神はそのひとり子をお与えになるほど、この世を愛してくださった。そして御子を信じる者はみんな滅びることはなく、永遠の命を得る」これを2度繰りかえすと、とてつもない大歓声が上がり、教祖の声はほとんどかき消されんばかりになった。「恵み深く、恵み深く、恵み深くあれ。ハレルヤ、ホサナ、アーメン！」

何人かの列席者が、無計画の「アーメン」を終わりの合図だと解釈し（教祖自身、自分が話を終えたのかそうでないのかわかっていなかった）、席を立つと前に押しかけていった。少なくともほかに300人もの信者たちがあとを追った。まさにエルヴィスだ。

それから2時間半、教祖アンデシュはサインを書いたり、求めに応じて人々といっしょに写真を撮ったりした。一方で牧師と受付係は、集まった金からアルバイトの高校生たちにそれぞれ100クローナを渡すと、残りを数えた。

教会後方の隅の席には、今は手に熊手を持っていない男が立っていた（いずれにせよ金属探知機に引っかかったはずだ）。

「主よ、このような混沌に秩序をもたらす役目を私に与えてくださいましたことに、感謝いたします」ボルィエ・エークマンは言った。

主は答えを返さなかった。

# 第40章

グランドオープンは、メーラル高校の若者たちにアルバイト代を支払ったあとでも、42万5000クローナという大金をもたらした。ここから、安全対策チームとヒットマン・アンデシュの報酬、一般経費、そして慈善事業資金として各2万1250クローナずつの支出。残る34万クローナが18世紀の聖具室に置いた牧師と受付係の黄色いスーツケースにしまいこまれる。赤いほうは今のところまだ必要ない。スーツケースはこの世でいちばん安全な金庫とはおそらく言えないが、受付係は万が一のときには30秒以内に持ちだせるからと、自分たちの資産はすべてそこに保管するべきだと主張した。

その夜、がんばって仕事をした褒美として、ヒットマン・アンデシュは1本余分に赤ワインをもらい、20週間以内につぎの50万クローナを好きな寄付先に贈る約束をとりつけた。

「すばらしい」ヒットマンは言った。「しかし、小腹が空いたな。なんか食べるのに、500借りていいか」

そういえばこれからは給料制になると伝えていなかったと、受付係は思い出した。ヒットマンのほうでも請求してこない。ということは、そのままにしておけるということだ。忘れたままに。

「もちろんだ。500だな」受付係は言った。「ええい、持ってけドロボー！　でも、一度に無駄遣いしないでくれよ。それと、どこか出かけるなら、ジェリー・ザ・ナイフもいっしょにだぞ」

ヒットマン・アンデシュとは違って、ジェリー・ザ・ナイフは数を数えることができた。2万1250クローナでは、彼と部下たちの分にはまったく足りない。

「だったら倍にしよう」受付係は言った。

安全対策チームは、ヒットマンが本来自分がもらうべきだと理解していない分を受けとることになった。これなら支出面の痛手はない。

しかし、ヒットマン・アンデシュがジェリー・ザ・ナイフと出かけないうちに、何者かが姿を現した。

「神に仕える、なんともすばらしい夜だったじゃないか」あらゆることを天にかわって正す仕事を請けおってきた男は、心にもないことを言った。

「どちら様?」牧師が尋ねた。

「私はボルィエ・エークマンだ。過去30年、ここの信徒会の教区委員をしている。31年だったかな。29年だったかもしらん。数え方次第だ。教会がしばらく休んでいたからな」

「教区委員?」受付係が言った。

厄介なことになった、と牧師は思った。

「ちくしょう! そうだった。こいつのことを話すのを忘れてた」ジェリー・ザ・ナイフが言った。あわてたせいで、言葉遣いにまで気が回っていない。

「ようこそ、おかえり」ヒットマン・アンデシュが言った。1分のあいだに2回も別々に賞賛の言葉を受けて、すっかりご機嫌になっていた。ボルィエ・エークマンを抱きしめると、そのまま出口に向かった。「行こうぜ、ジェリー・ザ・ナイフ。喉がからからだ。つまり、腹ぺこだ」

# 第41章

ボルィエ・エークマンは、その晩の礼拝についてメモしておいた14項目の提案は、ひとつも持ちだせないままだった。受付係と牧師に連れだされて、ときがきたらちゃんと話し合いをするからと説得された。彼は、話しあうことなどないに等しいと答えた。ただいくつか、細かいが大事な話がある。説教の内容、声色、礼拝の時間、その他いろいろについて。理想的な信徒会の作り方なら心得ているし、今日の列席者のうち何人かは、すでに連絡先もわかっている。

「ところで、今日はいくらになった?」

「まだ数えていないが、確実に5000は超えた」受付係はとっさに当たりをつけて答えた。低く言いすぎてないといいがと思った。

「なんと!」ボルィエ・エークマンが言った。「信徒会新記録だ! この私が、組織や内容やなんかを少しだけ、ほとんど手直ししてやったあかつきには、それがどのくらいになるか考えてみろ。1日で1万クローナは超えられると、100クローナ賭けたっていい」

厄介だ、厄介だ、これは厄介なことになった、と牧師は思った。

「月曜にまた道を掃きにくる。さっぱりきれいにしておかないといけないからな。そのときにまた会おう」ボルィエ・エークマンはそう言って、ようやく部屋を出ていった。

「たまにはなにもかも忘れて幸せな気分に浸りたいのに、なんでいつもこうなるんだ」受付係が言った。

牧師も同じ気持ちだった。でも、仕事を頼んでもいない男をクビにするのは、来週までひとまずお預けだ。今はなにより、お祝いのフルコースディナーを楽しんで、ホテルにチェックインする。それから今日の経験をもとに、今後の事業拡張計画を話しあうことにしよう。

＊＊＊

南アフリカ産2005年のアンウィルカで最初の乾杯をすると、牧師はすぐに新しい戦略を打ちあけた。

「聖餐よ」

「ああ、そうだね」受付係は言った。

「ちがうわ、その意味じゃないの」

牧師が言ったのは、ヒットマン・アンデシュをやる気にさせるものや、あるいは本来の意味での儀式のことではなく、まったく新しく自由な発想の、アンデシュ教団ならではの聖餐のことだった。

「もっと詳しく聞かせてくれ」受付係は言うと、南アフリカの極上ワインをひと口含んだ。支払いは2000クローナを超えてしまうが、これはもう1本頼んでおくか。

今日彼らは、列席者のあいだで幸せの連鎖が広がって、恵み深さが増していくさまを目の当たりにした。ヒットマン・アンデシュは人々を幸せにする（少なくとも、彼らふたりとおそらくは例のみじめな教区委員を除く全員を幸せにした）。ゆえに人々を恵み深くする。そこへワインを加えたら、人々はさらに幸せになる。それゆえさらに恵み深くなる！　簡単な計算だ。

牧師は結論を述べた。列席者ひとりにつき、喉の渇き具合や体格に応じてグラス1杯からハーフボトル程度のワインで乾杯するような仕組みを作れたら、土曜日の収入は倍になる。熊手の男が言ったような、5000クローナから1万クローナ程度の話ではない。50万から100万だ。

「全員で飲み放題の聖餐式をするってことだな？」受付係が言った。

「聖餐式という言い方はやめたほうがいいでしょうね。少なくとも内輪では。『財政刺激策』のほうが聞こえがいいわ」

「アルコール販売業の免許はどうする？」

「多分必要ないと思うの。このすばらしい国には、お酒に関する禁止法やら規則やらがあふれているけれど、四方を教会の壁に囲われた内側でさえあれば、好きなだけ好きなものの蓋を開けていいのよ。でも大事を取って、月曜日最初に確認しておくわ。乾杯よ、ダーリン。いいワインね。うちの教会にはもったいないかしら」

# 第42章

週が明けて月曜日午前9時1分に、牧師は聖具室から酒類・タバコ類免許を扱う税務署の支所に電話をした。新たに作られた信徒会の副牧師だと自己紹介し、礼拝中に聖餐を提供する際、申請が必要になる例はあるか質問した。

ない、と規則に厳格な税務署の支所長は答えた。聖餐の提供に制限はない。

念には念を入れて、牧師は尋ねた。もし制限があるとしたら、信徒会の会員ひとりにつき、どのくらいまでおかわりは許されるのだろうか。

厳格な所長は、その質問になにやら不穏さを感じて、あらためて厳しく考えた。結論として、公式な回答に私的見解を添えることにした。「教会の聖餐式で出すワインの量については、酒類免許担当である税務署が見解を述べる類の問題ではありませんし、法的観点からいっても、聖餐の主たる目的は酩酊することではないといえましょう。たとえば、そんなに大量のワインを出したら、宗教上の教えは十分に伝わるのかという疑念がありますから」

牧師はあやうく、自分たちの場合、教えの種は少しくらい道ばたにこぼれて途中でだめになっても、それで十分なんです、と口に出しそうになったが、明るく礼を言って電話を切った。「信号は青よ！」

受付係に言うと、聖具室に来ていたジェリー・ザ・ナイフを見た。

「土曜日に、少なくとも900リットルの赤ワインを届けてほしいの。やってもらえるかしら？」

「もちろんだ」ジェリー・ザ・ナイフは請けあった。心当たりならいくらでもある。「モルドバからメルローの5リットル入り箱ワインを200。一個につき100クローナでどうだ？　味は――」

「悪い」とジェリー・ザ・ナイフは言うつもりだったが、そこで遮られた。

「アルコールの度数は？」牧師が言った。

「そこそこ」とジェリー・ザ・ナイフ。

「それなら上等よ。待って、せっかくだわ、400個もらいましょう。土曜日はこのあともずっとあるんですもの」

# 第43章

ボルィエ・エークマンは彼の砂利道を掃いていた。正真正銘、彼の砂利道で、ほかの誰のものでもない。ヒットマン・アンデシュが、静かに後ろをついてくるジェリー・ザ・ナイフといっしょに、たまたまそこへ通りかかった。教祖は彼の仕事ぶりを褒めたたえ、お返しに初めての説教について親切な言葉をかけられた。

「ほとんど文句のつけようもないくらいで」ボルィエ・エークマンは笑顔で嘘をついた。

この罪のない嘘は、彼の考える3段階の計画の初め、ステップAだった。

一、説教の内容に関して意見する。

二、教祖に留意が必要なポイントをいくつか伝授する。それによって教区委員は、

三、古き良きあのころと同じように、自分が日曜の説教を書くことができる。

そうだ、彼らが日曜礼拝を土曜の夕方に行うことにした点も考えなければ。それについてはステップBかCで取りくむとしよう。牧師と教祖、それともうひとりの男が、どの程度御しやすいかによる。つねにヒットマンに同行するジェリー・ザ・ナイフには、教祖と自称教区委員のあいだに親交が芽生え始めていることを、牧師と受付係に知らせるだけの分別があった。

「困った、困った、困った、困ったことになったわ」牧師は言った。

受付係はうなずいた。ボルィエ・エークマンが任命されてもいない教区委員を自称していても、それ自体は大きな問題ではない。しかしジェリー・ザ・ナイフと部下たちがどれほど追い払おうと、まるで教会や周辺の地域一帯と結婚でもしているような態度でしつこくやってくる。そして来るたびに前回気づかなかったことを見つけ出しては、こちらが実際はどのくらいの大金を手にしているか、あけすけに話題にする。そのうち彼が、すでに歪んでいる教祖の心をさらに歪めて、すべてをめちゃく

ちゃにする危険もある。

「つぎにヒットマン・アンデシュといっしょのときにボルィエ・エークマンを見かけたら、あのいかれ頭を別のほうに引っぱって行ってくれ」受付係は言った。

「どっちをだ？　ヒットマンか、あの熊手じいさんか」ジェリー・ザ・ナイフが尋ねた。

# 第44章

ヒットマン・アンデシュのデビューは、現状では期待以上の結果となった。複数の新聞が取材に入り、記事の形で教祖アンデシュの成功を無料で宣伝して、救われたばかりの心優しき元殺し屋がつぎに50万クローナを寄付する先を考察した。いずれの記者も説教そのものにさほど強い感銘は受けなかったが、教祖と信者たちの熱意を胡散くさいとは感じていなかった。

数日後、アンデシュ教団がふたたび各紙で話題となった。匿名の情報源によると、無料のコーヒーが今度の土曜日には無料のワインにかわるらしい。聖餐はアンデシュ式礼拝には欠かせないものとされ、聖餐式は年間を通じて毎週土曜日午後5時ちょうどに行われるということだ。クリスマス・イブが土曜日に当たる場合は、限定的にワインを同程度のアルコール度数のホットワインにかえて供するが、それ以外は通常どおりに執りおこなわれる。

「神様に、匿名の情報源のことを感謝しなくちゃ」受付係が、全国版タブロイド紙に載った無料広告を読みながら言った。

「神が匿名の情報源を創りたもうた話は、聖書のどこに書いてあるのかしら」牧師が言った。

＊＊＊

そして土曜日がやってきた。今度もまた大量の人が押しよせたが、混雑は前回ほどではなかった。牧師と受付係にとっては想定内だった。多くの人がすでにサインも写真撮影も済ませているので、2度同じことにお金を払うつもりはないということだろう。それでも、教会内に入りきれずにあふれた人の数は200人にものぼった。

前の週は20席ごとにコーヒーポットがひとつ回されたが、今回からは各席にワイングラスが並べられ、床にはモルドバ産の箱ワインが5メートルごとに置かれていた。午後5時の鐘と同時に教祖が登壇するまで、ワインには誰も手をつけなかった。

ボルィエ・エークマンは前の週と同じく、建物の奥まった隅にひとり立っていた。

すでにすっかり困惑していた。

「ハレルヤ、そしてホサナ！」教祖アンデシュは、まったくの個人的な理由からこう切りだし、すぐに本題に入った。「わが友イエスは、人間の苦しみすべてをその身に負ってくださった。まずはそのことに乾杯して始めよう！」

彼が聖餐の杯から自分のグラスにワインを注ぐと、信者席はなかば騒乱に陥った。空のグラスで乾杯の声に応えるほど気恥ずかしいことはない。

ヒットマンは手にしたものをすぐにでもあおりたい気分だったが、信者たちがおおむね用意ができたと見えるまで待った。「イエスに！」ようやくそう音頭をとると、グラスの中身をひと息に飲みほした。会堂の800人のうち少なくとも700人が教祖のあとを追った。うち、50人以上の人がちゃんと飲みほせた。

多少不適当な「こいつはいける」という感想のあとで、教祖アンデシュの説教が始まった。自分は主の無知なるしもべである。かつては、天国へと通じる道はキリストの血と体により見いだせることを理解していなかった。けれども自分は光を見た。とりわけ、信者のみなさんには、そもそも聖餐がどのように始まったかを明らかにしておきたい。細かいところにまで立ち入らないほうがいい話だが、ざっくり言えば、イエスが十字架に磔《はりつけ》にされる前に腹が減り、最後にどんちゃん騒ぎをしようと友人を招待したということだ。顔ぶれはイエスと十二使徒で、教祖アンデシュ自身が行った最近の研究では、彼らはこれまで知られていた以上の大量のワインをたいらげたとされる。十字架刑はいくらか遅れて始まり、そのためイエスがゴルゴダの丘に吊られたときには、たいそうひどい二日酔いだった可能性がある。それならば、イエスの苦悩の言葉も説明がつく。「わが神、わが神、どうして私をお見捨てになったのですか」

どんちゃん騒ぎ？　十字架のイエスが二日酔い？　ボルィエ・エークマンはわが耳を疑った。

教祖アンデシュは今回も付箋を用意していた。おかげで、たった今マルコの福音書15章34節を悠然と引用することができた。そのあと予定にはなかった二日酔いの呪いの話にそれ、ふたたびイエスと十字架の話に戻った。教祖アンデシュによれば、イエスが永遠へと旅立つ前に言ったなかで本当の意味で興味深い言葉は「私は、渇く」だった（ヨハネの福音書19章28節）。

これぞ、イエスの血だ。イエスの体となると……いや、待て、まずは主の御名において、今いちど乾杯しよう。ここに座っているみんな、立っているみんなも二日酔いになってはいけない。どうするかというと、飲みつづけていればいいのだ。

信者席全体がほろ酔い気分になるのに長くはかからなかった。教祖は、たどたどしく聖餐式の口上を述べながら、そのあいだに3回の乾杯を入れこみ、ようやく予定していたつぎの話題に入った。

「ワインとともにパンも与えられたという話になっているが、なあ、乾いた白パンに赤ワインなんかで、神と彼の息子を讃えていいと思うか?」

信者席からは、小さな「いや」という声がばらばらに上がった。

「聞こえないぞー!」ヒットマン・アンデシュは、さらに声を上げて続けた。「そんなもんで、彼らを讃えていいのか?」

「よくない!」さっきより多くの声が上がった。

「もう1回!」ヒットマン・アンデシュは言った。

「よくない!」会堂の全員と外の駐車場にいた半分が叫んだ。

「今度は聞こえた!」ヒットマン・アンデシュは言った。「みんなの声をわが教会の規則としよう」

事前に打ち合わせていた合図とともに、メーラル高校の生徒たちが仕事にかかった。ひとりずつ片手にバケツを持ち、札や最低でも硬貨の2、3枚を受けとる。もう一方の手には、クラッカー、レーズン、バター、チーズの載ったトレイを持っている。トレイは参拝者に回され、空になったらすぐに生徒が補充する。

会堂の前に立つ教祖の手元にもトレイがあった。少しずつ口にしては味わって噛みしめる。

「こいつは司教にぴったりだ」彼は言った。

数週間、イエスの血のみで生きてきて、ときおりハンバーガーやシナモンロールをかじったとはいえ、ヒットマン・アンデシュは少しだけ、聖餐とは実際なんであるかを研究する意欲を感じていた（あくまでも少しであってかなりではない）。牧師もこれはおおいに奨励した。何週間経っても口から出てくるのがただのバカ話ばかりの教祖では、天国に近づくための金をこの先も聖餐式で出させるほどの熱意を引きだすことはできない。そうした話ができればこそ、暴力にいっさいかかわることなく、暴力にかかわるビジネス並みに利益を上げられるようになるのだ。

そこで、神の家のなかと外で開催される大宴会を聖餐とともに盛りあげる、新たな話題が加えられた。牧師が前もってヒットマン・アンデシュの付箋を点検し、場の雰囲気と恵み深さに影響を与えそうな話をいくつか追加したのだ。

このところ、教祖がノアの物語を話すようになったのはそういうわけだった。この世界で初めてのブドウ畑を作り、その結果世界で初めての怒り上戸になった。創世記9章21節には、ノアは酔って眠りこけ、天幕のなかで裸になったと書かれている。意識が戻ると、二日酔いのまま（「またあのいまいましい二日酔いか！」）息子のひとりを叱りつけ、そのときすでに600歳にもなっていたというのに、それからさらに350年生きた。

「さあ、最後にもういちどグラスを掲げよう」教祖アンデシュが締めくくった。「われわれはイエスの血を飲む。ワインはノアに950年の命を与えた。ワインがなければ、彼はずっと前に死んでいただろう」

受付係は、ノアは十分すぎるほどずっと前に死んでいるんじゃないかと思ったが、教祖はどんなことでもうまく切り抜けられるようだ。

「乾杯、つぎの土曜日にまた会おう！」教祖アンデシュが、グラスに注ぐ手間を省いて直接水差しからワインを飲んだ。

受付係は指を鳴らし、生徒たちに集金を始めるよう言った。これでまた、すでに集まった分にさらなる1万クローナが上積みされる。今日はそれに加えて、羽根の襟巻きをした年配のご婦人が飲みすぎて具合を悪くした際に、不運にも趣味の悪い贈り物までバケツに入れてくれた。

人々が幸福とワインで満たされて教会から揚々と出ていくと、牧師と受付係はその夜の成果をまとめた。ざっと見積もったところ、今日で累計100万クローナを超すようだ。モルドバワインと軽食への投資が、何倍にもなって返ってきた。

＊＊＊

教区委員ボルィエ・エークマンがオフィスでもある聖具室へと入ってきたときには、金を入れたスーツケースはすでに閉じてあった。教区委員の赤らんだ顔に幸せの色はなかった。

「まず最初に！」エークマンが言った。

「まず最初に、あなたは礼儀正しくあいさつをすることを学ぶべきですね」受付係がぴしゃりと言った。

「やあ、どうしたんだ、ボルィエ」空気を読まないヒットマンが言った。「今夜の説教はどうだったかな？　前回と同じくらいにはよかっただろ」

ペースを乱されたボルィエ・エークマンは、最初からやり直すことにした。「諸君、こんばんは。さて、2、3言いたいことがある。まず最初に、教会の外は完全に混乱状態になっている。少なくとも4台の車がバックで衝突した。みんなが千鳥足で砂利道を帰っていくものだから、月曜日に熊手をかけるのは倍の苦労だ……」

「だったら舗装してしまうのがいちばんでしょう。駐車場ともつりあうし」受付係がけんか腰に言いかえした。

砂利道を舗装する？　ボルィエ・エークマンにとって、これは教会で汚い言葉を口にするのに等しかった。今耳にしたことから立ち直ろうとしているところへ、必要以上に酔っ払ったヒットマン・アンデシュが追い討ちをかけた。「なあ、聞いてるのか。俺の説教はどうだった？　ちびりそうになったか？」

教会で汚い言葉を使う。ボルィエ・エークマンにとって、これは間違いなく教会で汚い言葉を口にするのに等しかった。

「ここでいったいなにをしている？」エークマンはそう言うと、さっき牧師と受付係が中身をスーツケースにしまわず残したままにしていたバケツを見下ろした。誰かが吐いたその下に、間違いなく数千クローナは入っている！

「あれが説教だと？」彼は続けた。「あんなのは酔っ払いのどんちゃん騒ぎだ！」

「そういうことなら」ヒットマン・アンデシュは言った。「あんたも1杯飲むかい？　９５０年生きられると約束はできんが、今よりはいい気分になれること間違いなしだ」

「酔っ払いのどんちゃん騒ぎ！」ボルィエ・エークマンは繰りかえした。「神の家で！　恥というものを知らないのか？」

そのあたりで、牧師の堪忍袋の緒が切れた。ムカツク・エークマンさんのほうこそ恥知らずだ。自分たちはここで、この世界でもっとも必要とする人たちにわずかながらお金を贈るために必死でがんばっている。それにひきかえ、エークマンさんは砂利道についてぶつぶつ文句を言うだけ。ご自分ではいくら献金皿に置いたというのか？

自称教区委員は、1クローナぽっちも置いてはいなかった。そのため、気を取りなおすまでに数秒ほど要することになった。「おまえらは、神の言葉をゆがめて、礼拝と聖餐式を見世物に変えやがった……いったいいくら稼いだ？　それは全部どこへ消えたんだ？」

「あんたには関係ない」受付係が怒って言った。「それになんであれ、必要とする人のところにお金がいくことが大事なんじゃないか」

「必要とする人」といえば、受付係と牧師は、1週間前に住まいをキャンピングカーからヒルトンホテルのリッダーホルム・スイートにかえていた。もちろん宿泊料はただとはいかない。

しかし、牧師は自称教区委員にその話はせずに、もしや出口がわからないなら、「うちのジェリー」にそこまで案内させると提案した。さらに、少し声の調子を和らげると、おたがいに気持ちが落ち着いたらもう一度会おうと持ちかけた。たとえば、今度の月曜はどうでしょう？

これは、室内の不穏な空気を一掃したかったのと、彼を警察に駆けこませるなどのおぞましい行動に駆りたてるのを防ぐつもりもあった。

「出口ならわかる」教区委員ボルィエ・エークマンは言った。「だが月曜には、道に熊手をかけにまた来る。騒ぎで割れたグラスの破片やらなにやらを、きれいにしないといけないからな。まだ見つけていないが、吐いたあともひとつふたつ片付けることになるだろう。それと来週の土曜には、今日よりも秩序のある集会を求める。わかったか？　2時から打ち合わせるぞ！」

「2時30分でお願いしますわ」牧師は言った。この男に決めさせるつもりはなかった。

# 第45章

2回目の土曜日、聖餐式のあいだ1滴も飲まなかった列席者が数人いる。そのうちのひとりは中年の女で、金髪のかつらをかぶり、だて眼鏡をかけていた。信者席の18列目に座り、バケツが回ってくるたびに20クローナを入れた。魂がどれほど痛もうとも、大事なのはそうして人目を引かずにいることだ。彼女がそこにいるのは偵察のためだった。

教会のなかに、彼女の名を知る者はいなかった。外にも多くいるとはいえなかった。つきあいのある仲間うちでは、彼女はただ「伯爵夫人」と呼ばれていた。

そこから7列後方では、男がふたり、自分たちだけでモルドバの箱ワインひとつをそっくり空けていた。前の列の女とは対照的に、ふたりの男は募金皿に1クローナたりとも置かなかった。たまたま近くの席にいてそのことに意見を述べた人たちは、ぶちのめすぞとすごまれた。

男たちがそこにいるのも同じ用向きでだった。ひとりの名前はウーロフソン。もうひとりも同じ名だ。本心では教祖をこてんぱんにやっつけてやりたいが、任務はその逆だった。やつが説教壇に立っているあいだ、生きのびる可能性を確認する。簡単に言えば、ヒットマン・アンデシュは死んではいけない。とくに、伯爵と伯爵夫人がたまたまそういうことになるよりも前には。

ウーロフソンとウーロフソンは、最初に入り口で金属探知機に迎えられた。仕方なく回れ右をして駐車場に戻り、草むらにリボルバーを2丁隠したものの、聖餐式後は酔っぱらいすぎてとうとう見つけられなかった。

ふたりはまだちゃんと目が働いているうちに、安全対策チームがしっかり役目を果たしていると気づいていた。鐘塔にいるふたりの狙撃手を最初に見つけたのは、ウーロフソンだった。慎重を期して兄弟に自分が見たものを確かめてほしいと頼み、ウーロフソンも確認した。

その晩ふたりは、伯爵と伯爵夫人を消すべきだという意見で一致している15人のメンバーに報告をした。報告者が酔っぱらっていたため、会は混乱のまま終わったが、少なくともウーロフソンとウーロフソンからヒットマン・アンデシュは当面安全らしいと信じるに足る話を引きだすことはできた。ヒットマンに近づくには、かなり綿密な計画と固い決意が必要になりそうだ。

固い決意を伴う綿密な計画とは、あいにく伯爵と伯爵夫人の現状を表す言葉そのものだった。夫人は伯爵に、幸運にも、教会に入りこんでヒットマン・アンデシュの頭蓋骨を粉砕するのは簡単なことではなさそうだ、と言った。それには安全対策が厳しすぎる。「幸運にも」の意味は、その方法ではヒットマンは受けるべき苦しみを味わわずに死ぬことになるからだ。

したがって、土曜日は襲撃に適切な日ではない。しかし、ヒットマン・アンデシュにとっては不運にも、彼は週のほかの6日にも存在しており、横にいる護衛はつねにひとりだ。

「護衛はひとりだって?」伯爵の顔に笑みが浮かんだ。「つまり、遠くからそいつをぶっとばしてやったら、やつは頭がない護衛を足もとに転がして、ひとりで突ったっていることになるのか?」

「まあ、そんなところだね」伯爵夫人は言った。「少なくともひとり、鐘塔に狙撃手がいるのは見たよ。でも、週のあいだずっとあそこに座っていられるとは思わない」

「それだけか?」

「教会の周辺にもう少し散らばっていると思ったほうがいいだろうね。最低でも出入り口は4つ。ひとつは最近作られたもので、おそらく4つすべてに警備員がいる」

「つまり、警備チームは5人から6人ってところか。そのうちひとりは、いつもヒットマン・アンデシュのそばを離れないんだな?」

「そうだね。それ以上言えることはない。今のところは」

「なら、俺の考えはこうだ。とりあえず、おまえは当面かつらをかぶったまま、あたりをうろうろしておけ。もうすぐ死ぬ予定の俺たちの殺し屋が、教会の外に鼻先突きだしてくるようなことがないか、見張っててくれ。やつの一日の行動パターンがもう少しわかってきたところで、必要なら俺がまず最初に護衛をぶっとばす。150メートル離れたところからな。そして2発目を、ヒットマン・アンデシュの腹のど真ん中にぶちこんでやるよ。どれほど痛いかには、あまりこだわらないほうがいいな。腹のなかでばらばらになった腸から出血するだけなら、俺たちが望むほどひどくはない。だが、状況を考えれば、それで十分だろう」

伯爵夫人は残念そうにうなずいた。まあ、仕方がない。それに「ばらばらになった腸」は、悪くない響きだ。

この男は昔からまったくぶれることがない。伯爵夫人はそう思い、心が温かくなるのを感じていた。

# 第46章

そういうわけで、ウーロフソンとウーロフソンは、気が乗らないまま伯爵と伯爵夫人を消す任務に就いていた。ほかの15人はやる気のない実行犯との約束どおり、どうにか金を作り出して彼らの報酬を用意した。とはいえそれは、きちんと結果を出すまではあくまでも「鼻先のニンジン」だ。

つまり、罪深き17人からなる同盟には金はあってもアイデアがなかった。リーダーもウーロフソン兄弟に劣らず途方に暮れていた。ところがそのとき、こそ泥9号が、数日前の夜に家電量販チェーンの中央倉庫をすっからかんにしたことを思い出した。今度で二度目だ。その店にはありとあらゆる電気機器がそろっていて、しかも警報システムをダウンさせるには配電盤の黄色い線を1本ぱちん、それから緑の線を1本ぱちんと切るだけでいい。鍵屋の無施錠とか医者の不養生とかと同じだ。倉庫には、最低でも500の監視カメラがあった。きれいに梱包され、そのうえ荷台パレットに載せられて、まるでどでかいバンで乗りつけた泥棒に、どうぞ持っていってくださいと言わんばかりだった。しかも一発の銃弾も浴びせることなく。

ほかにこそ泥9号が入手したのは、200個以上の体重計（少しがっかり）、大量の携帯電話（大当たり！）、さまざまな種類のGPS装置、それに双眼鏡40個だった。さらに、薄暗い倉庫ではアンプのように見えたせいで、風船ガム自動販売機80台も持ちだしていた。

「風船ガムマシンが欲しいやつがいたら、言ってくれ」

誰もなし。9号は、さっさとGPS装置の件に話題を変えた。こいつはどんなものにでも使える。

「俺の理解が正しければ、たとえば、伯爵と伯爵夫人の車に取り付けることもできる。それで自分の携帯電話から、やつらがどのあたりにいるかが監視できるんだ。居場所がわかるってことは、やつらをやっちまいたい人間にとっては都合がいいだろ?」

「それで、伯爵と伯爵夫人の車にしのびよって、その『こいつ』を取りつけるのは、誰がやるんだ」

ウーロフソンは質問を口にした瞬間に後悔した。

「おまえか、おまえの兄弟でどうだ?」リーダーが言った。「俺たちの取り決めと、ニンジンがわりのおまえらの金のことを考えると」

「やつらがどんな車に乗ってるかも知らないんだぜ」弟ウーロフソンが食い下がった。

「白のアウディQ7だ」情報通の9号が言った。「夜は家の前に停めてあるぜ。まったく同じやつが2台並んでる。ひとり1台ずつ乗ってるんだ。すばらしく公平じゃないか。おまえらも見習って、ひとり1台ずつやればいい。住所はいるか? それとおまえらの道案内用に、もう1台GPSも?」

リーダーの横に立つこそ泥9号は、さながらクラスの優等生だった。ウーロフソンとウーロフソンはそれ以上抵抗のしようがなかった。ふたりは震えあがった。今さっき課せられた仕事中に伯爵と伯爵夫人に出くわすようなことがあったら、それは死にも等しい。死ぬより悪いかもしれない。

それでも100万クローナは、やはり100万クローナだった。

# 第47章

伯爵は見事な武器庫を持っていた。伯爵みずからが盗んだ品はひとつもない。長年かけてこつこつ買い集めたものばかりだ。射的の練習には、郊外の別荘でかなりの時間を費やしてきた。別荘のことは、10年前に伯爵夫人からさんざん文句を言われたが、射的は楽しみであると同時に実践にもなる。なにしろいつなんどき、自動車販売業界に全面戦争が勃発するかわからない。

収集品のなかでもいちばんの珍品は、なんとも皮肉な運命のいたずらで、ストックホルム北部に住む本物の伯爵屋敷の銃器庫にあったものだ。いわゆるダブルライフルの9・3×62ミリ口径、照準《スコープ》眼鏡付き。もっとも威力を発揮するのがゾウと遭遇したときで、つまりストックホルム近郊ではめったに発生しない事態である。たとえ発生したとしても、銃を盗まれた本物の伯爵は視力がすっかり衰えていて、スコープはたいした役に立たなかっただろうと偽の伯爵は思った。

それはともかく、ついにこの銃を実際に使うときが来た。標的を片付けるためだけに、田舎町の教会までひとっ走りする。一方の砲身に半被甲弾丸、もう一方に完全被甲弾丸を装填して、そのときに備えておく。それなら1秒以内に2発続けて発砲できる。1発目はヒットマン・アンデシュの護衛の眉間を狙う。半被甲弾丸1発で頭蓋骨をそっくり砕いてやれるはずだ。

それからすばやく照準を動かす。ほんの数ミリでいい。そして2発目がヒットマン・アンデシュのへそのあたりに当たる。完全被甲弾丸はやつの体を貫通して、回復不可能な損傷を与える。しかしヒットマンは、それですぐにはくたばらない。初めはとてつもない痛みと死の恐怖にたっぷり苦しむ。

それからゆっくり意識が遠のき、出血多量となり、死に至る。少しあっけなさすぎる気もするが、事情が許すかぎり、これがもっとも時間をかけていたぶる方法だ。

「狙撃場所選びが肝心だな。じゃまが入らず再装填する時間がとれれば、万が一やつがいつまでものたうち回っていても、とどめを刺すことができる」

男伯爵たるもの、以前であれば狙撃距離は150メートルにこだわった。しかし今は、発砲場所が少しくらい近くなったところで大きな問題ではないと認めるようになっていた。

1秒以内に2連発可能な強力な武器。2本別々の砲身からふたつ別々の標的を撃つことができ、スコープなどの装備も完璧だ。伯爵は、視力を失いかけていたらしい同じ階級仲間のゾウ狩猟家が、銃器庫管理をなおざりにしていた無分別に感謝した。

# 第48章

112万4300クローナ。プラスご婦人が吐いたバケツの中身は、正確にはいくらあるのか牧師も受付係もわからない。目視検査のあと鼻をつまんで膝に乗せてみて、メーラル高校の生徒代表はバケツの中身は自分たちがもらうはずだった金額よりも多いと見積もった。彼が選んだのは、ひとりにつき100クローナ札1枚の報酬ではなく、臭うバケツだった。

「けっこうよ」牧師は言った。「さあ、バケツはあなたたちのものよ。持っておいきなさい」

「では、また土曜日に」生徒は答え、臭うバケツを持って出ていった。

牧師は新たに聖具室に取りつけた二重扉を開けて、外の空気を入れた（戦時には避難口になるが、平時には荷物の搬入口として使えるよう、ジェリー・ザ・ナイフがきっちり考えて作っていた）。牧師は、自分と受付係と教祖が同時に外の世界に晒されることに少し慎重になっていたが、この状況では危険度は低いと判断した。ドアの前には警備員がいるし、室内ではジェリー・ザ・ナイフがいつものようにヒットマン・アンデシュのすぐそばにいる。それに、教会から道路までは１００メートルほど距離があり、芝生とひらけた空間しかない。道路の向こう側は小さな森だった。たとえその森に銃を持った何者かが潜んでいたとしても、スコープで狙いを定めてから撃たねばならず、ひとりを倒すのも容易ではないと思われた。

＊＊＊

日曜日の連絡会議は、財政問題から始めることにした。ヒットマン・アンデシュが起きてくる前に済ませたかっただけだが、そうでなければ後回しにしてもよかった。

今回の収入は、総額ベースで参拝者ひとりにつきおよそ６２５クローナ、実益ベースでは６００クローナを下回るくらいだった。

「酔っぱらい状態と恵み深さの度合いのちょうどいいバランスが、わかってきた気がするわ」牧師が満足げに言った。

ふいに、ヒットマンがよろよろと部屋に入ってきた。牧師の言葉が聞こえたらしく、念のため、信者席に酔っ払った人用にエチケットバケツを置くのはどうだろうと言いだした。そうすれば、聖餐の雰囲気をさらに盛りあげられる利点もある。

ヒットマン・アンデシュの期待に反して、牧師と受付係はこの考えにさほど乗り気ではなかった。エチケットバケツは、霊的な雰囲気を損ねる。目に入っても、天国的なものはなにも感じられない。ノアが自分の天幕で酔いつぶれてどうなったかという話はともかくとして。

「裸だろ」ヒットマン・アンデシュが言った。さらに、下手をすると彼がどのくらいひどい目に遭うことになったかについても、熱弁をふるう。

その後ヒットマンは、来たとき同様、唐突に出ていった。さっさとパブでのんびりする時間にしよう。1週分の割り当てである500クローナは土曜の夜のうちに使いきっていなかったし、連絡会議はつまらない。というより、どんな会議であってもつまらない。バケツ案を話しておきたかっただけだが、それがなければ今ごろはもう1杯目を楽しんでいたはずだ。

牧師と受付係は、どんな会議であっても教祖の欠席は大歓迎だった。ようやく邪魔者がいなくなると、いまいましい教区委員が自分たちの運営全体に脅しをかけてきた話を始めた。明日の話し合いは大事になってくる。牧師は、選択肢はふたつあると考えていた。ひとつは、やつを脅して追いはらう。それについては、ジェリー・ザ・ナイフがうまいことやってくれるだろう。もうひとつは、やつをこちらの船に乗せる……。

「それは、買収するということ?」受付係が驚いて言った。

「ええ、そうとも言えるかしら。あの人がきれいに熊手をかけるところを褒めたてて、週に2万クローナ払うと持ちかけるの」

「受けるかな」

牧師はため息をついた。「しぶるようなら、安全対策チームのリーダーを話し合いに呼びましょう。

ナイフやいろいろ持ってきてもらって」

牧師と受付係が、教区委員に対して懸念を抱くのは100パーセント正しかった。ボルィエ・エークマンは、国教会の大監督は、なにが起きているか知る必要があると考えていた。ただ、今の大監督は女であり外国人だ。たしかドイツ人だった。ドイツ人とは秩序を好む人種であり、ときとしてみずからをアルコール過多に追い込むこともある。しかし彼らは、それを教会の名において行うことはない。そこがやつらとの大きな違いだ。とはいえ外国人だ。しかも女。そのうえ、アンデシュ教団はおそらく大監督の管理が及んでいない。これはもっとも忌むべき種類の離教罪だ。

しかし、まだなにか打つ手はあるはずだ。警察を呼ぶ？　なんの目的で？　あるいは税務署か？　そうだ、財務上の不正行為に関する匿名情報。それで十分な糸口になる。

ああ、もう月曜になるではないか。道を熊手で掃いて、そのあとは罪深い牧師とその手下との話し合いだ。譲るつもりは絶対にない。うまくいかなければ、つぎこそ税務署だ。そしてステップB、ステップCへ進めばいい。あとはそれを考えるだけだ。

# 第49章

日曜の午後、牧師と受付係がボルィエ・エークマンのことで頭を悩ませているところへ、ヒットマン・アンデシュがふたたび姿を現した。今度は上機嫌だった。街から帰ってきたところだという。ステューレプラーンにあるパブと本格スパの複合店が、ヒットマンの体と心をすっかり癒してくれた。

「やっほー」ヒットマンは言った。「わかるぜ、今日はなんだかしけた気分だよな」

ヒットマンはさっぱりシャワーを浴びて、さっぱりひげも剃って、新しい半袖シャツを着ていた。両腕ともタトゥーでびっしり覆われている。ナイフ、骸骨、とぐろを巻く2匹のヘビ。牧師は、ヒットマンが説教をするときには上着を着せるのを忘れないようにしなくちゃ、と頭に叩きこんだ。

「おい、聞いてるか。今日はしけた気分だな」ヒットマン・アンデシュが繰りかえした。「そろそろつぎの土曜の説教の準備をしないとな。俺に少し考えがある」

「今、考えごとをしているところなんだ。しばらくは、あまり僕らを悩ませるようなことはしないでもらえるとありがたい」受付係は言った。

「また考えごとか」ヒットマン・アンデシュが言った。「そんなこと今すぐやめて、ちょっとくらい人生を楽しんだらどうだ。詩篇37章にもあるじゃないか。『柔和な者は国を受け継ぎ、豊かなる繁栄を楽しむ』」

この人、案外しっかりとあのいまいましい本を読みこんでいる。牧師は思ったが、口にはしなかった。かわりに、頭のてっぺんからつま先まで眺めまわした。「それに、レビ記19章によれば、ひげを剃ったりタトゥーを彫ったりしてはいけないのよ。だから、少し口を閉じていてくださるかしら、お願いね」

「うまいこと言うな」受付係は微笑んだ。ヒットマン・アンデシュは、さっぱりと剃ったひげに骸骨ととぐろを巻いたヘビやらなにやらとともに、すごすご退散していった。

日曜は月曜になったが、ボルィエ・エークマン問題の解決に向けてはまったく進展が見られなかった。すでに検討しつくしたふたつの方法以外に新たな案は出ていない。すなわち、ボルィエ・エークマンはこっちの船に自主的に乗るか、ジェリーと彼のナイフによって無理やり乗せられるか。2時30分からの話し合いがうまくいきますように。今このタイミングで、厄介ごとはごめんだった。

＊＊＊

月曜の朝、教区委員は時計が9時を打つ前に仕事にとりかかった。やることは山ほどある。最初はもちろん砂利道。そのあとは駐車場の特定の場所を水で洗い流して、さらに2日前のスウェーデン史上最大の飲酒運転イベントの結果、バックで衝突した車が残していった故障部品を片付けた。ストックホルム警察は、一週間のうち人々（警察官含む）が素面でいる曜日と時間帯を選んで飲酒運転捜査を実施するため、その後に誰かが困った事態になることはなかった。

11時ごろ、ボルィエ・エークマンはひと休みすることにした。教会に続く道でベンチに座り、ソーセージサンドイッチと牛乳を出した。ぼんやりと前を見て、もう何度ついたかわからないため息をついたところで、教会の西側の駐車場を隠すように生えているバラの茂みに、なにかあるのが目に入った。酔っぱらい連中め、なんでもかんでも捨てていっていいと思っているのか。

だが、あれはいったいなんだ？　ボルィエはサンドイッチと牛乳を脇に置いて、もっとよく見ようと近づいた。

まさか……拳銃？　しかもふたつも！

ボルィエ・エークマンはびっくり仰天した。なにか恐ろしい犯罪にでも巻きこまれてしまったのか？

ふと、寄付はいくら集まったのかと尋ねたときの答えを思い出した。5000クローナ？　天にまします神よ、私はなんとばか正直だったことか！　どうりで列席者にあれほどしつこく酒を勧めたわけだ！　さんざん金を入れさせたところでバケツに吐かせて、ゲロの下に先週言っていた額より多くなるだけの金を隠したというわけだ。

元殺し屋、どう見ても神を信じていない牧師、それから……もうひとりのよくわからない男。たしか名前はペール・ペルソンと言ったが、間違いなく偽名だろう。

それからあとひとりは？　名前を聞いたことがあるのは一度きりだ。たしか自称教祖が言っていた。片時もヒットマンのそばを離れない男は、「ジェリー・ザ・ナイフ」。あの連中は神のことなど考えていない。飢えた子供たちのこともだ。やつらが考えているのは、自分たちのことだけ！　と、自身も基本的にこれまでの人生で同じことをしてきているボルィエ・エークマンは思った。

その瞬間、奉仕に捧げたボルィエ・エークマンの地上の人生で初めて、神が直接話しかけてきた。「ボルィエ、私のこの家を救えるのは、ほかの誰でもない、そなたである。そなただけが理解する。そなただけが自分のなすべきことをする。行け、ボルィエ、そのことをなせ」

「わかりました、主よ」ボルィエ・エークマンは答えた。「お教えください。私のなすこととはなんでしょうか？　お教えください、必ずそのとおりにいたします。主よ、正しき道にお導きください」

しかし、神はイエスと同じだった。時間があるとか、気が向いたときしか話さないのだ。そのときもそれからも、本題には触れずじまいだった。実のところ、神はその後ボルィエ・エークマンが生きているあいだ、ふたたび姿を現すことはなかった。

# 第50章

教区委員は2時30分の会合をキャンセルしてきた。理由は、偏頭痛に加えて、解決すべき問題は結局のところ解決に急を要するものではないからとのことだった。牧師は、藪《やぶ》の火が消えたと聞いて驚きはしたものの、考えるべき問題はほかにいくらでもあった。そのため、展開が不透明な問題がひとまず中間点に着地したことに満足した。

しかしそれはひどい思い違いだった。

教区委員は、ただ考えをまとめる必要があるだけだった。彼は自転車でワンルームのアパートに帰った。「ソドムとゴモラ」とひとりごちる。聖書の記述によれば、罪に果てしなく支配されたその街は、やがて神に滅ぼされることとなる。「ソドムとゴモラとアンデシュ教団」ボルィエ・エークマンはつぶやいた。

もしかすると、状況はよりよくなる前に、より悪化したのかもしれなかった。

ニクソン大統領のベトナム問題分析も同じだった。悪化する間もなくさらに悪化した。そして最後には、ニクソンの成功はすべてなかったことになった（ベトナムだけが理由ではないが）。歴史には、同じ過ちを繰りかえすという不幸な習慣がある。

教区委員の頭のなかで計画ができあがりつつあった。税務署は必須だ。計画の一部でもあり、計画そのものでもあった。最初は悪化し、その後よくなる（彼の計画では、ともかくそうだった）。

最終的にどうなったか？　最初は悪化し、その後さらに悪化した。その段階で、ボルィエ・エークマンもまた、消えさる運命にあった。

＊＊＊

伯爵夫人は、最近設置された二重扉が見える小さな森に低く身を隠して、綿密な偵察を続けていた。扉の開閉は何度か確認できていた。建物までの距離は120メートルほどしかないが、あいだに道路を1本挟む。今日は水曜日で、ワインの配達があった。トラックがバックで近づき、扉が大きくひらくと、箱がつぎからつぎへと運びこまれた。車と扉のあいだには、機関銃を雑に隠しもった警備員が立った。

扉のすぐ奥に、何人かの姿が見て取れた。おそらくはヨハンナ・シェランデル、そしてペール……なんとか……ヤンソン？　その横には、ヒットマン・アンデシュといまいましい護衛の男。

伯爵夫人は双眼鏡を取りだした。覗いてみて気がつく。護衛の顔は見覚えがない。自分の知り合い界隈には属さないチンピラということか。名前はどうでもよかった。あとから知りたくなっても、伯爵と自分なら墓を探しだすくらいなんでもないし、墓石の名前を見ればいいだけだ。

大事なのは、準備が整ったらそのときその場でヒットマン・アンデシュと護衛の両方を倒すことだった。懸念があるとすれば、機関銃を持って扉の外に立つ男の動向だ。最悪、彼が加勢してきたときには再装填の時間が必要になる。そこでプラスに働くのが、教会と森を隔てる道路だ。

この前向きな考えから、伯爵夫人は自らの偵察の任を解いてもよいと考えた。急ぐことはない。もっとも重要なのは間違いなくやり遂げること。

伯爵夫人は白のアウディに戻ると走りさった。

「行かせておけ」ウーロフソンは言った。「くそったれの伯爵に報告しに帰るだけだろ」

「そうだな」ウーロフソンが返した。「森に行って、あの女がなにを見てたか確かめておいたほうがいいな」

＊＊＊

アンデシュ教団の上層部に活気が戻ってきた。新しいワインの配達があったのだ。クラッカー、レーズン、まろやかな味わいのチーズもいっしょだ。

「今度も同じメニューでいくわ」牧師が言った。「前回、とてもうまくいったから。でも次回からは少し手を広げてもいいかしら。飽きがきてはいけないから」

「あるいは、ハンバーガーとポテトフライとか？」ヒットマン・アンデシュが提案した。

「あるいはね」牧師は軽くいなし、それより説教の準備をしなくては、と言った。

けれども、ヒットマンのアイデアは止まらなかった。ワインをきつく感じる人もいるはずだ。自分が10代になったばかりのころを思い出すと、親友（のちに薬のやりすぎで死んだ。バカな男だ）とふたりで、安物の赤ワインをコーラで割って効きめを高めていたものだ。あとから知ったのだが、痛み止めのアルカセルツァーを混ぜるとなおお楽しみが増した。

「おいしそう」牧師が言った。「さっきも言ったけれど、メニューは随時見直していくつもりよ。そのときにはあなたのアイデアも検討すると約束するわ。そういうわけで、今は説教の準備に集中していいかしら」

聖書は、ワインを神からの贈り物と讃える言葉の宝庫である。牧師が、暗記している詩篇の一句を書きとめた。「人の心を喜ばせるワイン、人の顔を輝かせる油、人の心を強くするパン」。さらに、一語一句正確ではないが、伝道の書からは、人生はたまに飲んで騒ぐからこそ意味がある、さもなくばまったく無意味なものとなるという話を引いた。

「本当に『飲んで騒ぐ』って書いてあるのか?」ヒットマン・アンデシュが驚いて言った。

「いいえ、でも、些細なことにこだわるのはやめておきましょう」牧師は言い、イザヤ書の預言を書きとめた。審判の日、豪華な食事と濃いワインの晩餐があるだろう。滋養に満ちた豪華な食事と、熟成され、ろ過されて澄みきったワインが出ることだろう。

「ほら、やっぱりな」ヒットマン・アンデシュが言った。「豪華な食事。ハンバーガーとポテトフライだ。コーラと痛み止めはやめておいてもいい」

「少し休憩よ」牧師が言った。

# 第51章

3週目の土曜日が過ぎると、事態は少し落ち着きを見せ始めた。1週、2週と連続で人々が押しよせ、合わせて正味90万クローナに近い額を、必要とするふたりの者たちへともたらした。教会の外の巨大スクリーンはそれほど必要なくなっていたが、信者席はあいかわらず人であふれかえっていた。

教区委員エークマンは数日姿を消しただけで戻ってきたものの、だいたいはあたりをこそこそ歩きまわっているだけに見えた。今のところ、牧師か受付係との会合の仕切りなおしを求めてくることはない。彼の存在は時限爆弾のようで気がかりではあったが、ほかに考えねばならないことは山ほどあった。彼と座っておしゃべりをすれば、最良でも賄賂を贈って仲間に入るよう誘うことになり（つまり平和穏便策）、最悪の場合は棚上げしてきた問題の解決を迫られることになる。

「この件ばかりは、便りがないのはいい知らせとはとても言い切れないんだよなあ。でもやっぱり、しばらくはやつにちょっかいを出さずにいたほうがいいと思うんだ」受付係が言った。「向こうがこっちにちょっかいを出してこないかぎりは」

牧師も賛成した。とはいえ、すべてがあまりにうまく行きすぎている気がしないでもなかった。すべてがまずいほうへ行ってばかりの人生を送ってきたあとでは、正反対のことが起こるとどうしても疑り深くなってしまう。

ほぼ間違いなく苛立ちを募らせているはずの裏社会から、今のところ目立った動きは見られない。自分が死んだら契約者リストが公開されるというヒットマン・アンデシュの脅しが効いているのだろう。

毎週水曜午後1時のワインと軽食の配送も順調だ。受付係は、こういう定期の仕事は潜在的な敵にとって格好の狙い目になるとわかっていた。しかし、ジェリー・ザ・ナイフと彼の部隊には全幅の信頼を寄せている。先日は部下のひとりが、任務を怠っていたところを見つかってクビになった。鐘塔でモルドバ産ワインの空箱を抱き、いびきをかいて寝ていたところを、現行犯で捕まったのだ。

ジェリー・ザ・ナイフがすばやく対応したことで、この出来事はかえって信頼を固めることになった。今現在、ひとり欠員が出ている状況だが、ジェリーが面接をしていて、遅くとも1ヶ月以内にはふたたび万全の体制に戻ると思われる。

毎週の100万クローナ近い収入に加えて、受付係がソーシャルネットワークで卓越した手腕を発揮した結果、さらに2、30万クローナが教会の銀行口座に入金されていた。こちらの金は、純粋に経営管理の点から大きな注意を払う必要があった。スウェーデンでは、1万クローナ以上の現金を手元に置こうという人間は、自動的に犯罪者か脱税者かその両方と見なされる。よって、自分の口座であっても、数日前に申請する手間をかけないと、引出額に制限がかかる規則がある。ところが受付係は、「時計並みの正確さ」をテーマに定期的に銀行通いを続けるうち、窓口の女性と顔見知りになり、親しくなっていた。彼女はたまたま、もっとも喉が渇いた、献身的な信者のひとりだった。というわけで、毎日彼女を訪ねることで、マネーロンダリングを疑われて当局に通報されることもなく相当額の現金を引きだせるようになった。彼女は、その金が神への奉仕に使われると知っていた（自分が週末に参加する乱痴気騒ぎの資金になることも）。受付係にとって、口座に金を預けたままにしておくという選択肢はまったく頭になかった。万が一ことが起こった場合には、30秒以内に逃亡を果たさねばならない。スウェーデンの銀行から数十万クローナを引きだすとなると、軽く半年はかかってしまう。

「今や太陽は僕たちを明るく照らしている。もうあまりガツガツしないほうがいいかもしれないな」受付係は考えこむように言った。「そろそろ、あいつにつぎの50万クローナを使わせてやろうか」

「そうしましょう」牧師も賛成した。「でも今回は、かわりにお金を数えてあげたほうがいいかもしれないわ」

＊＊＊

ヒットマン・アンデシュは大喜びだった。わずか数週間で信者たちからは48万クローナが寄せられ、牧師が親切にも自分のポケットから足りない2万クローナを寄付してくれるおかげで、ふたたび50万クローナを贈れることになったからだ。

「おまえさん、天国ではきっと神のすぐ右隣に座らせてもらえるぜ」

牧師は、それは多分ないとわざわざ教えることはしなかった。さらに言えば、詩篇によるとそこはすでにダビデが座っているし、まったく人智の及ばない話ではあるが、マルコの福音書には、イエスも同じ場所を確保していると書かれている。

教祖は、どこに金を贈るべきか頭を悩ませていた。やはりどこかの非営利団体がいいだろう。しかしそのとき、以前小耳に挟んだ話を思い出した。「熱帯雨林がどうしたとかいう話は、いったいなんのことだ？　森林を救うというのはよさそうだし、なんといっても森林は神の創りたもうたものだ。または、どこかあまり雨の降らない場所を見つけてもいいかもしれないな」

牧師はもはや、教祖の口からなにが飛びだそうと驚かなくなっていた。ただ、ボレトゥス《ポル》・エドゥリス《チーニ》はいまだに謎のままではある。「私は、病気の子や飢えている子たちをもっと助けてあげたいと考えていたわ」彼女は言った。

ヒットマン・アンデシュは尊大な人間ではない。熱帯雨林であれ飢えた子供たちであれ、それは問題ではなかった。イエスの御名において行うこと、それこそが大事だった。とはいえ、もしふたつを組み合わせたらどうだろうという考えが、頭をよぎることはある。熱帯雨林に暮らす飢えた子供たち。特別な感じがする。しかし、そんなものはスウェーデンで見つかるのか？

# 第52章

やる気を失ったかに見えた教区委員だが、まったくそうではなかった。時機をうかがいつつ、教会の周辺や内部をかぎ回って、ひとつの例外もなく、すべてがあるべき姿からはずれているとする自説を裏付ける証拠を集めていた。

1週間が過ぎ、そして3週間が過ぎた。以前ボルィエ・エークマンは自分の目で、およそ何千クローナがエチケットバケツに入れられたかを見た。あとは、その数字にバケツの数をかければ、彼らが扱う金の額が出る。

その時点で、エセ牧師と仲間の男は、400万、あるいは500万クローナにもなる金をどこかに隠していると思われた。最低でもだ！

＊＊＊

今回の寄付先に選ばれたのは、森林ではなかった。熱帯でも多雨でも関係なかった。かわりに牧師が思いついたのが、アストリッド・リンドグレーン子供病院を、新聞社2社、ラジオ局1社、テレビ局1社と訪問する案だった。「イエスは生きている」と書かれた50万クローナ入りのバックパックを、重い病にかかった子供たちに不意打ちで贈った。メッセージは、子供たちにも同じことが続くようにという意味が込められていた。

小児科専門の医学博士でもある病院長は、その場に居合わせてはいなかったが、即座にプレスリリースを出し、アンデシュ教団と教祖が「大いなる恵みの心を、非常に困難な時間を過ごしている子供たちと彼らの親御さんたちに示してくださった」ことを讃えた。

ボルィエ・エークマンは一瞬、教祖の恵み深さの裏には欲と皮肉があるという確信が揺らぎそうになったが、その一瞬が過ぎると、状況を曇りなく鋭い目で見直した。おそらく教祖には、人殺しであることと類まれな才能があることを除いてなんの問題もない。問題は、あの牧師と、上から読んでも下から読んでも同じ名前の仲間の男だ。やつらが裏で糸を引いている。

ボルィエ・エークマンはワンルームのアパートに座り、今回の50万クローナはこの自分に贈られるのがもっとも有益だったはずだと考えていた。神の第一のしもべは、たしかな経済的基盤を必要としている。神の意志に従って務めを果たすためには、足もとを固めなければいけない。だからこそ過去何年にもわたって、1週間分の募金から10分の1を自分用に取りわけ、それをあえて信徒会に知らせる意義も見いだしてこなかったのだ。これは教区委員と神とのあいだで合意がなされたことであり、ほかの誰もかかわりのないことだった。

# 第53章

伯爵夫人の偵察も済み、いよいよ伯爵の出番が来た。さていったいどうやるべきか。いかなる不測の事態にも備えて十分な武器を装備していきたい気がする一方、任務を終え早急に姿を消す必要を想定すれば、あまり重装備で行くのは避けたい気もする。

起こりうる可能性が高いのは、後者だろう。伯爵夫人によれば、建物横の二重扉はこの5週間の偵察期間中、毎週水曜日の午後1時ぴったりにひらいた。最後の週、建物の外の警備には、ふだんヒットマン・アンデシュから50センチ以上離れたことのない男が立っていた。どうやらひとり欠員が出たらしく、ヒットマン・アンデシュと専属の護衛の距離は、毎週その時間だけ広がることになるようだ。そのことは、状況を簡単にし、複雑にもした。

水曜日、扉の内側にいるヒットマン・アンデシュは完全に視界に入る。ヨハンナ・シェランデルとペールなんとかもいっしょだ。「永遠のお別れ作戦」決行当日も、おそらくは同じ条件になると考えられる。この場合、最初にヒットマン・アンデシュを完全被甲弾丸で倒す。つぎに、護衛が向かってくると想定して半被甲弾丸の準備をする。つまり「先に完全つぎに半分」であって、その反対ではいけない。

しかし、たった一発であの護衛を倒せるだろうか。間違いなく相当な腕前のプロだ。最初の銃声のあと黙って突っ立って死ぬのを待つだけで終わるはずがない。またこの条件では、狙うべき標的ふたりが並んでいないため、照準合わせは数ミリ単位の調整では済まなくなる。それだけ時間もよぶんにかかってしまう。

代案が必要だった。それが決まれば、おのずと全体像も見えてくる。結局は、丘の上の小さな森に隠れて待つことにした。愚か者が下から反撃してくる可能性はあるが、伯爵がタイミングよく手榴弾を投げれば、敵の思考力は100パーセント停止する。

「手榴弾」伯爵夫人が言った。言葉の響きもすばらしければ、護衛の男に与える効果もすばらしい。

伯爵が愛おしそうに微笑んだ。彼の伯爵夫人は、間違いなく極上だった。

＊＊＊

1時10分前、そろそろ毎週恒例のイエスの血や軽食を受けとる準備をする時間だった。牧師と受付係は、今や保管庫にして倉庫にして事務所にして受付部屋にしてなんでもスペースとなった聖具室へ向かった……。そこで見たのは、自称教区委員が、全財産を詰めこんだ彼らの黄色と赤のスーツケースに頭を突っこんでいる姿だった。

「おいおまえ、ここでなにをしてやがる」驚きと怒りの両方に襲われて、受付係は声を上げた。

「この罰当たりめが」教区委員の声は冷静だが緊張で張りつめていた。「それがおまえたちふたりにふさわしい名だ。殺し屋、詐欺師、横領犯……ほかにもあるのか？　言葉もない」

「勝手に人のスーツケースを見ておきながらなにを言うの。まるで寄生虫だわ」牧師が両方の蓋を閉じながら言った。「なんの権利があって人の金庫を覗き見たりするのよ」

「金庫だと？　私がどんな策を講じたか知るがいい。じきにおまえたちの金庫など神の目にはなんの意味も持たなくなる。恥を知れ！　恥を知れ！　恥を、恥を、恥を！」

牧師は自分たちが、「恥を知れ」としか返してこないような並外れてコミュニケーション能力の低い寄生虫に見こまれてしまったのだと、つくづく思い知った。しかし、牧師がさらに気の効いた反撃もしないうちに、教祖アンデシュが姿を現した。「やあ、ボルィエ、久しぶりじゃないか。元気でやってたか」いつもにも増して空気の読めない教祖が言った。


数分前、ボルィエ・エークマンは熊手を片手に立ちつくしていた。あと少しで道を掃きおわるというところで、はたと思いついたのだ。スーツケース！

そうだ！　やつらが悪魔の所業で稼いだ金は、あのなかに隠しているんだ。赤と黄色のスーツケース。自分がすべきことは証拠を集めること。それから警察、政府、児童福祉事務所……ともかくどこでも、話を聞きたいとか聞くべきとか聞いてやろうとかいうところに、連絡しなくてはいけない。

児童福祉事務所からどんな反応があるかはわからなかったが、大事なのは、間違いなく誰もがこの件を理解するべきだということだ。新聞社、国立食品局、信徒会のグラーンルンド師、スウェーデンサッカー協会……。

教会がかかわる犯罪について児童福祉事務所とスウェーデンサッカー協会の両方に知らせようという人間が果たしてどれほどまともにものを考えられているのか、疑わしく思う人もいるだろう。これが、ボルィエ・エークマンである。頭のなかは、この件が全世界に明らかになるより前にやっておかねばならないことでいっぱいだった。急げば間に合う。スーツケースのなかの金から、本来自分の取り分である10分の1を回収するのだ。

その日の予定を考えれば、なにはさておき慎重に行動するべきだった。しかし、教区委員も熊手も気づけばスーツケースのある聖具室にいて、時間のことも犯罪的要素に満ちたこの場所のことも、まったく頭から消えてしまっていた。

挙句、ボルィエは彼らの金庫に頭を突っこんだ状態で見つかり、近隣の犯罪者の大多数に取りかこまれてしまった。そのうちひとりは、つねに教祖のそばから離れない、この冒瀆的状況にふさわしい名前の男だ。

ところが当の教祖は、こんな間の抜けた挨拶をしてくる。ボルィエ・エークマンはおかしいと思った。ヒットマンはこの罪深いゲームに体よく使われているただの愚か者なのではないか。「あんたは利用されている。わからないのか」彼は、4歩教祖に近づきながら言った。手にはまだ熊手を持っていた。

「誰が?　なんだって?」教祖アンデシュが答えた。

その瞬間、扉の外で2回クラクションが鳴らされた。今週分の財政刺激策が到着したのだ。

ジェリー・ザ・ナイフは、教祖の横の道化は外で待ちうけているかもしれない何者かより危険性が低いだろうと、とっさに判断した。扉を開けに向かいつつ、ボルィエ・エークマンに目をやって、受付係と牧師に言った。「この虫けらみたいな熊手野郎を見ていてくれ、俺は外のほうを片付けてくる」

抜かりのない安全対策チームのボスが、運転手のチェックを始めた。間違いなく先週もその前の数週も来ていた同じ男だ。トラックの積荷もチェックし、扉の外に注意を向けたままそこに立つ。背中を壁に向け、目を左右にさっと走らせる。箱ワインは、牧師と受付係が運んだ。

伯爵と伯爵夫人は、120メートルほど離れた小さな森に潜んでそれを見ていた。伯爵の熟練の腕とスコープで見た状況からは、もとの案どおり最初に護衛の男を殺せばいいだけに思われた。しかしこの状況では、今は完全に視界に入っているヒットマン・アンデシュが、2発目を当てる前に動いてしまうかもしれない。すなわち、生きのこるチャンスを与えてしまう。

どれほど護衛の男をボーナスとして無駄死にさせてやりたくとも、あくまでも主たる標的はヒットマン・アンデシュだ。

ここは計画を変えるべきだろう。伯爵は、護衛の男を標的リストの2番目にして、最重要人物を直接狙うことにした。ヨハンナ・シェランデルとペール・ヤンソンにも未来はないが、ひとりの伯爵が1日で達成できる仕事には限界がある。

牧師と受付係が荷物運びをし、そして目下殺人を目的としている男が標的をヒットマン・アンデシュに定めているあいだに、教祖アンデシュとボルィエ・エークマンのあいだでは口げんかが勃発していた。

「あいつらは、あんたをかついでるだけだ！　金はすべて自分らのものにしてるんだぞ！　わからないのか？　あんたの目は節穴か？」

しかし、ヒットマン・アンデシュは、もちろんちゃんとわかっていた。つい先日、アストリッド・リンドグレーン子供病院では本当にすばらしい成果を上げることができた。

「ボルィエ、おまえはいいやつだ」彼は言った。「熊手をかけていて、日に当たりすぎたんじゃないのか。いったいどうしたんだ。俺たちはもう、最初の50万クローナの寄付を済ませたぜ。それも、あちこちから金をかき集めたんじゃない。牧師が自腹を切ってくれたおかげで初めてちゃんとした金額をイエスの御名で贈ることができたんだ」

ボルィエ・エークマンはもう一度説得にかかった。牧師と受付係は彼をこき使っているだけだ。今までヒットマン・アンデシュは彼らのスポークスマンとしてよくやってきた。

「いったいどれほどバカなんだ」ボルィエ・エークマンは言った。「自分が毎週土曜日にどれだけ稼いでいるのか、本当にわかっていないのか」

ヒットマン・アンデシュは、どれほどバカなんだというくだりで、冷静さを失った。ひとつには答えがわからなかったからで、ひとつには自分の知性に対する暗黙の非難を感じたからだった。ボルィエ・エークマンの話はもう聞く気になれなかった。「おまえは自分の熊手のことだけ考えてろ。俺は俺で、必要とする人たちに金を届けることを考える」

今度はボルィエ・エークマンが、冷静さを失った。「よかろう。あんたがそこまでおそろしくおめでたい人間だっていうなら（これでも彼の語彙ではもっとも失礼な表現だった）、そのままでいればいい。道の掃除は、あんたが暇な時間に自分でするんだな」そう言って、教祖の腕に熊手を押しつけた。「いいか、私はちゃんと手を尽くしたからな」ボルィエ・エークマンは話を締めた。「ただ、最後にこれだけは言っておく。ソドムとゴモラ！」そして見くだすように笑った直後、ボルィエ・エークマンの状況は一気に悪化した。

永遠に。

森にいる伯爵は、狙いを定めた。障害物はない。銃弾は、ヒットマン・アンデシュの野郎の胸のすぐ下を撃ちぬいていくはずだ。「地獄で会おう」彼は言い、引き金を引いた。

耳を裂くような銃声に、ジェリー・ザ・ナイフは一般的な警戒体勢から緊急事態の戦闘姿勢に入った。一瞬で地面に伏せて二重扉に這っていくと、ふたつともしっかり閉めたのを確認して自分は外に残った。ジェリー・ザ・ナイフは臆病者ではないからだ。少々心もとなかったが、停車中のトラックに身を隠す。いったいどこから撃ってきた？

護衛の動きは光速なみにすばやかった。それでも伯爵は、自分の任務は無事完了したと確信した。ヒットマン・アンデシュは背中から倒れた。護衛は、トラックの陰に隠れたようで、伯爵の照準範囲からは消えていた。伯爵は伯爵夫人に、この状況は撤退が最善策だろうと言った。護衛のひとりやふたり、脅威を与えてこないかぎり問題ではないが、こちらがこのまま小高い場所の茂みに隠れていればその可能性はある。伯爵は護衛に、捨て身の攻撃を仕掛けるよりそのまま隠れているのが身のためだと知らせる目的で、半被甲弾丸をとくに理由もなくトラックのサイドウィンドウに向けて撃った（運転手は床のアクセルとブレーキとクラッチのあいだに隠れていたため、20センチほどの余裕をもってケガを免れた）。

ボルィエ・エークマンは、先述のとおり、運というものを信じていなかった。良いほうも悪いほうもだ。いちばんに、なにより信じているのは自分自身と自身の優れた才能である。神は2番目、規則と規律は3番目だ。しかし傍観者からすれば、ヒットマン・アンデシュと仲間たちが彼の教会を拠点としたことは、ボルィエ・エークマンにとって不運としかいいようがなかった。そして発砲の瞬間、彼が熊手をヒットマン・アンデシュに渡していたことも不運だった。そして受けとったヒットマンがその熊手を、伯爵の完全被甲弾丸が金属部分に当たって撥ねかえる角度で持っていたことも不運だった。ヒットマン・アンデシュは、銃弾がへそから腹を貫通したせいではなく勢いで宙に飛んだ熊手が顔に当たったせいで尻もちをつき、腹からではなく鼻から血を出した。

「いてっ！　こんちくしょう！」床にへたりこんだヒットマンが言った。

その間、ボルィエ・エークマンはなにも言わなかった。撥ねかえった完全被甲弾丸が左目から脳の大部分をえぐって突きすすんでいったら、ほとんどの人はそうなるだろう。元教区委員は、今ではさらに元教区委員だった。彼は床にくずおれた。絶命していた。

「俺、血が出てる！」ヒットマン・アンデシュはよろよろ立ちあがりながら文句を言った。

「教区委員もよ」牧師が言った。「でもあなたみたいに、ぐずぐず言ったりしていないわ。お気の毒だけど、あなたの鼻血は今いちばんどうでもいい問題よ」

牧師は、床に倒れた元悩みの種の男を見た。教区委員の頭の、元は左目があった場所にあいた穴から血が流れでていた。「『罪が支払う報酬は死である』。ローマ人への手紙6章23節」彼女は言い、もしこれが本当だとしても、自分はまだ生きていると思った。どうしてかを深く考えることはやめておいた。

＊＊＊

伯爵はポケットから、撤退前最後の安全策として手榴弾を引っぱり出した。ウーロフソンとウーロフソンがようやく到着したのはそのときだった。せっかく便利な電子機器があるにもかかわらず途中のロータリーで出口を間違え、白いアウディを見失っていたのだ。ふたりは丘をのぼっていく途中で銃声を聞いた。その後、もう1発。そのまま進んでいくと、20メートルほど先に、伯爵と伯爵夫人の姿が見えた。葉はまばらだがかなり大きなライラックの茂みに四つんばいで隠れている。伯爵が手に持つライフルは、明らかに二連式だった。銃の形式に加えて、ウーロフソンとウーロフソンがいることに気づいたときの顔に驚きとかすかな絶望の表情が浮かんだのを見て、兄弟は伯爵が今ちょうど弾を使いきったことがわかった。再装填すれば話は別だが、そんな時間も場所もない。

「やっちまえ」ウーロフソンがウーロフソンに言った。「まずは伯爵からだ」

ウーロフソンは殺しの経験はなかった。たとえ伯爵みたいな悪党が相手でも、簡単にできる仕事ではない。「俺はいつからあんたの召使になったんだ？　そんなにお利口なら、自分がやれよ」ウーロフソンが言った。「だが、伯爵夫人が先だ。あいつのほうが根性が悪い」

そのあいだ伯爵はあたふたと手榴弾をいじりまわし、おかげで兄弟にしっかり見せびらかすことになった。そして安全ピンをはずすと——ライラックの枝のあいだに手榴弾を落とした。

「バカ、あんたいったいなにしてるのさ?」それが伯爵夫人の人生最後の言葉となった。

伯爵は、とっくに最後の言葉を終えていた。

ウーロフソン兄弟は、すんでのところで岩陰に身を隠し、無傷のまま助かった。爆発した手榴弾は、伯爵と伯爵夫人をライラックの茂みもろとも木っ端微塵に吹きとばした。

# 第54章

ジェリー・ザ・ナイフは用心深く車の陰から身を起こした。銃撃場所がどこかはもう気にすることもないだろう。今さっき、道路の向こう側の森から爆発音が聞こえてきたからだ。室内の被害はあとで確かめるとして、まずは森に行って、敵の生き残りがいれば押さえておくのが先決だ。

目立って標的にされないよう、道を大きく迂回したため、現場に着く前にこちらに向かうパトカーのサイレンが聞こえてきた。現場は、実際なにがあったのかとても割りだせる状況ではなかった。吹きとばされた人間の細かな断片があちこちに散らばり、いったい何人の人間がかかわっていたのかすらはっきりしない。ただ、そんな惨状のなか、たまたまうまい具合に靴を履いた脚が3本きれいに並んで残っていたおかげで、攻撃してきたのが男女ひとりずつらしいとわかった。2本は男のものらしく靴のサイズは29センチで、女のものと思われる3本目は25センチのハイヒールを履いていた。つまり、攻撃者が3本脚のバイジェンダーで靴のサイズは2種類という人物でないかぎり、女が男の横にいたということだ。おそらくは、伯爵夫人と伯爵？　多分そうだろう。しかし、吹きとばしたのは誰だ？　悪党たちのなかでヒットマン・アンデシュの扱いをどうするかで意見が分かれたのだとしたら、自分たちは運がよかったのか。このふたりはヒットマンに死んでほしがっていた。そして今や3本の脚だけが残り、ジェリー・ザ・ナイフのように警察が到着する前に現場を離れることはできなくなった。

ジェリー・ザ・ナイフは教会に戻る道すがら、この推理を繰りかえし考えて信じようとした。物事はこんなにうまく運ぶものなのか。ヒットマン・アンデシュを消したいと思う人物を消したいと思う人物があの場にいて、伯爵と伯爵夫人を粉々に吹きとばした？

ジェリーはそこで、爆発の前には2度発砲があったことを思い出した。2発目はトラックに当たったが、1発目は？　最初に狙われたのは、間違いなくヒットマン・アンデシュ。

つまり教祖アンデシュがピンチに陥るシナリオは、大きく進行していたということだ。

彼が死ぬというシナリオが。

1分ほどのち、ジェリー・ザ・ナイフは自分が護衛しそこなった標的は、あり得ないほどに幸運だったと知った。

「これが俺たちの今の状況だ」彼は牧師、受付係、鼻血の出ているヒットマンを前に言った。「ここから150メートルも離れていない場所では殺人事件の現場検証が行われていて、この部屋の床には死体が転がっている。状況から1＋1の答えがわかったら、警察はすぐに教会のドアをノックしにくるぞ」

「2」片方の鼻の穴にティッシュを詰めたヒットマン・アンデシュが言った。

ジェリー・ザ・ナイフは、教区委員をスーツケースのひとつに詰められないかと考えたが、なかに納めるには遺体を半分に切る必要があり、それには時間が足りなかった。大体、あまり愉快な案ではない。

受付係は、銃弾はかつてボルィエ・エークマンだった体の頭蓋骨内のどこかに残っているはずだと言った。それはそれで、もともとねじが足りていない部分だったはずだから、ちょうどいい。

牧師は、教区委員が床をひどく汚したことに気分を害していた。まあ、床の血だまりは拭けばどうにかなる。彼女はそれを買って出て、同時にジェリーには、遺体を運びだしてトラックに積みこみ、遺体のあとにはトラックも消すよう指示をした。なにしろサイドウィンドウが撃たれているのだから、警察があらぬ疑いをかけてくる理由はいくらでもある。

それが彼らにできるすべてだった。だからそうした。ジェリーはトラックの床にうずくまる運転手に、ペダルが踏めないと運転ができないから少し右にずれてくれと言い、運転席に乗りこんだ。運転手は、ずれた先で撃ちこまれた弾丸を見つけた。銃撃が教会に向けて行われたと示す最後の証拠品である。

ワイン、レーズン、チーズ、クラッカーの箱は下ろしていたので、教区委員の遺体は荷台を広々と使えた。実際、もし必要とあらば、教区委員が平均的な規模の信徒会を連れていたとしても問題のない広さだった。

警察では、ふたりの命を奪った手榴弾と道を挟んだ宗教施設とのつながりは、なかなか浮かびあがってこなかった。数時間後、ひとりの捜査官がアンデシュ教団と関連がある可能性を突きとめたが、それに伴い警察の訪問があったのは、翌日のことだった。

警察の相手は牧師がした。ここから石を投げれば当たる距離で恐ろしい事件があったことは、新聞で読んで知っている。昨日、荷物の受け取りをしているときにバンという大きな音を聞いた。その後すぐ、パトカーのサイレンの音がしてほっとした。「専門家のみなさんがいらして、問題を処理してくださるとわかりましたから。警察がすばやく対応してくださるので、安心ですわ。教会のコーヒーですが、少しお入れしましょうか。棒くずしで遊んでいく時間なんてないですよね?」

そのおよそ10時間前、ジェリー・ザ・ナイフは、体重80キロの教区委員と15キロの小石を三重に袋でくるんでバルト海に沈めた。そのあと生真面目にも人里離れた未舗装の道で、ガソリン10ガロンを使ってトラックを燃やした。捜査報告書が、ストックホルム北部で起きた謎の爆発事件の報告書とは別の地区の別の署のデスクに置かれるよう、念には念を入れて、ヴェストマンランドの反対側の郡境を選んだのだった。

# 第55章

今ではバルト海の水深200メートルに眠る元教区委員は、死後数日経って教会の面々を呪いに戻ってきた。

「ソドムとゴモラ」ボルィエ・エークマンは先週の火曜日、ワンルームのアパートで何度も繰りかえした。ストーブではおかゆがぐつぐつ煮えていた。クリスプブレッドにマーガリンを塗ってひと口かじり、やるべきことを考えた。手始めにやらねばいけないこと。「神よ、私は正しい考えを持てるでしょうか」ボルィエ・エークマンは言った。神が返されたのは沈黙だった。

　そこで彼は方針を変えることにした。「もし間違っていたら、神よ、そうおっしゃってください！私はそれでも、けしてあなたのそばを離れません」

　神はやはりなにもおっしゃらなかった。

「ありがとうございます、神よ」ボルィエ・エークマンは言った。これで、必要としていた神のお墨付きをもらえた。


　そういうわけで、水曜の朝、アンデシュ教団の自称教区委員は自転車で近隣の公営酒販店を片っ端から回り、外のベンチに座っていた男女に噂を流した。なかには、酔っぱらいに酒は売らないという国の決まりは重々承知のうえで、とりあえず来てみたという二日酔いの者もいた。まだどうにか素面を保っていて、10時ちょうどに店が開いたら売ってもらえそうな連中もいた。公営酒販店の仕事は複雑で、スウェーデン国民にできるだけ多くの酒を売って国税を稼ぐ一方、客がたった今高い金を払って買った酒を、節制の御名により飲むべきではないと説教もするのだ。

　彼らはまた、責任ある仕事をするという野望のもと、潜在的購買者のうち店の商品をもっとも必要とする10人から最大20人を、店頭から追いかえす理由を日々見つけ出している。

これら得意客たちには朗報とばかりに、ボルィエ・エークマンは、今度の土曜日に街の北側にあるアンデシュ教会に行けばただでワインが飲めると、自転車で知らせて回ったのである。全能なる神の恵み深さには制約などない。時間どおりに行きさえすれば、すべて無料。軽食もある。いや、それはおまけだから、食べたくなければ食べなくてもいい。いや、ドアがひらきもしないうちから帰れと言われることもない。なにしろ、すべて神が仕切っておられるのだ。公営酒販店ではなく。

ボルィエ・エークマンは、メーラル高校の生徒が活動を始めるのは1時だと知っていた。箱ワインはそれから30分ほどしてから出されるはずだ。「2時前に着けば、まず間違いなく間に合う」と彼は言い、また自転車にまたがった。

冷たい向かい風を受けて自転車をこぎながら、ボルィエ・エークマンはほくそ笑んだ。つぎの公営酒販店へ。そしてまたつぎへ。そしてまたつぎへ。それがちょうど、死の1時間前のことだった。

＊＊＊

土曜日になり、教区委員ボルィエ・エークマンはバルト海の底深くに物言わず横たわっていたが、事前に焚きつけられていた人類のもっとも悪しき例たちが、11時を過ぎたころには教会の信者席に陣取りはじめていた。

3時間後、会堂は満席になった。そのさらに20分後、教会にいた人は満腹になっていた。ワインで。モルドバから来た箱が空っぽなのとは対照的に。

生徒たちは、空になった箱ワインは新しいものに交換するよう言われていた。この決まりは、集会が終わるころに1、2箱は交換が必要になると見越して設けられたが、まさかヒットマン・アンデシュが着替えも済ませていないうちにすべて交換されるとは、誰も予想していなかった。

最初の喧嘩は4時30分ころに勃発した。始まりは、近くの箱ワインは誰のものかをめぐる口論だったが、空の箱はすぐに補充されるため、そのうちなにを争っていたのか誰も思い出せなくなった。同じころ、すでに常連となっていた列席者たちがポケットいっぱいにお金を持って集まりはじめたが、ドアの前まで来て帰っていった。

4時40分、牧師は事態を把握した。生徒たちはひとつめのバケツに22スウェーデンクローナと1982年の西ドイツの1マルクを集めただけだった。つまり、参拝者ひとりにつき2・7オーレ。西ドイツマルクに価値があるとしたら、溶かしてやっとそれと同じくらいといったところだろう。

4時50分、生徒のリーダーが、牧師に今週分のワインはすべてなくなったと報告にきた。この場合、来週分から出したほうがいいのか、それともお菓子に替えるか。

どちらでもない。そういうことなら、今週の礼拝はこれで終わりにして、ジェリーたちに酔っぱらいが本気で喧嘩を始める前にひとり残らず追いだしてもらわねばならない。

「ちょっと遅すぎたみたいだぞ」カーテンの隙間から信者席を見通しながら、ジェリー・ザ・ナイフが言った。

信者席は座っている人と立っている人が入り乱れていた。横になって眠りこけている者もいれば、少なくとも4つの集団がそれぞれ怒鳴りあいをしている。こづきあいが続いているし、罵りあいも始まった。薄汚れた女と汚れた男は、まぐさ桶に眠る幼子イエスのフレスコ画の下に倒れこんで、聖書によると聖母マリアが懐胎したときにはなされなかったことを実演しようとしている。

誰かが警察を呼んだのか（ボルィエ・エークマンはこの点では疑われることはない）、外にサイレンの音が聞こえてきた。警察官が入り口を通るたび、金属探知機が反応して警告音を鳴らし、その音に2頭の警察犬が反応してぴりぴりし出した。教会の会堂では犬が吠えると1頭でも群れのように響く。2頭となるとカオスだった。

騒ぎが収まるころには、酩酊や公務執行妨害やその両方で46人が逮捕、さらにふたりが公序良俗違反で拘留された。

加えて、責任者である牧師のヨハンナ・シェランデルが取り調べを受けた。嫌疑は……さて、これといってはっきり定めることはできなかった。


治安維持法第3条第18項によると、個々の自治体は既存の団体に対し、一般秩序維持の目的で補足的に禁止事項を課すことができる。

日曜の新聞では、下記のとおり報道されている――自治体は「『アンデシュ教団』として知られる私設宗教集会における、規則および規定を逸脱したアルコール飲料の消費を禁止する件」に関する決議を通した。この決定は、数日前に発生した当教団との繋がりは未確定とされる事件によって、複雑化することはなかった。当該事件においては、犯罪組織のメンバーふたりが爆発により死亡し、殺人を疑われている。

# 第56章

牧師と受付係が最初に手がけたビジネスは、最良のケースでも完全には無罪とはいえない人物の襲撃を基盤としていた。その後新たに進んだ道では、心は誠意と希望と愛と恵み深さで満たされ、念のため、循環器はワインで満たされた人々から金を騙しとった。

死んだ伯爵と伯爵夫人さえいなければ、さらには、偉ぶった、今では同じくらい死んでいる元教区委員の最後っ屁さえなければ、このビジネスの流れは今もまだ続いていたはずだ。しかしまずわかったのは、新聞は無料の広告配信業者として信頼してはいけないということだった。それどころか記者たちは、裏社会の中心人物ふたりの殺人を疑われる事件と、現場と道路1本挟んだ場所にあるアンデシュ教団との関連性をほのめかす記事を書いた。なかには、ヒットマン・アンデシュが昔の人格に逆戻りして裏で糸を引いている可能性を示唆する記者までいた。被害者である伯爵と伯爵夫人と呼ばれる人物は、数ヶ月前にヒットマン・アンデシュが金を騙しとった人々には当然含まれているものとされていた。

「くそったれ新聞記者め」受付係が、今自分と牧師が置かれている状況をまとめて言った。

牧師も同感だった。メディアがわざわざちゃんとした仕事をしなければ、問題はもっと簡単だったはずなのに。

新聞記事くらいでは不十分だと追い討ちをかけるかのように、市の当局は急きょアンデシュ教団に対し、本来善きものすべての源たるワインを利用した事業を禁止する命令を承認した。ヴァルムランド北部の風車とは対照的だ。牧師と受付係はふたりとも、目の前にけして乗りこえられない壁が立ちはだかっている気分だった。

かいつまんで言えば、信者席にいた800人強と駐車場にいた200人が、わずか数週間で7人に減ったということだった。

列席者7人。

たったの100クローナ札1枚。全部で。

みんな合わせて。

この100クローナを、牧師ひとり、受付係ひとり、安全対策チーム、そこそこの人数の高校生たちでやりくりしなければならない。ヒットマン・アンデシュですら、財政上の問題があることに気づいていた。彼は言った。それでも、自分の宗教的メッセージの力は変わっていない。牧師と受付係は忍耐を持つべきだ。「艱難《かんなん》は忍耐を生み、忍耐は徳を生み、徳は希望を生む」

「は？」受付係が言った。

「ローマ人への手紙5章」牧師は無意識に言ってから、はっとした。

周囲が呆気にとられているのもお構いなしに、教祖アンデシュは続けた。初めは、ボルィエ・エークマンがこの世を去ったことを気の毒に思ったが、30秒ちょっとで乗りこえた。自分の腹から背中にきれいに穴があかずに済んだのも、彼が死んでくれたおかげだとわかったからだ。それに比べたら、鼻血など大したことないという牧師の言葉ももっともだと思う。

その鼻血もありがたいことに15分ほどで止まり、ヒットマン・アンデシュはつぎの土曜日に教会がばたばたしたことなどなんのその、イエスの御名における自分の仕事を続ける気満々でいた。教会に来る人たちにワインを出さないことは、自分がジョッキ1杯ひっかけて温まることさえできれば、とくに気にならない。信者席の7人はすぐに14人になる。そして自分たちも気づかないうちに、もう一度1400人になっている。

「警察と犬が来たときのあれを『ばたばたした』っていうのは、ちょっと控えめすぎるんじゃないか」受付係が言った。

「だったら『どたばたした』でどうだ。だけどな、信仰は山を動かすんだぞ」ヒットマン・アンデシュは、これはレビ記の引用だと言って、部屋を出ていった。

「あいつ、本当に聖書を暗記しちゃったのか?」受付係が尋ねた。

「それはないと思うわ」牧師は言った。「信仰がいかにして聖書のなかでも外でも山を動かすかという話は教えたと思うけれど、レビ記のなかとは言っていないもの。あれには、動物やほかのいろいろなものを生贄にすることしか書かれていないのよ」

受付係には、ヒットマン・アンデシュの信仰は、この先ほかでもない厄介ごとに向かって山を動かしていくとしか思えなかった。牧師も同感だった。

アンデシュ教団はどん底にあった。今できることといえば、ヒットマン・アンデシュがまだ事態を飲みこめていないうちに、可能なかぎり最善なかたちで事業を整理することくらいだ。

「本当のことを言うと、あんなに短い時間ですべてがうまく実現したとき、あまりにもうまく実現しすぎたのではないかしらと思ってはいたの」牧師は言った。

受付係は、それを聞いて考えこんだ。「多分同じころ僕は、今までのついてない人生はもう終わりだ、やっと運が向いてきたぞって思ってた気がする。もう二度とそんなことは考えないって誓うよ、ダーリン」

# 第57章

牧師と受付係の黄色いスーツケースには、数えたての690万クローナが入っている。赤いスーツケースは空っぽだ。自分たちの持ち物を詰めるとちょうどいっぱいになった。

加えて、教祖がひとり。あれやこれやあったおかげで、商業的価値をすべて失い、それゆえに袂《たもと》を分かつべき存在となった教祖である。ある意味で彼らは、この話の16章あたりに戻ったとも言える。ホテルを閉めて、金の詰まったスーツケースふたつを持って消えようとしていたころ、そして、ヒットマン・アンデシュを振りきろうとしていたころだ。今回閉めようとしているのは教団で、振りきろうとしているのは同じヒットマン・アンデシュである。今度こそ、もう少しよい結果を出さねばならない。

はたしてどうやってやり遂げたものか、今はまったく頭に浮かばない。けれども、少し静かに落ち着いて考えればなんとかなるはずだ。当の教祖は、これがどれほどの大失敗なのかまったくわかっていない。

「この前の土曜日の参拝者は7人だったな」受付係が言った。「多分今週は、4人と5人のあいだくらいだろうな」

「いちばん残念なのは、ワインを讃える引用ができなくなることよ」牧師が言った。「この点は、教祖アンデシュを評価しなくてはいけないわね。信者席に奇蹟をもたらしたんですもの。私のいちばんのお気に入りを披露する間もなく、終わりになってしまったけれど」

「お気に入り?」

「『私は酔った者のようである。主により、そして主の聖なる言葉により、ワインに打ち負かされた者のようである』」

「へえ。誰の言葉?」

「イザヤ。彼は酒を飲むのが好きなの。おもしろいでしょう? 神が話すと、聞いている人はただで吐くほど酔えるのよ」

牧師の口調に敬意らしきものは感じられなかった。彼女が自分の意思に反して神に奉仕する家業に就かされたことについて、神その人を許すまでにあと100年はかかりそうだと、受付係は思った。神たる存在ならば、最小限の努力で、彼女の大学時代に非の打ち所のない答案用紙をいじって落第させることもできたはずだ。もしそれが面倒だったというなら、神学校の最終課程に出席を許さないとか、ほかにも方法はあった。結局のところ、神がなにか手を打ちさえすれば、教区牧師である父親が怒って何枚皿を割ったとしても、彼女が聖職位を授与されることはなかったのだ。

とはいえもちろん、人間も自分さえその気になればどんなことでも覆せる。ただしその場合、父はおそらく娘に皿を投げつけただろうから、その意味で、神は父の機嫌をとって彼女の命を救っていたことになる。今、神は自分のその判断をどのくらい後悔しているだろう。

受付係は、神学的思考の話になるとさっぱりぴんとこないのが自分の欠点だと、ずっと自覚していた。彼には、実体のあるものの話のほうがしっくり感じられる。たとえば690万クローナや、爆弾で吹き飛ばされたふたりの悪党や、ある意味では若干不運だったが全体としては運よく流れ弾で死んでくれた教区委員や、それ以前は折れた腕や脚やたまにおまけでやられた顔などだ。自分と牧師がなにより願うべきは、天国が存在しないことだと受付係は思った。さもなくば、自分たちはひどくまずいことになってしまうだろうから。

「やあ、おはよう！」ヒットマン・アンデシュが、バカといっても過言ではないほどの上機嫌で聖具室に入ってきた。「今週の説教用に、アルコールフリーの導入をふたつくらい考えたぜ。牧師にもちょっと見てもらいたいんだ。なにせ今はもうなんもかも、すっからかんになっちまったからな。まずションベン行ってくる！」

そう言って、来たとき同様、脱出口として作った二重扉からあっという間に消えていった。脱出したわけではなく、神の緑萌ゆる大地に用足しに行ったのである。

牧師も受付係も、ヒットマン・アンデシュの登場にも退場にもなにも言えずじまいだった。今度は、聖具室のドア階段のほうから別の声が聞こえたからだ。

「こんにちは」スーツ姿の小柄な男が入ってきた。「オロフ・クラリンデルと申します。税務署から参りました。差し支えなければ、あなたがたの口座を拝見したいのですが」

税務署語でつまりこれは、脱税の可能性がないかどうか、オロフ・クラリンデルが口座を調べたい、という意味である。

受付係と牧師は男を見た。ふたりともどう答えていいものかわからなかったが、こういうときはやはり牧師のほうが頭が回る。「もちろん、かまいませんわ」彼女は言った。「ただ急なもので、本日教祖アンデシュは留守なのです、クラリンデルさん。私たちはただのしがない使用人なものですから、よろしければ明日の10時にもう一度いらしていただけませんか。教祖には、明日はこちらにおりますよう、私からお伝えしておきますわ。もちろん、ファイルも全部いっしょに。いかがでしょう」

聖職者用の白襟を身に着けた女の話しぶりには説得力があった。その屈託のない声に、オロフ・クラリンデルの心には、多分この信徒会には納税関連での矛盾はなさそうだという考えがよぎった。匿名による垂れこみの欠点は、真実よりも辛辣さが基準となってしまうところだ。

目を通せるファイルがあるというのはよい知らせだった。オロフ・クラリンデルがなにより満足を覚えるのが、ファイルのページを繰ることだった。「ふむ、こうした訪問は、不意打ちで行われることがもっとも大事なのですよ」彼は言った。「同時に、頑なで融通が利かないことは、税務署の本意ではありません。明日の10時でよろしいでしょう。財務責任者の教祖が同席して、なんとおっしゃいました……ファイルをご用意くださると?」

公務員クラリンデルは、ヒットマン・アンデシュが前チャックを手探りしながらどたばたと戻ってくる直前に、反対側の出口から帰っていった。「なんだ、ふたりとも変な顔して」ヒットマンは言った。「なんかあったのか?」

「いいえ、なにも」牧師があわてて言った。「あるわけないでしょ。用は足せたのかしら?」

＊＊＊

安全対策チームは、ジェリー・ザ・ナイフを除いて全員解雇していた。今こそジェリーと打ち合わせが必要だ。教祖は抜きで。

ジェリーは、わずかな日数と限られた予算で、大量のモルドバワインの配送を手配してのけた男である。彼にはコネクションがあり、牧師には突拍子もないアイデアがあった。それはものの見方次第では、彼女がこの数年間、いや成人してからずっと心に抱いていたどの考えよりも、非道徳的であるといえた。とはいえ、アイデアはアイデアだ。

「ロヒプノール」彼女はジェリー・ザ・ナイフに言った。「あるいは、同じくらいの強さの睡眠薬。どのくらいで手に入れられるかしら」

「急ぎか?」ジェリー・ザ・ナイフは言った。

「そうとも言えるわ」牧師は言った。

「なんの話だよ?」受付係は言った。急な展開のため、まだ計画についてなにも知らされていなかったのだ。

「スウェーデンではロヒプノールはもう流通してない。つまり時間がいる」

「どのくらい?」牧師は言った。

「なんの話だよ?」受付係が繰りかえした。

「3時間」と、ジェリー・ザ・ナイフ。「交通事情が悪くなければ、2時間半」

「だから、なんの話なんだよ?」

# 第58章

受付係はすぐに説明を受け、大いにためらったあとで、しかたなく賛成をした。

ヒットマン・アンデシュは幸せの絶頂にあった。午後4時半ころ、牧師と受付係は、運営権を本格的に移行する時期になったと表明した。ほかのもろもろといっしょに、教団の所有権と責任をヒットマンにただちに正式に譲りわたすという意味だ。先延ばしにする理由はない。それはまた、教祖が将来的に信者から得る収入は好きなように配分していいということでもある。牧師と受付係は一線を退くが、倫理面での支援は続けていく。

教祖アンデシュは、すこぶる感激していた。これまでも、募金収入が最高指3本分にしかならなかった最後の数週を除いて、毎週500クローナを好きなように使わせてくれていたのに、今度は全部そっくり譲ってくれるというのか。

「本当に、本当にありがとう。大事な友よ」彼は言った。「告白すると、最初はおまえらのことを誤解していた。だが今はわかる。どこをどう切っても、いいやつらだ。ハレルヤ、ホサナ！」

ヒットマンは彼らの話をほとんど確認もしないまま、すぐに必要な書類にすべてサインを済ませた。申請書類を片付けると、牧師が教祖に提案した。明日の午前中、法的機関の人が定例の検査に来るので、教祖が自分で話をしたほうがいい。現状をありのままに話すのがいちばんだと思うし、それですぐに終わりになる。

「寄付口座にはどのくらいあるんだ？」ヒットマン・アンデシュが尋ねた。

「32クローナだ」受付係が言った。

＊＊＊

3人は、翌朝9時にまた聖具室で会うことにした。牧師と受付係はヒットマン・アンデシュに朝食をいっしょに取ろうと持ちかけた。いや、なにか目新しいことがあるわけではない。朝のワインは今までどおり聖典礼のためで、来客があるからといってコーヒーに代えるわけにはいかない。ただパンは焼きたてを用意すると、牧師は請けあった。

ヒットマン・アンデシュは理解した。「聖典礼」の意味はわからなかったが、聖餐の伝統が脅かされることはないということだ。「明日の朝会おう」彼は言った。「ところで、モルドバをひとつもらっていってもいいか？　俺ひとりなら節約してもいいんだが、友達がひとりふたり来る予定なんだ。夜に、キャンピングカーで聖書の勉強会を予定してるんでな。おまえらふたりは、まだおばさんちの屋根裏に住んでるんだよな」ヒットマンはそう言って受付係を見たが、実のところ受付係は、ヒルトンのリッダーホルム・スイートを値切りたおした末に予約していた。

「ああ、ただでね。おばさんに神の恵みがありますように」受付係は言ったが、おばさんなど生まれてこの方いたことはない。「ひとつくらい、友達のために持っていけばいいさ。ふたつだってかまわない。ただし明日の朝にはちゃんと起きて、9時ちょうどに素面でここに来てくれよ。まあ、それに近い状態ならかまわない」受付係はここで、狙ったとおり笑顔になった。狙いもなにもない笑顔が返ってきた。

＊＊＊

ヒットマン・アンデシュは翌朝9時になっても姿を現さなかった。9時15分になってもまだ来ない。9時半少し前になってようやくよろよろしながらやって来た。「遅れて悪かった」彼は言った。「朝の用足しに思ったより時間をくっちまった」

「朝の用足し？」牧師は言った。「キャンピングカーからここまで、ほんの6、70メートルよ。それに少なくともこの1週間、あそこに使えるお手洗いはないはずだわ」

「そのとおりだ」ヒットマン・アンデシュは言った。「ひどいもんだよな？」

ともかく、無駄にできる時間はない。ヒットマンはグラスに1杯のワインを出されると、ほどよくウオツカを加えて飲み、さらにもう1杯飲んだ。つまみ代わりに、マーガリンに入念に粉末のロヒプノールを仕込んだチーズサンドイッチが出された。サンドイッチひときれにつき1ミリグラムが適量だ。少し余分に入ったとしても、それほど問題はない。

ヒットマンは、この数年「酒と薬はなにがあってもいっしょに摂らない」というモットーを掲げていたのだが、今日のワインは格別においしい気がしていた。もしかしたら、税務署のお役人と会うために、最高のものを神が用意してくれたのかもしれない。「しかし、最悪、そいつはあの32クローナに20パーセントの税金を取るとか言いだすかもしれないと思わないか」ヒットマンはサンドイッチについては、おかわりをしただけでとくになにも言わなかった。牧師は念のため、化学式で$C_{16}H_{12}FN_3O_3$と表される物質をもう1ミリグラム混ぜた。

10時5分前になると、牧師と受付係は、席を外すと言ってヒットマンにファイルを3冊手渡した。なかにはパンチで穴を開けた漫画本を挟んで、それらしい厚みを加えている。いわゆる間に合わせというやつだが、今回使ったのは、どういう経緯でか聖具室の物入れに入っていた漫画本だった。必要書類の類は、つい最近交代した所有者に関するもの以外いっさい入っていない。そしてヒットマン・アンデシュに、もしなにか助けが必要なときはどちらかを呼ぶように言うと、携帯の電源を切って部屋を出た。

「僕が知るかぎり、あの量の酒と薬なら馬1頭でも倒せるぞ」受付係はこのあとなにかが起こることになる部屋から十分に離れてから、牧師に言った。

「そうね、でも私たちの相手は、でくのぼうですもの。しかもあのでくのぼうときたら、以前はあれが習慣だったのよ。でくのぼうと税務署さんの打ち合わせは、間違いなく悲惨なことになるでしょうね」

税務署の職員が自己紹介し、握手をしたところで、教祖アンデシュはおかしな気分になってきた。職員の握手には、どことなく偉ぶったところがあった。「お会いできて光栄です！」彼は言った。どういう意味だ？　お会いできて光栄です？　それに、あのネクタイはなんだ？　こいつ、自分がいちばん偉いとでも思ってやがるのか？

さらにそのネクタイ野郎が、現金レジやら、制御装置やら、型式やら、シリアルナンバーやら、帳簿管理やら、その他いろいろ、彼には理解できないムカつく質問を浴びせてくる。おまけにこいつ、ぶさいくだ。

「この野郎、なにが悪いってんだ」ヒットマン・アンデシュは言った。体のなかで苛立ちがくすぶりはじめていた。

「なにが悪いか、ですか」オロフ・クラリンデルは、少し落ち着かない気分で言った。「なにも悪くはないですよ。私は公務員として、職務を果たそうとしているだけです。納税者の正しい意識は、民主国家の礎です。そう思いませんか、教祖さん」

教祖アンデシュがそうだと思うことはただひとつ、自分が人間的に変わろうと必死なところに、募金でできた32クローナばかりの資産から税務署が20パーセントの税金を持っていくとはけしからんということだけだ。正確には、それがどのくらいの額かはわからないが、50クローナ札より多くならないのは間違いない。だろ？

オロフ・クラリンデルはなにか不当なことを言われた気持ちになったが、それよりも3冊あるファイルの1冊目と2冊目をひらいてみたい欲求が上回った。しかし、1979年から80年に出版された『ザ・ファントム』17冊は、税務署職員の求めていた教会活動に関する事業報告にかわるものとは到底みなすことはできなかった。どういうことかと税務署職員が問いただしたところ、教祖は完全にかつての殺し屋へと逆戻りした。幸いにも職員は、殺し屋の暴力から生きのびることはできた。生きのびることはできたが、彼が見たかった帳簿でヒットマン・アンデシュに殴りかかられ、完全にノックアウトされた。彼がまだ手にしていなかった、3冊目のファイルである。

あとになって、教祖はそのときのことをまったく覚えていなかった。けれども、過去の経験から罪を認め、有罪となり、刑法第3条第7項に従って、禁錮16ヶ月の判決を受けた。税法第4条に従って、さらに9ヶ月の刑期が加算された。合計25ヶ月となったが、これまでの刑期でいちばん短いとヒットマンは喜んだ。物事はすべて、間違いなくいいほうへと向かっている。

裁判の直後、ヒットマンは牧師と受付係との短い面会を許された。彼は心の底から謝罪の言葉を述べた。自分がいったいどうしてしまったのか、さっぱりわからないんだ。牧師は長いあいだ彼を抱きしめ、あまり自分を責めすぎないようにね、と言った。

「また面会に来るわ」彼女は言った。笑顔で。

「来るのか?」受付係は、未来の受刑者と別れてから言った。

「いいえ」牧師は言った。

＊＊＊

ジェリー・ザ・ナイフを讃える感謝の宴のあと、残ったのは牧師と受付係とヒルトンのスイートルームと、定期的に銀行から引き出した分も含む約700万クローナの詰まった黄色いスーツケースだけだった。教会とキャンピングカーは、ヒットマンの名義になっていたので、公務員オロフ・クランデルの司法当局の同僚により差し押さえられていた。クラリンデル本人は、カロリンスカ大学病院であちこちの骨折の治療のため入院していたが、まったく退屈することなく過ごしていた。うまい具合に、アンデシュ教会から3冊のファイルのうち2冊を持ちだすことに成功していたのだ。クラリンデルはずっと、『ザ・ファントム』のひそかなファンだった。

# 第3部　さらに新たなるトンデモビジネス大作戦

# 第59章

受付係はベッドに横たわり、眠れぬ夜を過ごしていた。羽毛のキルトの下、隣には愛する牧師がいる。自分たちの今、そして自分自身の今について、思いをめぐらせた。悪魔のような祖父のことが頭に浮かんだ。一族の金を浪費して、間接的とはいえ孫息子である自分が売春宿で娯楽担当責任者の仕事に就く要因を作った。

そして、受付係と牧師は、黄色いスーツケースいっぱいの大金を手にした。かつての祖父に引けを取らないくらいの金持ちだ。一流ホテルの豪華スイートルームで暮らし、ときにはフォアグラとシャンパンを楽しむこともある。おいしいからという理由ももちろんあるが、たいていは受付係が、食事や酒は高級品でなくてはならないと主張するためだった。

受付係は、経済的には復讐を果たした。それなのに今、胸になんとも言いがたい思いを抱えている……いや、もしかしたら、欠けたままのなにかを、ずっと抱えつづけているだけなのかもしれない。祖父の財政的な失敗が50年の時を経てついに正されたのだとしたら、なぜ彼は完全に満たされないのか。少なくとも、いくばくかの満足感は得られてもいいはずなのに。

自分と牧師とで、ヒットマン・アンデシュをもとの場所に戻るよう仕向けたから、罪悪感を感じているのか。

いや、なぜその必要がある？

人も獣も、もっぱらそれぞれ自分に見合った分を手にするものだ。ただ、あの教区委員は例外だったかもしれない。初めは多くをむさぼりすぎていたし、のちには状況を考えれば必要以上にひどい死に方をする羽目になった。たしかに不運ではあった。とはいえ全体としては、彼の死はごく瑣末な出来事に過ぎない。

ここで、受付係の弁護のために少し横道にそれたい。故意の殺人が失敗し、第三者が巻き添えで命を落としたことについて、「ごく瑣末な出来事」で片付けるとはあまりじゃないかと思う人もいるかもしれない。しかし、受付係が遺伝的に受け継いだものを考慮に入れたら、申し開きとまではいかなくとも、説明にはなるだろう。

彼は倫理的な指針を、酔っぱらいの父親から、そして馬商をしていた祖父からも受け継いでいる。父は1本のコニャックのために2歳になる息子を捨てた。祖父はといえば、自分の小馬たちに生まれたときからきっちり量ったヒ素を飲ませ、毒に慣らしながら売り出しの日に最高の体形になるよう育て、その後数日、数週間、数ヶ月と時間をかけて状態が落ちていくようにしていた。

土曜の市で動物を売り、日曜には死んだと苦情を受けるような商売では、評判はたちまちがた落ちとなる。しかし受付係の祖父の馬は、ひと晩しっかり4本の脚で立ち、翌日も目を瞬く。そのまま数ヶ月が過ぎ、やがて長く続く胃腸の不調、肺などのガン、肝臓か腎臓の不調、その他慢性病など、裕福で人々に尊敬されている馬商と結びつけるのが難しい理由で死ぬのだ。薬は重さも量もつねに正確に量っていたため、祖父の馬は死の直前になっても毛が緑がかるようなことはなかった。これは、売り出し前にずさんにヒ素を飲ませた馬によくある副作用だ。馬というのは、自然と緑になる生き物ではない（自然そのもの、またはある種類のトラクターとは違う）。それに、役馬が一度も役に立たずに死ぬのは望ましいことではない。考えてもみてほしい。農夫が、土曜の午後いちばんで重労働用の家畜を購入し、それから取引を祝って週末の酒宴を楽しみ、翌朝痛む頭を抱えながらどうにか起きあがったというのに、買ったばかりの新しい馬のほうが起きようとしない。これでこの男には、少なくとももうひとつ、教会へ行かない理由ができるわけだ。すでにかなりの教区を逃げおおせたであろうずさんな馬売りのあとを、干草用フォークを手に追いかける。

その点、受付係の祖父はたしかにやり手だったが、トラクターの市場侵害は尻に干草用フォークの歯が刺さる以上に痛手になると気づかなかったのは、まったく愚かなことだった。

この祖父にしてこの孫ありとはよくいったもので、受付係の例の考え方もこれで理解ができるといえよう。巧妙に毒を盛られた馬と、絶妙な頃合で命を落とした教区委員。純粋な倫理的観点からいえば、たいした違いはない。

受付係は、何度も寝返りを打っては頭のなかでもあっちへこっちへと考えをめぐらせ、とうとう隣に眠る恋人の力を借りることにした。「ダーリン？　起きてる？」

返事はない。

「ダーリン？」

牧師が身じろいだ。大きくはない、ほんのわずかだ。「ううん、起きてない」彼女は言った。「どうしたの？」

ああ、悪いことをしてしまった。こんな真夜中に、自分の物思いに彼女を引きずり込んだりして……バカだ、バカだ、大バカだ。「ごめん、起こしちゃったね。いいからまた寝てくれ。明日の朝話すから」

しかし牧師は枕をぽんぽんと膨らませると、体を預けて半身を起こした。「いったいどうしたのか話して。話してくれないなら、一晩中ギデオン協会の聖書を読んで聞かせるわよ」

受付係には、彼女が冗談で脅しているだけだとわかっていた。実質的に国じゅうすべてのホテルのすべての部屋にばら撒かれているギデオン聖書は、この部屋に泊まった最初の日に牧師が窓から捨ててしまっていたからだ。それでもやはりなにか言ったほうがいい気がする。ただ、なにを言えばいいのか、どう言えばいいのか、わからなかった。

「ええと、ダーリン」必死で言葉を探す。「実際、僕らは全体的にはずいぶんうまくやってきたよね。そう思わないか」

「つまり、こちらがシャンパンを楽しんでいる一方で、じゃま者はみんな死んだか、超死んだか、捕まったかしているという意味かしら?」

いや、言いたいのは必ずしもそれだけではない。少なくとも、そこまであからさまな言い方で表せるものではない。受付係は、歴史的な人生の不当さを一掃したという意味で、自分たちはよい仕事をしたと指摘した。孫息子は祖父の財政破綻からスイートルームやフォアグラやシャンパンという贅沢生活へと逆転した。その金は、受付係と牧師のふたりが、彼女の父と先祖が押しつけた聖書の意味をねじ曲げる力を備えていたからこそ、できたものだ。

「僕が言わんとしていることは、ある意味では目標を達成できたということじゃないかと思うんだ。それってなんだか……腹が立つのさ。ほら、名前は忘れたけど、女の詩人が『痛みを背負う意味はその道のりにある』って言ってるだろ。もしそうだっていうなら……」

「道?」牧師は眠い目をこすりながら言った。長い話になりそうだと思いはじめていた。

「そう、道だ。僕たちの目的が贅沢なスイートルームとギデオン聖書を窓の外に投げすてることだとしたら、どうして僕たちの人生は今、公園の散歩道みたいにお気楽じゃないんだ？　もしかしたら、きみはそう思ってるかもしれないけど」

「そう思うって、なにかしら？」

「公園の散歩道みたいだって思ってる？」

「なにが？」

「人生が」

「今、何時かしら？」

「1時10分」受付係が言った。

# 第60章

人生は公園の散歩道みたいにお気楽か？

たしかなことはひとつ。そうだとしたら、ヨハンナ・シェランデルにとってそれは新たな展開だということだ。ここに至るまでの彼女の人生ときたら、不当なことだらけだったのだから。

すべては彼女の父親がかかわるあれこれのせいだ。それと彼女の父親。それと彼女の父親。それと彼女の父親。つまるところ、彼女は息子であるべきで、その彼が牧師を継ぐべきだった。

最初の一秒から、物事は彼らの望みどおりにはいかなかった。そしてヨハンナ・シェランデルは子供時代を通じて、彼女には男らしさが足らず、そのせいで男になれず、しかもそれはすべて彼女自身のせいだと言われつづけた。

彼女は、それでも牧師になった。今、寝なおすのをやめてあらためて考えると、彼女は、信仰心が欠けているにもかかわらずその選択をしたわけではなく、信仰を持たないという主義のもとでこそ、その選択をしたのだった。聖書とは、さまざまな視点から読むことができるものだ。だから牧師も、自身の視点を選ぶことにした。そうすることで、父と祖父と曽祖父と、さらにその先グスタフ3世の時代にさかのぼった先祖に向ける恨みつらみを、肯定したのである（グスタフ3世と教区委員には死因に共通点があるのだが、違うのは当時王位についていたグスタフは、銃撃を眉間ではなく後頭部に受けたところである）。

「つまりきみも、あの聖なる本を少しは信じているってことか」受付係は言った。

「それは言いすぎよ。ノアが９００歳まで生きただなんて、あり得ないことですもの」

「９５０歳だ」

「そうだったかしら。いやだわ、私、寝起きなものだから」

「きみが罵り言葉を使うのを聞いた覚えもない」

「あら、たまには使うこともあってよ。でも、だいたいは午前1時過ぎかしら」

ふたりは微笑みあった。暗闇で見ることはできなかったが、たしかにそう感じた。

受付係は話を続けた。さっき自分がした質問は馬鹿げていたかもしれない、でもこれまでのところ、牧師はちゃんとした答えを避けている。

牧師はあくびをして、質問を忘れてしまったせいだと打ち明けた。「でも、もう1度遠慮しないで聞いてみて。今日はもう寝るのは諦めたわ」

そうだ、肝心な話だ。物事は彼らにとってあるべき方へと進んでいるのかどうか。人生は公園の散歩道のようなものになっているか。

牧師はしばし黙った。そして、真剣に話をしようと決めた。自分は、受付係とヒルトンでフォアグラを食べることを楽しんでいる。週に1度、説教壇に立って信者たちに嘘をつくよりも、ずっと。でも、もちろん受付係も正しい。1日1日が前の日と変わり映えがしないし、お金を使い果たすまでホテルのスイートで暮らしつづけていいわけもない。むしろ出るのは、早ければ早いほどいい。そうでしょう?

「このままフォアグラとシャンパンに忠実でいたら、スーツケースの中身は約3年と半年でなくなる」受付係は言った。多少の計算違いはあるにしても。

「そして、そのあとは?」牧師は言った。

「僕が言いたいのはそこだ」

受付係はこの国でもっとも有名な詩のひとつにいたずらに心を乱されているだけだと、牧師は思った。その詩はこんな言葉で始まる。「満たされた日は佳き日とならない　もっとも佳き日は飢え乾いた一日」（スウェーデンの女流詩人カリン・ボイェの作品）。

牧師が自分たちの存在について考えさせられたのは、詩そのものが理由ではなかった。詩人がその数年後に自殺を図ったことだ。それでいて人生の意味を問うとは、どう考えても筋が通らない。

牧師は、受付係と出会ってからの楽しかった時間を思い返してみた。マットレスのうえ、キャンピングカーのなか、オルガンの裏、その他どこでも都合のついた場所で「いちゃいちゃ」して過ごした時間を除けば、たしかにそれは、あちこちで金を配ってまわったときだった。ヴェクショーの赤十字ショップでの騒動は最高とはいわないまでも、ヘスレホルムの公営酒販店の外で倒れそうになっていた救世軍兵士の様子には、今思い出しても笑顔になってしまう。それから、セーブ・ザ・チルドレンのすぐ外にキャンピングカーを停めたとき。それから、王妃に宛てたあやしげな包みを受けとるのを拒否したできそこないの兵士に、ヒットマン・アンデシュがすごんだとき。

受付係は思い出話にうなずきながら、だんだん不安になってきた。まさか牧師は、黄色いスーツケースの中身を、自分たちではなく恵まれない人たちのために使おうって言うんじゃないだろうな？

まさかそんな……？

「そんな考えは、地獄へ落ちやがれ」牧師は、ベッドでさらに背筋を伸ばして身を起こした。

「あれ、今、罵った」

「くだらないことばっかり言ってたら呪われるわよ」

最後には、ふたりの人生もしばらくは公園の散歩道のようなものだったということで意見が一致した。片方の手で与えつつ、もう一方の手では人知れずさらに多くを取っていたからだ。与えるよりももらうことこそ幸いだとはいえ、与えることで得られるものもたしかにある。

受付係は話をまとめて、将来を見据えてみた。「もし人生の意味が、他の人たちを幸せにすることだとしたら？　ただし僕たちがやってた教会のプロジェクトみたいに、お金に余裕があって、自分たちのほうが少しだけ余計に幸せになれるんだとしてさ。もちろん今度は、神もイエスもなし。鐘塔の狙撃手もなし」

「ノアもね」牧師は言った。

「なんだって？」

「神もイエスも、鐘塔の狙撃手も、ノアもなしよ。あの人には耐えられないわ」

受付係は新しい等式を考えると約束した。命題は、善行と貧しさ。ただし自分たちが誰より貧しい設定にしてあることは誰にも知られてはならない。それとどんな条件にするにしても、ノアと箱舟が含まれてはいけないこと。

「あなたが細かいところを詰めているあいだ、私は寝ていてもいいかしら？」牧師は、当然「いいよ」という答えを期待して言った。

受付係は、彼女は寝ぼけているときでも意味のある会話ができる相手だと思った。これからもしばらくはそんな存在でいてくれるんだろうな、とも。おかげで、人生の意味という問いの答えが、わずかながら見えた気がしていた。だから、もちろん寝てもかまわない。ただし自分は今、隣にいる人を猛烈に欲している。その事実に、きみが前向きに応じるつもりがなければの話だが。受付係は牧師ににじり寄った。

「もうすぐ1時半なのよ」牧師は言った。そして彼のほうへとにじり寄った。

# 第61章

スウェーデンで3番目に大きい犯罪者集団の第3回会合が第2回と同じ地下室で開催されていた。参加者は15人。前回よりも減っているのは、ふたりのメンバーが違法行為により逮捕されたせいだ。薬でへろへろの状態で装甲車泥棒をしたつもりが、装甲車は実はパン屋のトラックだったことがのちに判明した。

犯人のひとりが腹ぺこだったので被害はサンドイッチ用パン10袋だけだったが、武器の携行がかかわったため相応の刑罰に処されることになった。被害者であるパン屋は、事件のおかげでありとあらゆる新聞に名前が載ることになり、店長は裁判前で勾留中だった犯人ふたりに、かわいらしい鉢植えのゼラニウムを贈った。留置所の職員は麻薬の持ち込みを疑った。お粗末な犯罪のお礼にと新顔の犯人が花を贈られたとか、贈ってほしいと希望したとかいう話など、聞いたこともない。よってゼラニウムの花はふたりに無事届けられる前にむしられて、まったく贈り物としての意味をなさなくなった。

残りの参加者にとって現状は、伯爵と伯爵夫人が勇敢なウーロフソン兄弟との緊迫した戦いの末に現世を去るという好都合な展開となっていた。当の兄弟はどんな手を使ったのか、すすんで詳細を語りたがらなかった。

「企業秘密だ」ウーロフソンは言った。もうひとりもそのとおりとばかりにうなずいた。

さらに、ヒットマン・アンデシュは投獄され、彼のいかがわしい教会事業も廃業となっていた。

残る問題は、ヒットマン・アンデシュのふたりの親友をどうするかだった。当たり前に考えて、やつらは何百万クローナという大金を持っている。ヒットマンがどれほどぴんぴんしてようが、刑務所に守られているからには、ふたりに「金をすべて引きわたす」話を持ちかけたとしても総じて非友好的な会話になる危険はない。とはいえ、その金をどう分けるかについては、間違いなく15人がそれぞれ腹に一物抱えている。

オックスと呼ばれる男は、連中は伯爵夫婦と同じ目に遭わせるべきだと主張した。たとえば、ひとりひとつずつ手榴弾を飲みこませる。それにどうせ乗りかかった船だ、この仕事もウーロフソンがやればいい。

さまざまな議論が交わされたが、結局は14対1で、第三者がどれほど押しこもうが手榴弾を飲みこむのは無理だろうということに決まった。押し込み役の身の安全は検討すらされなかった。それに親友ふたりを吹きとばしたりしたら、ヒットマン・アンデシュが怒って明らかにすべきでないことを明らかにする可能性もある。

というわけで、当面これ以上の殺しはなしだ。ヒットマン・アンデシュとの契約について、誰がどんな依頼を出したかなど、詳しい内容が漏れることがあってはならない。全員のこの共通見解は、あいかわらず強固だった。たとえ伯爵と伯爵夫人が今は地獄で日々過ごしているとしても（自分たちもいつかは同じ道を辿ることになりそうだが）、暴露されては困るネタはまだいくらでも残っている。牧師と仲間の男は借りを返させたあとで逃がしておくほうが、単純に安全対策になる。

13対2で決まりとなった。やつらふたりを連れてくる仕事はウーロフソンとウーロフソンに任せる。兄弟はさんざん文句を言って、なんとか5万クローナで引き受けることで話をつけた。殺しが絡まない以上、それがせいいっぱいの額だった。

＊＊＊

不幸なウーロフソン兄弟はどうやって牧師と仲間の男を見つけるか、途方に暮れていた。とりあえず、教会の周辺を数日、さらに数日うろつきまわった。しかし日が変わって見られた変化は、砂利道の雑草が伸びて玄関ポーチにはびこり出したことだけだった。それ以外はなにもない。

1週間になろうかというころ、兄弟のひとりがドアノブを回して、鍵がかかっていないか確認してみたらいいと気がついた。鍵は開いていた。

なかの荒れ様は、あいかわらず戦場のようだった。司法当局は、差押物件の掃除は優先業務にはしていないらしい。

しかし牧師と仲間の男の居場所について、手がかりはなにも得られなかった。

聖具室では、数千リットルはあろうかという箱ワインを思いがけず見つけた。ちょっと味見をしてみる。悪くない。だからといってなにかためになったわけでもなかったが、もやもやした気持ちがほんの少し軽くなった。

物入れでは、漫画本のセットも見つかった。日付から30年以上そこにあったと思われる。

「教会に漫画?」ウーロフソンが言った。

片割れは答えなかった。座りこみ、『国際探偵X9号』を読みはじめている。

ウーロフソンは、机の横のゴミ箱へ向かった。ひっくり返し、くしゃくしゃに丸められた紙くずを探ってみる。すべて同じものだとわかった。スルッセンにあるヒルトンホテルのスイートルームの現金領収証だ。ひと晩泊まり、そしてもうひと晩、さらにもうひと晩……。あの豚ども、あんな高級ホテルに泊まってやがるのか?　しかもその代金は、ウーロフソンやほかの連中から巻きあげた金から払っているのだ。一度につき一泊。つねに逃げる準備は万端ということか。

「行くぞ!」ウーロフソンが言った。たった今、間違いなく人生を通してもっとも冴えた結論に到達した。

「ちょっと待ってくれ」ウーロフソンが言った。「『淑女スパイ　モデスティ・ブレイズ』が、今ちょうどいいところなんだよ」

## 第62章

牧師と、とりわけ受付係は、あいかわらず人生の意味を探しつづけていた。6日後、その答えはヒルトンホテルのリッダーホルム・スイートでは見つからないということでこれまで以上にふたりの意見が一致した。

住む場所を見つける段になるまで、住居費の高さはまったく頭になかった。ストックホルムで3ルームマンションを買うには、スーツケースの金がそっくり必要になる。破産しない人生を楽しむための引っ越しなのに、はなから破産状態では本末転倒だ。ちょうどいい賃貸物件は、入居希望の待機リストに登録したところで、950歳まで生きるつもりでもないかぎりほとんど意味をなさない。これまでのところ彼らの知るかぎり、そこまで生きのびた人物はひとりだけだ。

受付係も牧師も、住宅市場の仕組みには疎い人生を送ってきた。受付係は大人になってからというもの、ホテルのロビーの裏とキャンピングカーにしか住んだことがない。牧師のこの方面の知識は、父の教区より少し広い範囲と、ウプサラの学生用住宅地区と、ふたたび父の教区に限られる。新卒牧師時代は、子供のころ使っていた部屋と20キロ離れた職場のあいだを往復するしかなかった。それが父が彼女に許した最大限の自由だった。

　今になって現実を知ったふたりは、そろって決断した。黄色いスーツケースの中身は、思い入れがありすぎてただの生活費には使えない。

　目に付いた物件でもっとも経済的持続性がありそうなのが、バルト海に浮かぶ島の漁業用の小屋だった。このゴットランド島の掘り出し物はネットで見つけて、なによりもその値段に惹かれた（ただより少し高いくらい）。あわせて、まだ自滅していないストックホルムの犯罪者集団からの距離も好都合だった（100海里を少し超えるくらい）。

　安いのには理由があった。永住目的で住めないこと。壁や屋根への断熱材取り付けは禁止されていること。トイレを設置できないこと。

「ストーブをどんどん焚《た》けば、断熱材がなくてもやっていけるとは思うの」牧師が言った。「でも、氷点下の屋外で雪の吹き溜まりにしゃがんで用を足すことは、あまり想像したくないわ」

「これは買いだと思う。まずはストーブに火を焚くところから始めて、焚きつけに当局の規則集を使えばいい。そのあとで知らなかったことにして、壁に断熱材を取りつけて、トイレを作ったらいいのさ」

「でも、捕まったら？」牧師は長年父親の支配下に置かれていたせいで、いまだに権威を怖れるところがある。

「捕まる？　誰に？　ゴットランド地区特別トイレ調査官にか？　家から家を、人が決められた場所でウンチをしているか見て回る誰かに？」

　前述の規則に加えて、小屋の外を歩きまわることもほぼ禁止だった。少なくとも、小屋の売り手が電話でまくしたてているのはそういう意味に聞こえた。いわく、海岸を守るため、水を守るため、動物を守るため、生態系を守るため、そのほか数え切れないほど守らなければいけないものがあって、さすがの牧師もそろそろ我慢の限界だった。しかしようやく、売り手が要点を切りだした。自分が所有する文化財を譲り渡す相手は、誰でもいいというわけにはいかない。だが今は、神の従者がその役目を引き受けてくれると、確信している。

「そうお聞きして嬉しいです」牧師は言った。「今すぐ書類を送ってくださったら、ぜひともお引き受けしたいと思います」

売り手は実際に会いたいと言いだした。海草スープを食べながら、契約書に署名するのはどうです？　しかし、横で聞いていた受付係がいい加減にしろとばかりに受話器を奪って、教区牧師シェランデルの助手だと自己紹介した。今、牧師は会議のためストックホルムのヒルトンホテルにいるが、皮膚病の療養所を支援する人道プログラムに参加するため2日後にはシエラレオネに出国する。書類は署名したうえでホテルに送ってもらうのがいちばんいい。こちらも署名をし、折り返し返送する。

「なるほど」海草スープをごちそうするつもりだった男は、ただちに言われたとおりにすると約束した。

電話が終わると、牧師は愛する受付係に、療養所は現代では存在していないこと、病気の治療も元教区牧師が手をかざして行うのではなく、抗生物質で行われていることを教えた。

「でも、全体としては、いい仕事だったわ。シエラレオネって、どこから思いついたの？」

「さあ」受付係は言った。「でも病気はともかく、なにかしらありそうな国名だろ」

＊＊＊

荷造りをしてみると、スーツケースはひとつで済んだ。ヒルトンの宿泊費で金が減った分、残った数百万の隙間にわずかばかりの持ち物がぴったり収まった。

ふたりと黄色いスーツケースは、最後のチェックアウトを済ませた。赤いスーツケースは、空っぽのまま部屋に置いてきた。まずは歩いて中央駅まで、それからバスでニューネスハムンの港まで、最後はフェリーで彼らを待つゴットランド島を目指す。

しかしふたりは、そのいずれにも辿りつくことはなかった。

# 第63章

ウーロフソンとウーロフソンが少し前に伯爵と伯爵夫人にばったり出くわした件は、不運とはいわない。今回もまた、見舞われたのは不運ではなかった。ヒルトンホテルの前で張り込みを始めてから、時間にして10分も経たないうちのことだった。

「おい、こんちくしょう、やったぜ！」ウーロフソンが、まだ漫画を手放さない片割れに言った。

「やつらだ！」

「どこだ？」ウーロフソンがきょろきょろしながら言った。

「そこだ！　あの黄色いスーツケースを持ったやつらだ！　チェックアウトしたんだな。どこかへ向かってる」

「ああ、俺たちの地下室へさ」ウーロフソンの片割れは唾を吐き、漫画を後部座席に放りなげた。「追いかけろ、隙を見てとっ捕まえる」

その隙は、わずか50メートルほど進んだセーデルマルム広場で見えた。ウーロフソンが助手席から走りでて、拳銃で脅して牧師と受付係を後部座席に押しこんだ。先日、アンデシュ教会の外で酔っ払った挙句失くした拳銃の2倍の大きさだ（大きいほど過ちは繰りかえしにくくなると考えた）。印象的なスミス&ウェッソンを突きつけられ、牧師も受付係も躊躇なく、見知らぬ男からたった今受けた助言に従った。

通りにスーツケースが残された。ウーロフソンはそのまま置いていくことも考えたが、結局誘拐したふたり組の膝のうえに放り投げた。こいつらが愚かにも金をどこへやったか口を割らないようなことがあったら、このなかになにかしら手がかりが隠されているかもしれないからな。

＊＊＊

牧師、受付係、そして黄色いスーツケースは、ストックホルム首都地区裏社会の集会場に並んで立っていた。街のとあるパブの地下室なのだが、税金を払う気は最低限しか持ちあわせていない店のひとつだ。牧師は、この状況ならまずスーツケースに注目が集まりそうなものなのに、彼らにまったくその様子が見られないことに驚いていた。

「ようこそ」悪党15人の非公式のリーダーが言った。「ここから出してやることは約束する。遺体袋か、なにか別の方法のどちらかでな」そして、牧師とそっちの男は自分たちに最低でも１３００万クローナの借りがあると告げた。

「そうかしら。それは多分勘定のしかたによると思いますわ」牧師は勇敢にも言いかえした。「１３

○○万は、始めるには少し高くなくて？」
「始めるにはだと？」リーダーが言った。

「ペール・ペルソンだ」受付係が言った。「そっちの男」呼ばわりが気に入らなかったのだ。

「てめえの名前なんかどうでもいいんだよ」リーダーは吐き捨て、ふたたび牧師に向かって言った。

「どういう意味だ、『始めるには』とか『勘定のしかた』とか」

牧師は、この話がどこでどう始まったのか、どう数えるべきかよくわかっていなかったのだが、球はすでに転がっていた。それなら、しっかり目を離さずにいるのが肝要だ。この手の状況では、口が先で頭はあとが彼女のやり方だ。「そうですわね、大まかに見積もって、まずは1000万くらいで十分ではないかしら」と言ったものの、すぐにバカなことを言ったと思った。自由を買い戻すため実際に必要な額より、はるかに高く設定してしまった。

リーダーはこれに、自分がいちばん知りたいことを尋ねて対抗した。「仮に、もし俺たちが牧師さんのざっくりした見積もりで片をつけようと決めたとしたら、その1000万クローナはいったいどこにあるんだ？」

受付係はどこをどうとっても、この状況で即興の受け答えをするのは得意なほうではなかった。自分たちを有利にもっていける策を必死で探すが、牧師に先を越されてしまった。

「まず初めに、金額を話しあっておきませんこと？」彼女は言った。

「金額だと？　てめえがたった今、くそ1000万だって言ったじゃねえか」

「あらあら、汚い言葉は使わないことよ」牧師が言った。「上にいる人に聞こえてしまいますわ」

絶好調だな、と受付係は思った。

「私が言ったのは、大まかに見積もって、１０００万ならより妥当な金額だということですわ。ただ、あまり軽率なことは言えませんが、その１０００万のうち少なくとも３００万は、伯爵と伯爵夫人からあなたたちの何人かを消してほしいという依頼で受けとった分なのです。それと、あなたたちの何人かから逆の依頼を受けた分。あとは、取るに足らないつまらない争いの分です」

悪党たちが思わず漏らした不安そうな声が、地下室に広がった。まさか、誰がどんな注文を出したかまでばらすつもりじゃないよな？

「続けてよろしくて？」と彼女は続けた。「私の意見を言わせていただくなら、ヒットマン・アンデシュがあなたたちの誰も殺さなかったからといって、彼からお金を取り返そうだなんて、いささか倫理に悖《もと》ると思いますわ」

受付係は、牧師のこの評価に今ひとつついていけずにいた。地下室内の連中もみな似た状況らしい。「倫理に悖る」という言葉で、ほとんどの人間が煙にまかれてしまった。

「それどころか、伯爵と伯爵夫人の件の最後の成り行きを考えたら、追加料金をいただいてもいいくらいですわ。もし彼らが、自分たちを殺すために雇われた男に銃を向けなかったら、あのふたりが死ぬことはなかったでしょう。そうではなくて？」

さらに声が漏れる。

「なにが言いたい？」

「私たちは赤いスーツケースを持っているということ」牧師が、横の黄色いスーツケースに手を置いて言った。

「赤いスーツケースだと？」

「きっちり600万クローナ入っています。私たちの全財産よ。あなたたちでも何人かは、教会で堅信式をしているでしょう？　ひとりかふたりくらいは、現世のあとに別の世界があると、いまだに信じている人もいるはずですわ。新しい世界では、伯爵と伯爵夫人に二度と出くわさなくてもいいのです。牧師をしている人間を殺さずに済む代償に、600万クローナはかなり妥当な額だと思いませんこと？」

「それと、ペール・ペルソンのことも」受付係はあわてて言った。

「それと、ペール・ペルソンのことも。もちろん」牧師も念を押した。

悪党のリーダーは、ペール・ペルソンの名前に興味はないと繰りかえした。同時に、残りの悪党たちのあいだでは新たに声が上がっていた。声の調子から、どうやら意見は割れているようだと牧師は踏んだ。もうひと押しする。「スーツケースは、安全な場所に隠してあります。どこかを知っているのは私だけ。あなたたちに喜んで教えることがあるとしたら、拷問されたときくらいでしょうね。おわかりですか？　牧師を拷問するのですよ！　それは本当に神の心を和らげるのに最良の方法といえるでしょうか？　それに、私が知るかぎり、ヒットマン・アンデシュは刑務所にいても話をする力を失ったわけではありません」

数人がぶるぶる体を震わせた。

「そこで、提案させていただきます。ここにいる、あなたたちが名前はどうでもいいという男性と私は、あなたたちに近い将来600万クローナをお渡しします。かわりにあなたたちは、泥棒の誇りにかけて、私たちがこの先も元気に生きていくのを認めると誓うのです」

「または、300万で」受付係が言った。また貧乏生活に逆戻りするのかと、がっくりする気持ちのほうが大きかった。「それで、いつか時が来たら、僕たちみんなで天国で再集結してもいいかもしれないな」

けれども、ペール・ペルソンと悪党たちの関係は完全にこじれてしまっていた。

「どうでもいいのはてめえの名前だけじゃねえぞ。俺がへそから口まですぱっと切って開きにしてやるから、どっかで勝手にくたばってくれてかまわないんだぜ」リーダーのこの言葉に、新たな舌戦をお望みかとばかりに牧師が割って入った。

「または、600万で。さっき言ったとおりですわ」今の流れで、自分たちが逃げおおせるには最低限このくらいの犠牲は避けられないと牧師は分析した。

さらに声が漏れる。結局悪党たちは、いまいましい牧師と名前があると主張する男を殺さずに済む代償としては妥当だと、600万クローナという金額に同意した。ふたりを殺すほうがずっと簡単なのは間違いないが、殺人は殺人だし、警察は警察だ。加えて、厄介なヒットマン・アンデシュと彼が叩くでかい口のこともある。

リーダーが言った。「よし、じゃあその600万が入った赤いスーツケースのところへ案内しろ。この地下室で念のため中身を2度数えて、おまえが言ったとおりの額だと確認できたら、行っていい。それからあとは、俺たちにとっておまえらは亡きものとする」

「でも僕たちにとっては、在るものなんだよな?」受付係はそこははっきりしておきたかった。

「おまえらがこのあとヴェステル橋から飛び降りようがなにをしようが、勝手にしろ。だが、おまえらはもう俺たちのリストには載らない。ただし、赤いスーツケースをこっちに渡して、中身が言ったとおりの金額だった場合だ」

牧師はわずかに目を伏せて言った。「神はいつも、雪のように白いなら嘘にもご理解を示される」

「どういう意味だ」

「赤いスーツケースというのは……実は黄色なのです」

「おまえが今、よりかかっているそれか?」

「迅速なお届けということです。いいでしょう?」牧師が微笑んだ。「歯ブラシと下着くらいは取ってから行ってもよろしいかしら。それと、ほかにもお金といっしょにしまっているものがいくつかあるものですから」

そして彼女は、悪党のリーダーと悪党の手下たちの気が変わらないうちに、この驚くべき中身を見せ付けてやろうとスーツケースを大きくひらいた。

# 第64章

強欲の権化の集団が金でいっぱいのスーツケースに鼻だの手だのをつっこんでくるなか、牧師は下着と歯ブラシ1本とワンピースとズボンを1着ずつ、ほかにもなにやら引っつかむと、逃げるなら今この瞬間が最適よと受付係にささやいた。

ふたりが消えたことには、リーダーですら気づかなかった。彼もまた、誰にもまして強欲だったからだ。しかし彼は、金をくすねるのはやめろと大声で怒鳴った。金はちゃんと計算して全員で分配しなければならない。

リーダーの怒声で、全員ではないがほとんどが札束をスーツケースへ戻した。悪党2号は悪党4号が一束ごっそり前ポケットにつっこんだのをその目ではっきり見て、それを証明しようと手を伸ばした。

しかし悪党4号は、自分の大事な機能を果たす場所の近くを、ましてや人前で探らせたりするような男ではなかった。上下関係における自分の地位を保つためにも、2号を拳で殴った。2号は床に倒れ、コンクリートに頭を打って幸せなことにそのまま気を失った。さもなくばその時点で事態はまったく収拾がつかなくなるところだったが、おかげでその後4分で収まった。

リーダーは、ひとまず自分の教室の秩序を取り戻した。やるべき仕事は、15人で600万クローナを山分けすること。または、ひょっとしたら14人。床でのびている男が起きるつもりかそうでないのかによる。

しかし、どうやって6を15で割ればいいものか。この程度の計算すら彼らの手には負えないのである。そこへきて、さらにウーロフソン兄弟はすでに金をもらっているのだから少なめにするべきだとか、同じ名字なのだからふたりでひとり分にすればいいといった声が上がり、より怒っているほうのウーロフソンがいつもにも増して怒りだした。怒りのあまり、オックスの名で通っている悪党7号に、ヒットマン・アンデシュが約束どおりにてめえの喉を掻っ切ってなくて残念だ、と言ってしまった。

「はあ？　てめえ、この野郎」オックスが言った。「俺をやるって話だったのか！」ナイフを取りだし、ウーロフソンがヒットマン・アンデシュに金を払って自分にしようとしたことを、自分が相手にやってやろうとした。

今度はこれが、ウーロフソンの片割れをなかばパニックのまま、けん制行動に駆りたてることとなった。彼の頭には、今すぐ自分の強力なスミス&ウェッソン500を、金の入ったスーツケースに向けて至近距離でぶっぱなすことしか浮かばなかった。しかしもちろん、彼が手にしているのは世界でもっとも大きな拳銃のひとつであり、必要とあらば本物の雄牛《オックス》でも倒せるほどの代物だ。火薬が札束に引火したところで不思議はなかった。

これは意図したとおりの効果を発揮し、初めの数秒間はオックスも床の男を除くほかの連中も、銃声のせいで耳が聞こえなくなった。しかしすぐに気を取りなおし、大慌てで寄ってたかって火のついた500クローナ札を踏みつけることになった。おかげでどうにか火もおさまろうかというときになって、悪党8号がはたと思いついた。ちょっともったいないが、自家製の度数90パーセントの酒をかけて、残った火を消せばいい。

ウーロフソンとウーロフソンは命惜しさに、火が本格的に燃えあがる数秒前に地下室を脱出していた。残りの悪党たちも、すぐに同じようにする必要が生じた。90パーセントの自家醸造酒に火を鎮める性質は、そのときもそれまでもあったためしがない。あいかわらず床でのびたままだった男は、後頭部を打ったときにはまだだったとしても、そのときに命を落とした。

つぎの日の夜、4人の男がウーロフソンとウーロフソンの家を訪ねた。ドアベルも鳴らさず、ノックすらしなかった。ただ斧でドアを木っ端微塵にして、なかに踏みこんだだけだった。しかし、どれほど血眼で探しても、ウーロフソンも片割れも見つけることはできなかった。ただ、有名な銀行強盗と同じクラークという名の怯えたハムスターがいるだけだった。ウーロフソンはウーロフソンに言われて、二度と戻らないつもりのアパートに泣く泣くクラークを置いていったのだった。パブの地下室の大災害のあと、ふたりはマルメ行きの電車に乗った。その時点で世界でもっとも怒り狂っているギャング集団から、600キロほど離れた場所だ。

マルメはいい街である。実のところスウェーデンでも指折りの、犯罪者が跋扈《ばっこ》する街といっていい。1週間にひとつふたつ犯罪が増えようが、統計的に誰も気づかない。ウーロフソンはそれを深遠に解釈し、片割れとともにガソリンスタンドで有り金全部とチョコレートバー4本を盗み、店長の車を力ずくで失敬した。

# 第65章

受付係にはひとつだけ解せないことがあった。スーツケースにきっかり600万クローナしか入っていなかったのはどういうわけだ？　少なくともあと60万クローナはあったはずじゃないのか？

そのとおり、牧師は荷造りのときに、安全を図って現金をいくらか身に着けておいた。歯ブラシ、下着、その他細々したものを入れてちょうどいっぱいになったこともあるが、バス代のちっぽけな支払いのたびにスーツケースを開けるのは、面倒だなと思ったのだ。

「それと、ゴットランドの漁師小屋のちっぽけな支払いとか？」受付係は言った。

「そのとおりよ」

まったく、人生はもっとひどいことになっていた可能性も大いにあった。正確にいえば、小屋の支払いを済ますと手持ちの金は64万6000クローナになった。そして、家具を取り付け、計画どおり初めに燃やしてしまった規則集の数え切れないほどの規則に違反したときには、60万をちょっと下回るくらいになった。海岸に生息していた絶滅危惧種のハナダカバチがうるさかったので漂白剤で巣を駆除するときも、安全のため電話で確認はとらなかった。

50万クローナほどの金なら、世間の人をうまく利用すれば増やせるはずだと、牧師は考えた。受付係は同意した。漂白剤の瓶の蓋を締めなおし、大事な点を念押しする。ひとりに多くを与えすぎて、ほかの人間の反感を買わないように、うまくやらないといけないな。

# 第66章

ゴットランド島の中世の都市ヴィスビーでは、近づきつつあるクリスマスシーズンに街じゅうの店が備えていた。金利がゼロに下がり、人々が持っていない金を使うほどに購買意欲を駆りたてられた結果、クリスマスセールの売り上げはまたも記録を更新した。おかげで、総じて人々は職を維持することができ、つまり新たなローンを返済することができた。経済が独自になせる高度な技である。

数ヶ月ものあいだ、受付係は、いかにして「与えるよりも、もらうことこそ幸いである」という原理を（その逆のように見せかけて）実践的な方法論に落とし込むか考えていた。今のところは、等式の片側の「与えること」がいくつか形になったところまでしかいっていない。結局、コインを1、2

枚寄付するのは簡単なのだ。それに楽しい。そして、少なくとも同程度の見返りがないかぎり、とんでもなく馬鹿げていることでもある。

かつては、一方の手には恵み深い元殺し屋を、もう一方の手には募金用のバケツを大量に持つという形でうまくやっていた。けれども今では、殺し屋もいなければ、バケツも信者も持っていない。バケツならもう一度手に入れられるかもしれないが、それだけではなんにもならない。

あるとき、ヴィスビーの観光スポットのヘストガーツバッケンを歩いていると、牧師と受付係は赤い服を着て白い偽のひげを生やした老人と行きあった。町内会に雇われたらしい。坂をのぼったりおりたりしながら、会う人会う人に「メリークリスマス」と話しかけ、子供たちにはジンジャーブレッドをあげていた。大人も子供もみんな、赤い服のおじいさんに会って喜んでいた。ひょっとしたら赤い服のおじいさんは、彼らを郊外のアウトレットモールでさらなる買い物に走らせたかもしれないが、それはさすがに疑わしく思えた。

牧師は、もし自分がヒットマン・アンデシュにイエスではなくサンタクロースの存在を信じさせることができていたら、まったく違った結果になったかもしれないのに、とこぼした。

受付係は笑いながら、説教壇に立つヒットマン・アンデシュが偉大なるサンタクロースに呼びかけながら、ワインとチーズのかわりにホットワインとジンジャーブレッドを信者たちにふるまっている姿を想像した。

「ホットワインは、度数の強いワインで作るのよ」牧師が考えこんだ。「細部は大事よ」

受付係はさらに笑いが止まらなくなったが、ふと真剣な顔になった。天にましますす神とサンタクロース（どこに住んでいようが）の違いは、じつのところ、それほど大きくはない。

「それは第一に、両方とも存在していないということ？　それとも、あごひげのこと？」牧師が尋ねた。

「どっちでもない。神もサンタクロースも、善なる存在と評価されている、そうだろ？　ここにアイデアの芽がある気がするんだ」

牧師の目の前で神を「善」と評するのは、けして免れられない罪を犯すに等しい。彼女は、聖書に書かれた話から神を病的だと判断できる理由なら100個くらい挙げられると言った。その点、サンタがどうかは知らないが、煙突の出入りを主な仕事としているところは、とても健全とは思えない。

受付係は愉快な気分で、自分たちはどちらも神やサンタから文句なしに愛される子供じゃないなと応じた。ざっと計算しただけでも、十戒のうちの9つを破るのなんて日常茶飯事だ。姦淫だけは、かろうじてまだ破らずに済んでいるが。

「話のついでだけれど」牧師が言った。「私たち、こうしていっしょにぶらぶらしているなら、結婚するべきじゃないかしら。民事婚にするから、あなたは指輪を買うのよ」

受付係は間髪入れずにもちろんだと答え、金の指輪を買うことを約束したが、少しだけ十戒の話に戻って訂正をしたいと言った。正確には、殺しについても自発的にやったことは一度もない。

それは真実だ。つまり自分たちの十戒スコアは9対1ではなく8対2になる。いずれにしろ、芳しい成績とはいえない。

受付係はその件には答えなかった。点数はさておき、十戒だ。あらためて、あれはどういう内容だったか。少なくとも、未来の妻を切望することは許されているだろうか。それと、自分の500クローナの札束も？

牧師は、解釈の問題だと言った。しかし、自分は聖書のことは金輪際忘れてしまいたい。天国の門など存在しないし、もししているとしても、わざわざ並んでまでくぐるようなものではない。神に彼の国に通じる敷居について説教されることには、我慢がならない。それよりもサンタクロースが、「恵み深くて同時に金儲けにもつながる」という受付係のテーマに通じる重要な糸口になったのかどうかが知りたかった。

受付係は正直に答えた。まだ重要な糸口といえるものはなにもない。ただし牧師が自分とは違って、もらう行為をすっとばして与えることだけで満足できるのなら別だが。「そんなことあるわけないって、わかってるけどね」

「正解よ」牧師は言った。「それならどうするのかしら？　このあと、お金がなくなったら？」

「結婚する？」

「それはもう決めたことよ。それに、結婚したからといってお金ができるわけではないわ。そうでしょう？」

「そうでもない。児童手当という手がある。子供が6人か7人いれば、おそらく十分だ」

「バカね」牧師が笑いながら言った。

そのとき、彼女は宝石店を見つけた。「さあ、あのお店に入って婚約してしまいましょう」

# 第67章

季節は冬から春に変わり、春から初夏へと変わっていた。ようやく彼らの罪業も、少なくともひとつの点において消滅することとなった。牧師と受付係が法的な夫婦となる時が来たのだ。

民事婚式の司式者は、ゴットランド県の知事に依頼することにした。知事は海辺の漁師小屋で結婚式を挙げることにも同意してくれた。

「ここに住んでいるのですか？」知事がよもやの質問をしてきた。

「まさか！」牧師は言った。

「では、どちらにお住まいで？」

「どこかです」受付係は言った。「少し急ぎましょうか」

若い夫婦は、もともと45秒で終わるコースの式を希望していたが、知事からは3分の代替案が出ていた。知事はこの式のためにけっこうな距離を移動してくるわけで、ただ「あなたはこの者を……」とひとり1回ずつ聞くだけで、すぐに職場に戻るのはもったいないと考えたのである。そのうえ（本人としては）気の利いた誓いの言葉も用意していた。「われわれは、ゴットランドのこの壊れやすい自然環境を守るのと同じように、たがいを気遣うことを誓います」

電話でさんざんやりあったあとに、知事の出席は時間の長短にかかわらずに無料だと知った受付係は、どうしてもというなら、彼女が愛と生物多様性を混同しても許すことにした。彼は知事に礼を言うと、電話を切り、漂白剤の容器を抜かりなくすべて隠した。結婚式の立会人の機嫌を不必要に損ねてはいけないと考えたのだ。念のため、木の形をした小さな芳香剤を10個買ってきて、海草のあいだに埋めこんだ。これで、すでに死んでいた知事の大事な自然は、生きてもいなければ自然でもない匂いになった。

＊＊＊

結婚許可証と婚姻証明書を取得した新郎新婦は、県知事からの祝福を受けた。

「ところで、証人はどちらに？」

「証人？」受付係が言った。

「ああ、くそ！」牧師が言った。教区牧師時代にいやというほど人の結婚式を挙げてきたというのに、完全に忘れていた。「少々お待ちください」彼女はそう言うと、少し離れた海岸を歩く高齢の夫婦に向かって走っていった。

知事が、自分がこれから執りおこなおうとしている民事婚の新婦は罵り言葉を使う牧師だという事実に注目をしているあいだに、当の牧師は声をかけた夫婦となにやら言い合いになっていた。夫婦は日本から来ていて、スウェーデン語も英語もドイツ語もフランス語も、ほかの記号論的な形式がかかわる言語の多くを理解しないことがわかったのだ。ただ夫婦は、牧師が自分たちにいっしょに来てほしがっていることは察して、従順な日本人の例にもれず、彼女の言うとおりにした。

「あなたがたは、この結婚式を挙げるふたりの証人ですか？」県知事が日本人夫婦に尋ねた。ふたりは、理解できない言葉で話す女性の顔をきょとんと見返した。

「『ハイ』って言って」受付係が彼らに言った。それが彼の知る唯一の日本語だったのだ。

「はい」証人のひとりが言った。言われたことにわざわざ逆らう理由はない。

「はい」妻のほうも、同じ理由でそう言った。

「私たち、長い知り合いなんです」牧師が言った。

この結婚を有効とする県知事の役割には、少しばかり特殊な実務力と一定量の想像力が必要とされた。しかし彼女は、問題を生み出すよりは解決するほうを好むタイプの人物だったので、しばらくののち牧師と受付係は、正式な夫婦である証明書を無事手にすることができたのだった。

＊＊＊

夏が過ぎ、秋が深まりつつあった。牧師は妊娠4ヶ月に入っていた。

「最初の児童手当が支払われるぞ！」受付係は、知らせを聞いて叫んだ。「あと4人か5人で仕事になる！　ペース配分さえきっちりやれば、服はひと組で済む。最初の子が2番目の子にお下がりをやって、その子から3番目の子にやって、その子から4番目の——」

「まずは最初の子をきちんとゴールさせてからでどうかしら」牧師が言った。「2番目の問題はそのあと。残りもそのときになってからよ」

牧師はそこで話題を変えた。このところの彼らは、20平方メートルほどの広さの漁師小屋プラス法的には権利のない屋根裏部屋で、平和な暮らしを送っている。生活費は必要最少限だ。インスタントの麺類と水道水はかつて楽しんでいたフォアグラとシャンパンほど贅沢ではないが、今ではオーシャンビューの家で愛するパートナーと暮らしている。それに、漂白剤のおかげで、ハナダカバチだけではなく、アリ、コハナバチ、エメラルドゴキブリバチ、アリバチ、キセイバエ、その他生物多様性を実現するほとんどの生き物に、もう長いこと悩まされずに済んでいる。

スーツケースの数百万クローナも、スーツケースすらも、なくなった。つまり、本音を言うと、受付係の「与えるけど少しだけ多くもらう」計画はどうなっているのか？

牧師には疑問だった。今の経済状態では、初めは「もらってそしてもらうだけ」のほうがいいのではないか。

受付係は、進展が遅れていることを認めた。何度もサンタクロースに戻ってはみるものの、あのじいさんときたらなにも返してはくれない。

牧師は、膨らんでいく腹を抱えて、ゴットランドにまた冬が近づきつつあると思うと、それ以外はたいしてなにもない自分の人生に、少しうんざりする気持ちになった。ここらで、ちょっと本土に戻ってみるのはどうだろう？

「戻ってなにをするんだよ」受付係は言った。「僕たちのことが好きじゃない悪党にばったり出くわすかもしれないんだぞ。しかもひとりじゃないときてる」

牧師にも、はっきりとした答えがあるわけではなかった。けれども、当たり前に考えて悪党どもが絶対にいない場所もいっぱいあるのだから、そこで楽しんでみるのも一案だ。たとえば国立図書館、海洋博物館……自分で言っておきながら、ずいぶんと楽しそうだこと、と思った。「または、なにか善い行いをしてみるのはどうかしら。お金をかけずに」牧師は続けた。「やってみて楽しくないとしたら、それは間違った道だということよ。いつまでも終わらないあなたの未来のパズルでは、きっと大事なピースになるわ」

「僕たちの、ということでお願いできるかな」受付係が言う。「善い行いって、おばあさんが道を渡るのを手伝うとか？」

「そうね、いいと思うわ。または、キノコ狩りが好きな殺し屋を訪ねるとか。私たち、あまりにも簡単にあの人を刑務所に送りかえしてしまったでしょう。記憶違いでなければ、急いで帰る間際に、また会いに来るって約束した気がするし」

「でも、あれはただの口から出まかせだろ」と、受付係。

「あのときはそうだったわ。でも、隣人に対して偽証してはならないという話を、なにかで読んだものだから」牧師が微笑んだ。

ヒットマン・アンデシュを訪ねたら、けして勝つことのない十戒ゲームで彼らのスコアは7対3になる。でも、負け試合で追い上げるのは、いつだって楽しいものだ。

牧師は、やっとのことで厄介払いをした男に会いに行こうと思ったのは、ホルモンの乱れのせいだと説明した。疑わしげな目を向ける受付係に、彼女は、妊娠中の女性についての本で、ツナのオイル漬けだけで生きている人や、1日にオレンジ20個を食べている人や、チョークを噛んでいる人の話を読んだと言った。多分、これも同じようなものだ。そうだとしても、と受付係は思った。今現在、彼らの生活は、洗浄された海草の生物的活動なみに安定している。ハナダカバチに煩わされることもいっさいない。短時間フェリーに乗って、さらに短時間刑務所を訪問することは、もしかすると各方面に影響を及ぼすかもしれない。しかしそれほどの代償を払っても、状況を考えれば、ほとんどなんの意味も残せないかもしれない。

受付係は、今では妊娠のなんたるかを以前よりずっとよく知っていた。愛する牧師は、どうやら殺し屋とハナダカバチのことで思い患っている。もうすぐ父親になる身としては、覚悟を決めねばならない。オレンジ1箱を手に入れに出かけるだけでは済まないようだ。「来週早々には行ってみよう」彼は言った。「きみは刑務所の面会時間を調べてくれ。僕はフェリーのチケットを買っておく」

牧師がうなずいた。夫がかろうじて嬉しそうな表情を保っているのを見て、満足している。受付係は思った。ヒットマン・アンデシュとの再会は、間違っても人生の意味にはならないだろう。それでも、自分の妻がホルモンが乱れていると言うなら、そういうことなのだ。それに、国立図書館にも海洋博物館にも、それほど心惹かれない。

「病めるときも健やかなるときも、か」彼はつぶやいた。「多分、これは『病めるとき』の欄に記入することになるんだろうな」

# 第68章

「友よ！　神の平安あれ！　ハレルヤ、ホサナ！」刑務所の面会室で、ヒットマン・アンデシュは開口いちばんに言った。

一見、すぐに彼とはわからなかった。はつらつとして活力に満ちあふれているうえに、伸びすぎたひげが顔全体を覆っていた。この容貌についてヒットマンは、顔の毛を剃ってはいけないという旧約聖書の教えを牧師に授けられたからだと説明した。正確な言葉は覚えていないし、自分の聖書で探しても当てはまる聖句を見つけることはできなかったが、大事な友達の言うことだから信じていたのだ。

「レビ記19章」牧師が反射的に続けた。「『あなたがたは、なにも血の滴るまま食べてはならない。占いや、魔法を行ってはいけない。こめかみの毛を刈ったり、あごひげの端を損ねたりしてはいけない。死者のために身を傷つけてはいけない。入墨でいかなる印もつけてはならない。私は主である』」

「ああ、そう、それだ」元教祖はあごひげを掻きながら言った。「タトゥーについてはどうしようもなかったんだが、イエスと俺とでうまく話をつけて、無視することにした」

ヒットマン・アンデシュは水を得た魚のように生き生きしていた。週に3回聖書を勉強する会を立ちあげ、少なくとも弟子が3人でき、同じだけの人数が迷い中なのだという。その熱意も一度だけ斜め方向に行ってしまったことがある。食堂で全員に「神の恵み」と言おうと呼びかけていたとき、コックをしている終身刑囚の男が激昂し、暴れだした。食事の列に並んでいてたまたま彼のいちばん近くにいたのが、誰とも話そうとしないがためにみんなから「おしゃべり坊主」と呼ばれていた小柄な外国人の男だった。話したところで、自分以外の誰も理解できない言葉なのだから、話のしようがないというわけだ。そのおしゃべり坊主が、コックに割れた瓶を首に突きたてられ、なんとスウェーデン語で「いてっ!」と言った。それが彼の人生最後の言葉となった。

「瓶を持っていたコックはこの件で、もとの刑にさらに終身刑を加えられた。そのうえ、今では皿洗い係に降格だ」

終身刑でも二終身刑でも、ヒットマン・アンデシュにしてみればたいした違いはない(ただ、ここで皿を洗って二終身を続けて過ごすのは、死刑よりもきつい運命かもしれない)。かわりに声を大にして言いたいのは、収監されているあいだは聖餐から引きはなされることになったが、イエスとの関係にはなんの不都合も生じないということだ。そういえば、牧師と受付係は気を悪くしないでほしいのだが、聖書を勉強するなかで気づいたことがある。ふたりはもしかしたら、聖餐について1、2点誤解しているかもしれない。人はイエスと向きあうようになったからといって、毎日ワインを数本飲みほす必要はないようだ。もしよければ、たっぷり詳しく説明させてもらうが?

「いいえ、大丈夫よ」牧師が言った。「私も、大体はわかっているつもりだから」

なるほど、この件は、また今度来たときに話してもかまわない。話をもとに戻すと、あと2回死ぬまで毎日皿洗いをすることになったそのコックは、刑務所の現在の規則に従って、囚人たちに牛乳とコケモモジュースだけを出している。牛乳やコケモモジュースをすすんでがぶ飲みするやつはここにはひとりもいない。そのせいでヒットマン・アンデシュがもう何年も口にしておらず、今後も二度と口にすることのない物が、闇取引で大量に出回るようになった。

「たとえばどんな？」牧師が尋ねた。

「ロヒプノールとか、そういう恐ろしいもんだ」ヒットマン・アンデシュは言った。「前はロヒプノールと酒少々で、最高にぶっ飛べてたんだ。まあ、それも大昔のことだがな。すべては神のおかげだ」

ヒットマン・アンデシュの明るい青空にかかる唯一の雲は、刑務所管理局が彼を輝かしき模範囚だと考えて、勝手に早期釈放の計画をぶちあげたことだ。

「早期釈放？」受付係が言った。

「あと2ヶ月」ヒットマン・アンデシュが言った。「たったそんだけだぜ。俺の聖書勉強会の生徒たちはどうなる？　そしてこの俺は？　心配でどうにかなりそうだ」

「でも、いい話じゃないか」受付係が言った。屈託なく喜ぶその声に、牧師はぎょっとした。「釈放の日には、迎えに来させてくれよ。頼みたい仕事もある」その言葉に、牧師はさらにぎょっとした。

「神は俺たちとともにある！」ヒットマン・アンデシュは言った。

牧師はなにも言わなかった。言葉を失っていた。

＊＊＊

受付係はこの面会のあいだに、牧師が思いもよらなかったことに気づいていた。レビ記19章27節から28節のおかげで、ヒットマン・アンデシュはサンタクロースの完璧な偽者になっていた。あとは、もじゃもじゃの髪を少し刈りこんで、もう少しサンタっぽい眼鏡をかけさせればいい。もちろんあごひげは自前で、白さの加減も完璧だ。

受付係はそれをお告げ……誰かからのお告げだと考え、その直後、サンタ計画を思いついた。はるか高い天の力が働いたともいえそうだが、受付係の心には、天はどれほど高かろうが自分と牧師のために指一本たりとも動かさないだろうという疑いの雲がかかっていたために、その雲のうえで働く力のことなど知る由もなかった。

# 第69章

ふたりきりになるや早々に、受付係は刑務所の面会室でひらめいた案を牧師に説明した。家に着き、地元紙のゴットランス・アレハンダの古い記事を探してみると、アイデアに確信を持てそうな話はすぐに見つかった。記事は、借りているアパートの壁一面にナンキンムシが発生し、これ以上住んでいられないと訴える老人の話を伝えていた。家主がナンキンムシが問題になると認めなかったため、老人は部屋に住めなくなっているにもかかわらず、家賃の支払いを求められているという。

「年金だけが頼りの暮らしなんです」と老人は記者に語っている。なんとも気の毒な話だ。

受付係と牧師は、老人のみじめな状況にはさほど関心がなかった。老人の皺の寄りすぎた顔と曲がった背中に商業的価値はほとんどない。つまり老人とナンキンムシはどうにかやっていくしかないのだが、受付係はほんの数秒、老人に電話をかけて漂白剤にはほとんどすべてのものを殺す効果があると教えてやるべきだろうかと考えた。

しかし、この老人が自分の困った話をアレハンダに語った事実と、数日後別の人間が異なるタイプの不幸話をライバル紙のゴットランド・ツードニングに語った事実は、牧師と受付係が必要としていた新たな確信をもたらした。

全国の日刊紙には、さまざまな人々の痛ましい話がほぼ無数に載っている。ナンキンムシに悩まされる老人以外にも、庭園をスペインナメクジに荒らされた富豪に、エアガンでドブネズミを撃ってゴミ箱に放置した情緒障害の若者の話など、数えきれない。

受付係は、募金バケツの金で数年前に買ったタブレット端末2台のうち1台を取り出して、仕事にかかった。

＊＊＊

「調子はどう？」牧師はお腹をさすりながら、ノートを横に置き屈みこむようにiＰａｄに向かう夫に声をかけた。

「ばっちり。ありがとう」受付係は言った。今、国内日刊紙電子版の最後の契約を済ませたところだ。

「ユースダルス・ポステン」彼は言った。「1ヶ月、199クローナだ」

なるほど、おもしろい。牧師は思った。ユースダルスはきちんとした新聞だが、それでも世間の同情を誘う人の話は載っているというわけだ。それから彼女はほかにどんな新聞に電子版があるのかを尋ねて、すぐに後悔した。話がいつまでも終わらなかったからだ。

「ここにリストがある」受付係が言った。「見てごらん……エステシュンス・ポステン、ダーラ・デモクラーテン、イェーヴレ・ダーグブラード、ウプサラ・ニュア・ティードニング、ネルケス・アレハンダ、スユードスヴェンスカン、スヴェンスカ・ダーグブラー……」

「はい、終わり！　もう十分よ」牧師は言った。

「いや、まだだ。基盤を固めるには、国じゅう隅々まで網羅しなくちゃ。こっちにもまだあるし、裏面にも同じくらい載ってる。全部合わせて50紙くらいかな。ただではないが、いくつかは新規契約特典もある。ブレーキンゲ・レーンス・ティードニングにはまいったよ。1ヶ月のお試し購読が1クローナでできるんだから」

「現実的には、私たちがお金を出せるのはそのうちふたつまでよ」牧師が言った。「両方に同じような話が載ると思うと、やりきれないわ」

受付係は笑顔を浮かべると、エクセルのシートを立ちあげた。年間購読料は10万クローナになるが、長期的に見れば、新規特典、短期購読、お試し期間の利用により、初期投資は運用可能な予算の範囲内に収まる。これで最終的には、与えることと（より多く）もらうことのバランスがうまい具合に取れるはずだ。全般的に自分たちより世間の人たちのほうがやや恵み深いのだから、最終収益では必ず黒字になる。初めはうまくいかないかもしれないが、それなりに短期間のうちに満足のいく成果を上げられるだろう。

「私は、『全般的に自分たちより世間の人たちのほうが相当恵み深い』と思うけれど、あとは完全に賛成よ」牧師が言った。

彼女が思うに、彼らの成功に対する最大の脅威は、サンタクロース本人だった。ヒットマン・アンデシュが昔も今も要注意人物であることには変わりがない。とはいえ、なんらかの理由でこの計画が地獄行きになったとしても、受けいれるだけのこと。受付係のアイデアは、すぐにでも試したくなるほど魅力的だった。

「『ゆえに、明日の苦労は明日みずからにまかせよ。今日の苦労は今日だけで十分である』。マタイの福音書6章34節」

「今の引用は、自分の意思?」受付係が尋ねた。

「そうね。ご想像におまかせするわ」

＊＊＊

一般に人間性とは、多くの特性の寄せ集めである。たとえば、利己心、自己陶酔、嫉妬、無知、愚かしさ、怯えなどがある。しかしまた、親切、賢さ、親しみやすさ、柔和、慈愛、それに恵み深さもそうである。あらゆる魂にこれらの特性がすべて納まる広さがあるわけではないと、牧師と受付係には個人的な経験からだけではなくわかっていた。哲学者イマヌエル・カントが、あらゆる人間は内部に実践的な道徳基準たる格律を有すると仮定したのは、ひとえに彼にはわれらが牧師か受付係と出会うチャンスがなかったからといえるだろう。

新たな「もらって(どうにか)与えるプロジェクト」は、ヴィスビーで子供たちにジンジャーブレッドを配るだけの宣伝用偽サンタクロースを見たことに始まった。最初は雲を摑むような話だったが、今ではしっかり形もできあがり、準備も整っている。

受付係はまず、自分ひとりで進められる仕事として広く調査と検討を行った。市場はどこにあるか、潜在的な競合相手はなにになるかなど、知識を集める必要があった。

その時点で、注意すべきライバルはいくつか考えられた。たとえばスウェーデン郵便では、毎年数十万通ものサンタクロースへの手紙を世界じゅうから受けいれている。宛名は「トムテン（スウェーデンにおけるサンタの愛称）」で、住所は「17300　トムテボーダ　スウェーデン（スウェーデンの郵便集荷ターミナルの住所）」である。郵便局の代表電話は、受話器の向こうから受付係に誇らしげに答えた。「お手紙をくださった方には、もれなくお返事と小さなプレゼントをお返ししております」。

受付係は「お答えありがとうございました」と電話を切ると、「プレゼント」のコストは郵便代より安いにちがいないとひとりごちた。つまりは、ささやかな善良さとぎりぎりの利益の組み合わせが必然ということだ。本質的には悪いアイデアではないが、うまくいきそうにない。管理コストを考えると、これほど思い切った企画ではゼロ利益がせいぜいだろう。そして牧師と受付係がゼロ以上に嫌いな数字は、頭にマイナス記号がついている、つまり赤字しかない。

郵便局以外では、ダーラナにサンタワールドなるものがある。サンタワールドとはなにを提供するものなのかが知りたくて資料を読みこんだ結果、そこはいわゆるアミューズメントパークで、お金を払って入場した人が、数百クローナで食べたり飲んだりし、数千クローナで宿泊して、偽サンタにお願いリストを手渡すことを許される場所だとわかった。そしてサンタはお返しに、そのリストをその日の夜の焚きつけに使う。

このアイデアも悪くはないが、明らかに与えるよりもらうほうに偏りすぎている。ここではバランスが重要なのだ！

またフィンランドのロヴァニエミには、ポリエステルのひげをつけたサンタクロースが住んでいる。コンセプトはダーラナとよく似ている。問題点も、欠点も同じ。

ちなみに、デンマーク人たちはサンタはグリーンランドに住んでいるという意見だし、アメリカ人たちは北極にいると言ってきかない。トルコ人はトルコに、ロシア人はロシアにいると言う。このうちアメリカ人だけが、自分たちのサンタを使ってまともな産業を作りだしている。たとえば、サンタがいちばん好きな飲み物はコカコーラと見せかけたり、毎年最低1作、冒頭でサンタが大失敗し、最後には世界じゅうのすべての子供たちが幸せになるクリスマス映画を作ったりする。すべての子供といかなければ、少なくともひとり。とんだおためごかしだ。ちなみにチケット代は12ドル。

それとオランダには、シンタクラース、またの名を聖ニコラウスというサンタの従兄がいる。受付係が調べたところによれば、もともとは泥棒たちの守護聖人として始まっているのだが、それはそれで楽しい考えだ。しかしながら、子供たちにプレゼントを配るのが12月6日と早すぎるので、勘定には入らない。

「でもそれは、私たちがどの程度グローバルにやりたいかによるんじゃなくて？」牧師が言った。

「一度でひとつの国だな」受付係が言った。「たとえばドイツの人口はスウェーデンの10倍だ。ということは、ヒットマン・アンデシュ的なサンタクロースが10人必要になるかもしれないんだぞ。しかもいっさい混乱することなく、最低でも『フローエ・ヴァイナハテン』と言えるくらいの能力が求められる。ドイツ語の『メリー・クリスマス』だ」

外国語で単語ふたつ。牧師と受付係が知るかぎり、ヒットマン・アンデシュが手に負えるよりもふたつ多い（キノコのラテン語名は別）。また、「ホサナ」がスウェーデン語でもドイツ語でも同じ発音なのも、危険な兆候だった。

＊＊＊

ということで、前もってお金を払わず、本物のプレゼントをくれるサンタは、まったく競争相手がいないというわけではないまでも、限られていることがわかった。

このベンチャービジネスで利益が上げられるかどうかは、新聞で同情を誘う話をいかに多く見つけられるかにかかっている。好ましいのは、シングルマザー、病気の子供、捨てられたペットなど、共感やかわいいと思う気持ちを引きだす類の話である。醜い老人とナンキンムシは、あまり多くの人の心にその火を灯すことはない。痛めつけられてゴミ箱に捨てられたドブネズミもだ。庭をスペインメクジに荒らされた富豪も、スウェーデンの伝統ではそれはふさわしい報いとみなされるので、やはり不適当だ。

地元紙から選び抜いた話をもとにプレゼントの贈り先を決めるこのアイデアの肝は、必然的に一度メディアに話をした人が対象になるため、サンタクロースと驚きの遭遇をした彼らが、すすんで同じことをすると見込めるという、まさにその点にある。

その新聞記事が今度は、ウェブ検索へとつながる。そして、引っぱってもびくともしないひげのサンタと出会えるサイトが見つかるというわけだ。

そして、もし神が十分に善であるなら（受付係はそうだと言いたい）、今度はこれが、1クローナの寄付につながる。もしくは2。もしくは100。いや、1000もあるんじゃないか？

この計画が動き出すまでに残された問題はただひとつ。刑務所管理局が、無謀ではあるが冴えている彼らの計画を遂行すること。すなわち、ヒットマン・アンデシュの釈放だった。

# 第70章

サンタクロース・プロジェクトの基本方針は、当然、「与えるよりも楽しいのはもらうことだけ」だ。これに成功した人間は、牧師と受付係が思うに、長く幸せな人生を送るあらゆるチャンスを手にすることになる。なんといっても、このプロジェクトで彼らが目指すのは、まだ生まれてもいないわが子どもども飢え死にすることではない。ヒットマン・アンデシュだって、そんな運命でいいわけがない。

その気持ちから、受付係はフェイスブックページを作った。キャッチコピーは「本物のサンタクロースが、一年じゅう喜びを振りまきます」。

ページは、さまざまな内容の愛のメッセージで埋めつくした。宗教的な話はいっさいなし。残ったスペースで、サンタが使命を果たす手伝いをしたい人は、その気持ち（つまり財布）を自由に開放してほしいと訴えた。そのために、銀行振り込み、クレジットカード払い、ネットバンキング、スマートフォン決済、ほかにもいくつかの方法を用意した。いずれの場合も、金はすべてハンデルス銀行ヴィスビー支店に集められる。口座は、スイスの匿名財団が株主のスウェーデン・リアル・サンタクロース株式会社の名義となっている。人々の生活に喜びを振りまくのは誰なのかという話は、なにがあっても漏れてはならない。今やヒットマン・アンデシュの名はすっかり地に堕ちている。一方でサンタクロースは、ネルソン・マンデラやマザー・テレサや名無しの天上人とともに、長年そのブランド力を保っている。

これまでのところこのプロジェクトは、アンデシュ教団のインターネット募金部門とかなり似ているといえた。ただしあちらのサイトには、今では返金を求めるコメントが殺到している。

受付係は、念には念を入れて納税者名簿も入手した。スウェーデン全国版の全23巻で、1巻につき271クローナする。つまり全部で6200クローナ以上の出費となるわけだが、その価値はあった。全国の全納税者の名前、住所、課税給与所得に加えて資本所得の情報を入手できるからだ。これぞスウェーデン。サンタクロースの素性を除いて、秘密はいっさいなし。なにしろ、新聞に載ったかわいそうな人に寄付をしたはいいものの、あとからその人物が、じつは年収200万クローナで、ユシュホルムの築100年以上で13部屋もある黄色い壁の荘園屋敷に住んでいることがわかったら、なんにもならない。庭にスペインナメクジがいようがいまいがだ。

サンタクロースの最初の使命は、名簿によるとあるアパートに住む若い女性にかかわるものだった。さらなる調査で、アパートは賃貸物件で、彼女の年間課税所得は9万9000クローナであることがわかった。

# 第71章

32歳のマリア・ヨハンソンは、スウェーデン最南端の町、イースタドの窮屈な2部屋のアパートで5歳になる娘、イーセラと暮らしている。父親はいない。家に帰ってこなくなって1年ほどになる。

マリアは無職で、イースタド・アレハンダ紙によれば、ある土曜の夜に何者かが彼女の寝室の窓に石を投げこんだ。問題は保険会社が、石を投げたのはイーセラの父親だったとして、修繕費用の支払いを拒否したことだ。決め手となったのは、本人が警察からの尋問で自白した内容だった。父親はレストランで食事をしたあと、元ガールフレンドであるマリアの家を訪ねたが、ドアを開けることも、金を払うと言ったにもかかわらずセックスをすることも拒否されたため、腹を立てて怒鳴りつけたうえ娼婦と罵り、仕上げに窓に石を投げこんだという。

保険会社の見解では、問題となるのはイーセラの父親がいまだに当該住所の住民として登録されている点だった。住民が故意に自宅の物品を破損させた場合は、保険の保障対象にはならない。そのためマリアと幼いイーセラは、ハードボード材で寝室の窓を塞いでクリスマスを祝うか、マリアの貯金をはたいて新しい窓ガラスを買いイーセラのクリスマスプレゼントを買えなくなるか、どちらかしか選べなくなる。南部とはいえ冬の寒さは厳しく、このままではイーセラはプレゼントもツリーもないクリスマスを迎えることになる。そんなとき、マリアと幼い娘の家のドアをノックする者がいた。マリアが、まさかの場合に備えておそるおそるドアを開けると……

そこにいたのは、サンタクロースだった。少なくとも、見た目は本物のサンタクロースだ。おじぎをして、イーセラに人形をくれた。話しかけると答えてくれる、おしゃべり人形だった！　会話プログラムはどちらかといえばお粗末だったが、人形は「ナンネ」と名づけられ、イーセラのいちばんの宝物になった。

「大好きよ、ナンネ」イーセラが言ったとする。

「わかんない。時計は読めないの」ナンネは答える。

サンタは人形といっしょに、イーセラの母親には2万クローナの入った封筒を渡した。そして「メリークリスマス！」と言った。サンタはそれがお約束だからだ。そのあとで、どういうわけか「ホサナ」と付けくわえた。これは指示に反することだったが、このサンタはトナカイが1頭欠けた空飛ぶそりのように、少し抜けたところがあるのだ。

サンタは来たときと同じくらい、あっという間に去っていった。乗りこんだのは、タクシー・トシュテンという男の運転するタクシー。後部座席には、ふたりの幸せなエルフが座っていた。ふたりともエルフの格好はしていなかったし、ひとりは妊娠8ヶ月だった。

サンタクロース・プロジェクトはイースタドで始まった。その後サンタは北へ向かい、シェーブ、ホルビー、ヘール、ヘスレホルムとスウェーデンを縦断していった。平均すると、毎日1万から3万クローナのあいだのプレゼントを手渡し、それを4週間ほど続けた。ときには現金を、ときにはクリスマスプレゼントを、またときにはその両方を贈った。

シングルマザーはおあつらえ向きだった。難民の孤児でもいいが、女の子がより好ましく、幼ければ幼いほど将来的な収入につながる可能性があった。社会的弱者と言われる人たちも効果が見こめた。入院中のかわいい男の子や女の子など、どんぴしゃりだ。

たまたまだが、サンタクロースは前世でヘスレホルムに行ったことがあった。タクシー・トシュテンがある住所に乗りつけると、サンタは玄関前の階段を上がって、かつての自分が惜しみなく金を贈った救世軍の老兵士の家の呼び鈴を鳴らした。

兵士はドアを開け、10万クローナ入りの分厚い封筒を受けとると、中身を見て言った。「神様のお恵みがありますように。でも、どこかでお会いしたことがなかったかしら？」

それを聞き、サンタはあわててタクシーに戻った。兵士が「カブのマッシュはいかが？」と言ったときには、すでに姿が見えなくなっていた。


予算案では、最初のひと月の支出は、手元に残っていた50万クローナとほぼ同額くらいになるはずだった。つまり、彼らの冒険も貯金も、このままいけば2月には終わりになる――もし、なにも返ってこなかったら。

ところが、12月20日から1月20日までのあいだ実際に使った金額は、ヘスレホルムでの臨時出費があり、4週間待ったなしで進んできたわりには、46万クローナを超えなかった。このあと数ヶ月は、月3週間をスウェーデン本土の路上で過ごし、4週目をゴットランドの自宅で過ごす計画だった。またも仮定の話になるが、あくまでも破産しなければである。そうなったら、残る頼みの綱はできるだけ早くつぎの子供を作ることのみだ。

「予算以下で済んだのね！」牧師はそう言ったとたん、興奮しすぎて破水した。「きゃあ！　たいへん！　今すぐ病院に行かなくちゃ！」

「ちょっと待て！　まだ準備ができてない！」受付係が言った。

「ホサナ！」サンタクロースが言った。

「車持ってくるぜ」タクシー・トシュテンが言った。

＊＊＊

赤ん坊は、２９８０グラムの女の子だった。

「やったぞ！」受付係が、疲れきった牧師に言った。「児童手当第1号だ！　ねえ、第2号はいつくらいに準備ができそうだい？」

「今日はやめておいてくれたら、ありがたいわ」牧師は言った。必要な場所は、助産師に縫われてしまっている。

数時間後、満足しきった赤ん坊をお腹に乗せて、牧師はようやく、さっき受付係が言いかけて中断されたのはなんの話だったのかと尋ねる力が戻ってきた。

受付係は、陣痛が本格的に始まった時点でそのことはすっかり忘れてしまっていた。ほかでもない事態なのだから、いたし方のないことだ。「そうだ、支出が46万クローナを超えなくてよかったと言うつもりだった。でも、インターネットのキャンペーン経由でも少しお金が入ってきていたんだ」

「あら、そうなの？」牧師ママが言った。「いくらくらい？」

「最初の1ヶ月で？」

「最初の1ヶ月でいいわよ」

「大体の数字で？」

「大体の数字でいいわよ」

「ええと、僕の記憶違いかもしれないってことを最初に言っておくけど、それは正確な数字を書きとめておく時間がなかったからであって、それから赤ん坊が生まれてくるあいだにさらに2、3クローナ程度の誤差が生じたかもしれないことも言っておくけど、それとその誤差も――」

「肝心な話をしてくれるかしら」牧師は言った。まったく、赤ん坊が生まれたことについては、こちらのほうがよほどいろいろたいへんだったというのに。

「そうだね、ごめん。今言ったことを念頭に入れておいて、聞いてくれよ。およそ234万5790クローナってとこかな」

牧師は、物理的に可能だったら、おそらくもう一度破水していた。

# 第72章

サンタが1日に訪問する回数が増えるほど振りまく幸せは増え、ビジネスの実入りもよくなるようだった。毎日小額の寄付が数千件、スウェーデン国内に留まらず、じつに世界じゅうから集まってきた。シングルマザーたちは喜びの涙を流し、幼い女の子たちも同じように泣いた。小犬たちもくんくん鳴いて感謝を伝えた。日刊紙が記事にして、週刊誌は大々的に特集を組み、ラジオやテレビがそれに続いた。サンタクロースはクリスマスの時期に本物の幸せを運んできたが、冬が終わって春が来ても、春が夏に変わっても、人々を訪問することをやめなかった。いつまでも終わらないかのようだった。

ダーラナとロヴァニエミにあるサンタワールドでは、コンセプトの練り直しを迫られた。ポリエステルのひげをつけた老人が、自分だけのポニーが欲しいと言う幼いリサによくわかったとばかりにうなずくだけでは、もはや十分ではない。ポリエステル・サンタは、リサの望むとおりのものをあげるか（ただし儲けにはつながらない）、できるだけ教育者風の口調で、自分があげられるのは小さなレゴのセットだけだ（デンマークのビルンにあるレゴグループとの提携による）、と言うしかなくなった。ポニーではない。ハムスターですらない。幼いリサがどちらにしろ満足することのないプレゼントにかかる小額のコストは、それより少し高い入場料で賄う。

記者たちは追跡報道で、サンタはいったい誰なのか、寄付というかたちでどのくらいの収入を得ているのかを突きとめようとした。しかし、スウェーデンの法律に違反していない以上、スイスの匿名財団にいくら送金されていようが、ヴィスビーのハンデルス銀行に口座があるという情報以外は、あえて報道する理由はどこにもない。また、ひとりひとりの寄付額はごく小さいことから（数百万に達したのは、とにもかくにも寄付する人の数が膨大だからだ）、正真正銘の善人という匿名サンタのイメージには難癖のつけようもなかった。

一度ある人がサンタの姿を写真に収めるのに成功したが、長いあごひげやらなにやらで飾りたてられていたため、元殺し屋にしてアンデシュ教団の教祖につなげて考える人間はいなかった。タクシー・トシュテンは念のため、ストックホルムに用事で出かけたときにナンバープレートをひと組盗んでくると、さらにちょっと手を加えてFをEに書き換えることまでやっていた。おかげで彼のタクシーは、一見どこの誰のものでもなく、二度見をするとヘッセルビューに住む電気技師のものになった。

推測があふれかえり、噂が飛びかった。もしかしたら王様の仕業ではないか？　国民に喜びを振りまくために、国じゅうを走りまわっているとか？　そういえば、王妃様は子供や困っている人たちへの奉仕活動にご熱心なことで知られている。この考えにさまざまな尾ひれがついた推測がインターネット上を駆けめぐったが、ある日たまたま王様がセルムランドの森で若い牡鹿を仕留めたのと同時刻に、サンタがハーヌサンドで12歳の孤児の難民少女に贈り物をしていたことで、その話も立ち消えとなった。

牧師と受付係とサンタクロースとタクシー・トシュテンは、全員で合わせて儲けの8パーセントを分け合った。みんな、それだけあれば拠点であるバルト海に浮かぶ島で幸せに暮らすことができる。残りの金は、輝かしき贈り物への再投資に使った。受付係は、牧師が発案したドイツへの事業拡大についても、検討に取り掛かっていた。ドイツ人には金も心意気もある。よいサッカーもする。さらに、あれだけ人口が多いのだから、サンタクロース・プロジェクトがお金を渡してまわれば、儲けは計算が追いつかないくらいになるはずだ。残る問題は、10人のドイツ人サンタを見つけることと、彼らの言葉を理解すること、彼らが言うべき話を理解させることだった。そして、チームの企みについていっさい口を割らせないようにもしなければならない。

＊＊＊

さて、これらは果たして神の采配なのかどうか。同じころ、惜しくもドイツ語教師になりそこねた受付係の母親は、アイスランド人の夫と火山の爆発にいよいようんざりしていた。食材の調達のためにめずらしく夫婦で街に出たのを機会に、さっさと警察に電話をして横領犯である夫の居場所を伝え、晴れて自由の身となった。

つぎに彼女はフェイスブック経由で息子に連絡をとると、あっという間にゴットランドの息子家族が住む家のほど近くに自分の漁師小屋を手に入れ、さらには来たるドイツ進出に向けての開発チームリーダーの職に就いた。そのあいだに、アイスランドの裁判所は、彼女の夫に経済に関する倫理的矯正を行うため、懲役6年4ヶ月の判決を下した。

ヒットマン・アンデシュはといえば、スティーナという女性と出会い、すぐにいっしょに暮らし始めた。彼女がなぜヒットマンを好きになったかというと、彼がたまたまハナビラタケのラテン語名を知っていたからだった（その流れでわかったことだが、ヒットマンはヒットマンになる前、キノコを魔法の薬に変える奥義が知りたくて本を買ったことがあるのだという。結局12回通して読んで、すべてのキノコのラテン語名は覚えたものの、キノコ本来の楽しみ方を超える方法についてはさっぱりわからないことに気がついた）。

ふたりは、よく人馴れしてはいるが少々間の抜けたブタを連れてトゥベル・メラノスポルム《トリュフ》狩りに出かけて失敗し、再挑戦したところ、今度はアスパラガスの畑で同じ結果に終わった。ブタは畑を荒らすことにかけては本物の悪党なのでしかたがない。

スティーナは素直な心の持ち主で、愛するヨハンが3週間家を空けて本土でなにをしているか、まったく気づくことはなかった。大事なのは、帰ると言った日に帰り、そのたびに大金を持ってきてくれることだった。そして、4週目にはいっしょに教会へ行って、神にトリュフとアスパラガスにまつわる運以外のすべてを感謝する。

タクシー・トシュテンは、サンタのお抱え運転手として動いているとき以外は、島でタクシー業を営んでいる。金が必要だからではなく、運転が好きだからだ。働くのは、4週目の月曜から木曜の正午から午後4時のあいだだけだ。そのほかの時間は、パブにいるか寝て過ごす。住まいはヴィスビー中心地のアパート式ホテルに定住契約をしていた。そこなら、どこで渇きを癒してどれほど千鳥足になっても、歩いて家まで帰りつける。

牧師と受付係は、海辺に建つ質素な漁師小屋に赤ん坊と留まることを選んだ。ピンチのときには子守をお願いできるおばあちゃんも近くにいる。

ふたりは、わずかな児童手当のためにさらに4、5人子供を持って、食費をたかる必要はもうなかった。でもあとひとりかふたり家族が増えたら、きっとすてきだ。夫婦の純然たる愛の結晶として。そしてひきつづき、自分たちを除いた世界のすべてに悪意を抱いていればいい。それとも、もうそんなことやめちゃおうか。受付係はある晩ベッドに入る直前に、ついうっかりそう提案してしまった。

「やめちゃう?」牧師が言った。「どうして?」

受付係が言おうとしたのは、その「どうして」という話だった。多分、例外リストを作るのが少し面倒くさくなってきていること。赤ん坊はもちろんリストに載る。それと、ヒットマンも。彼は本当のところ、とてもいいやつだ。ただちょっとバカなところがあるだけで。それから名前は忘れたけど、彼らの結婚を、証人の証言内容がきわめて疑わしかったにもかかわらず、許可してくれた女性の県知事。

牧師はうなずいた。もしかしたら、あと何人か加えてもいいかもしれない。赤ん坊のおばあちゃん、ヒットマンの新しいガールフレンド、それにタクシー・トシュテンも。少なくとも彼のタクシーは。

「ところで今日、海草の周りをハナダカバチが飛びまわっているのを見たけれど、今、漂白剤を切らしているの。何本か買い足すか、彼らもリストに入れるかしないといけないわ。ヒットマンと、県知事さんと、ほかの人たちといっしょに」

「そうしよう。つまり、ハナダカバチもリストに入れようってことだけど。きっとほんの数匹だろうし、どっちにしろ場所ならいくらでもあると思うんだ。とりあえず、このくらいで締め切っておく?残りは全部、嫌ったままにして」

そうだ、そのくらいだったら妥協してもいい。

「でも、今夜はやめておく。そんなにたくさん嫌うには、今日はちょっと疲れすぎている気がするの。長い1日だったから。いい1日だったけど、長かった。おやすみ、愛する私の元受付係さん」

同じく今ではすっかり元教区牧師となった妻は、そう言って眠りに落ちた。

# エピローグ

ある美しい夜のこと、ヨハンナはわが家である漁師小屋から続く坂道の下に立ち、海を眺めていた。鏡のように凪いでいた。遠く対岸のオスカーシュハムンでは、フェリーが音もなく水面を滑るように進んでいた。洗浄した海草のあたりを、ミヤコドリが1羽、気取ったように歩いている。驚いたことに、鳥は虫を見つけて腹に収めた。もう長く見たことのなかった光景だ。それを除けば、すべてが静かで、ゆっくりと沈みゆく太陽の色は、黄からオレンジへと移ろいつつあった。

そのとき、沈黙が破られた。

「あなたは、悪い人間などではない、ヨハンナ。それを知ってほしい。芯から悪い人間などどこにもいないのだと」

誰かそこにいる？

ちがう、自分のなかから聞こえてくる。

「そこにいるのは誰？　その声は、誰なの？」とにかく、口に出してそう言った。

「私が誰かはわかっているだろう。そして、われらの父はいつでも許す備えができていることも」

ヨハンナは驚きに撃たれた。彼なのか？　こんなに何年も経ってから？　彼が存在しているという考えに、彼女は眩暈《めまい》を覚えた。そして苛立ちも。もし本当に、これまでのすべてを覆して彼が存在するとしても、どうしてもっと早く、シェランデル父さんが家庭を壊す前に、来てくれなかったのか。

「私の父は、なにも許してくれなかったわ。そして私も、父を許す気はこれっぽっちもない。だからといって、お得意の『右の頬を殴られたら、左の頬も差し出せ』を持ちだすのは、やめていただきたいわ」

「なぜかな？」イエスが不思議そうに言った。

「だって、それを最初に言ったのは、あなたや、ましてやマタイでもないんですもの。人は何世紀ものあいだ、許可も得ずに、あなたの口にいろいろな言葉を言わせてきたわ」

「待ちなさい」イエスが言った。彼の徳性を思えば、最大限の怒りのこもった声に聞こえた。「人々が、私の名前でそうした話を作ってきたことは真実である。しかし、あなたが知っているのは――」

イエスが言えたのはそこまでだった。ペールが小屋から小さなホサナを抱いて出てきたのだ。

そのときは終わった。

「ひとり言かい？」夫が驚いたように言った。

ヨハンナは初め、沈黙でそれに答えた。

さらにもう少しだけ、黙ったままでいた。そしてやっと答えた。「そうね、そう思う。でも、ああ、くそ、もしかしたら、ひとりじゃなかったのかもしれないわ」

# 謝辞

ピローフォローゲット社のファミリーに、編集長のソフィア、編集者のアンナをはじめ、お礼を申し上げたい。とりわけ本書では、最後の最後に、アンナがたったひとりで絶妙な救いの手をさしのべてくれた。

また、ハンスとリクソン、ふたりの伯父にも感謝をしている。まだ初稿の段階からいつも励ましのコメントをくれた。ラクソーのブラザー・ラースとブラザー・ステファンは、苦しいときにアイデアをくれて、自信を吹き込んでくれた。

執筆中、私の心にはいつもエージェントのカリーナ・ブラントがいた。すばらしいプロフェッショナルであり、大切な友人でもある。友人といえば、持つべき友はアンデシュ・アベニウス、パトリック・ブリスマン、そしてマリア・マグナソンだ。彼らのおかげで、私の作家人生はどれほど楽しいものになったことか。

より広い意味で、しかし同じくらいの誠実さをもって、国境なき医師団の方々にも感謝を捧げたい。人々がかつてないほどに厳しい暮らしを強いられる時代、この世界に違いをもたらしてくれていることに。あなたがたは心を砕く。それは誰にでもできることではない。

この謝辞のページに載せきれないほど多くの人に感謝をするなかで、とりわけその名をあげておきたいのは、神である。私の作品に名前を貸してくれたことについて、間違いなく感謝に値する相手といえよう。同時に、彼はもっとも熱心なサポーターたちがそこまで深刻に彼の言葉を受け止めないよう、説得する努力をすべきでもある。そうすれば、われわれもたがいにもう少し優しくなれるし、涙を流すよりも笑う理由が増えるのではないかと思う。

あれこれお願いしすぎたかな？　お返事お待ちしています。

ヨナス・ヨナソン

# 訳者あとがき

本書は、『窓から逃げた100歳老人』、『国を救った数学少女』が世界的大ヒットとなったヨナス・ヨナソンの第3作です。前2作は、歴史を題材に実在の事件や人物を織り交ぜた構成でしたが、本書の主なテーマは宗教です。信仰と善行の意味、欲望と公正さの関係についての物語……と書くと、ずいぶんと堅苦しい話と思われるかもしれませんが、心配（？）ご無用です。タイトルからもおわかりのとおり、主人公は「殺し屋」。設定の奇抜さに加え、一筋縄ではいかないストーリーに、皮肉の利いた語り口が特徴のヨナソン節も、健在です。

ヒットマン・アンデシュは「殺し屋」というわりに憎めません。たしかに暴力的で粗野ではありますが、素朴なだけで悪意も欲もなく、純粋にキリスト教の教えにのめりこむ姿には、ほほえましい気持ちにすらなります。対照的に、牧師と受付係は欲の塊で、悪知恵を働かせてヒットマン・アンデシュを利用するのです。とはいえ、牧師と受付係がそんな人間になったのにも同情すべき理由があり（とくに牧師の過去は涙なしでは語れず）、単なる悪人に終わりません。こうしたキャラクター造形のおもしろさも、ヨナソン作品の大きな特徴です。

本書には、聖書からの引用や比喩が多数登場しています。牧師は神を信じていないどころか、恨みに思っているほどですので、聖書はキリスト教への批判の根拠になります。ところがヒットマン・アンデシュは、牧師が口にするそんな聖書の言葉に、暴力にまみれた自分の人生の救いを見いだすのです。作者のヨナソンは、このふたりの登場人物によって、宗教や信仰に対する批判と肯定の両方を、きわめて公平に、しかもユーモラスにやってのけます。独特の聖書解釈や刺激的な表現の数々は、キリスト教に詳しくない読者にも、きっとおもしろく読めることでしょう。

ところで、「ヒットマン・アンデシュ」とは、スウェーデン人にとって、もともとなじみのある名前だったようです。１９６０年代、風刺が効いた社会派の歌詞で人気を博した伝説の歌手、コーネリス・ブリーズウィクに、その名もずばり「ヒットマン・アンデシュ」というヒット曲があるのです。４人を殺したヒットマン・アンデシュが死刑を前にぼやいている歌詞と、ロック調でビートの効いたメロディには、本作に通じるドライでブラックな味わいが感じられます。

ヨナソン作品は、一見でたらめなほら話に思えて実は緻密に練られたプロット、ジョークや皮肉に込められた人間への強い信頼や楽観性が特徴です。そうした多面的な奥深さは、そのままスウェーデンという国の魅力にもつながるようです。ヨナソンの作品を通じて、今では大好きな憧れの国となったスウェーデンをいつか訪れてみたい、訳者の夢はふくらむばかりです。

２０１６年10月

中村久里子

**ヨナス・ヨナソン　JONAS JONASSON**
1961年スウェーデンのヴェクショー生まれ。ヨーテボリ大学卒業後、地方紙の記者となる。その後、メディア・コンサルティングおよびテレビ番組制作会社OTWを立ち上げ成功。テレビ、新聞などのメディアで20年以上活躍した後、『窓から逃げた100歳老人』を執筆、世界中で累計1400万部を超える大ベストセラーとなる。本書は『国を救った数学少女』に次ぐ3作目。
http://jonasjonasson.com/

**中村久里子（なかむら・くりこ）**
新潟県出身。立教大学文学部心理学科卒業。訳書に『国を救った数学少女』、『カシュガルの道』（ともに西村書店）、共訳に『アンドルー・ラング世界童話集』（東京創元社）がある。福岡県在住。

天国に行きたかったヒットマン
2016年11月1日　初版第1刷発行

著　者＊ヨナス・ヨナソン
訳　者＊中村久里子
発行者＊西村正徳
発行所＊西村書店 東京出版編集部
〒102-0071 東京都千代田区富士見2-4-6
TEL 03-3239-7671　FAX 03-3239-7622
www.nishimurashoten.co.jp

印刷・製本＊中央精版印刷株式会社
ISBN978-4-89013-759-6　C0097　NDC949.8